ドラゴンクエストノベルズ

小説

ドラゴンクエストⅣ

導かれし者たち

DRAGONQUEST Ⅳ

久美沙織

1

イラスト／椎名咲月

CONTENTS DRAGON QUEST IV

目次

敵は巨大《きょだい》な暗黒の力によって守られています。
が、あなたがたもまた、光り輝《かがや》く力によって守られているのです。
今は小さな光ですが、
いくつもいくつも導かれ、
やがて、
大きな力となるでしょう。
焦《あせ》ってはいけません。
あなたがたが絶望《ぜつぼう》にうちひしがれたその時こそ、
あなたがたの旅がはじまるのです。

『神託《しんたく》』

——それは冬……。

低く垂《た》れこめた空が、淡紫《あわむらさき》色のにじみ絵となる夕暮《ゆうぐ》れ時。

遥《はる》かに連《つら》なる山々の稜線《りょうせん》は、どこまでも続く大地の波。そのかなたに落ちてゆく太陽は、凍《い》てついた峰《みね》の処女雪《しょじょゆき》に薔薇《ばら》色の頬化粧《ほおげしょう》をほどこし、枯れ枝《えだ》に咲《さ》いた氷の花を、夢《ゆめ》のようにはかなく燃えたたせる。

雪深い斜面を縫《ぬ》う険《けわ》しい道を、ほっそりとした旅人の影《かげ》がひとつ、おぼつかない足取りで登っていった。降り積もった雪は柔《やわ》らかく、ひと足ごとに腰まで埋《う》まる。渓谷《けいこく》を渡って巻く冷たい風が、旅人の古ぼけた毛織りの外套《がいとう》をはためかせた。

尾根をひとつ越えたところで、旅人は、足をとめた。目深《まぶか》に頭布《ずきん》を下ろしたまま、顎《あご》をあげて周囲をうかがう。

丘の向こうから、ひと筋《すじ》の煙《けむり》があがっている。

ひと里のしるしを見てとって、旅人の唇《くちびる》に、安堵《あんど》したような微笑《ほほえ》みが浮かんだ。

と、杖《つえ》が倒れた。

寒さのあまり、手がこわばってしまっていたのだった。眼の前にかざして見る両手は手袋なしのむきだしで、ひどく腫《は》れあがっている。旅人がなにごとか小さく呟《つぶや》くと、掌《てのひら》の赤みが消えた。なめらかに動くようになった指で、旅人はまた、雪まみれになった杖を取りあげようとした。

と、その時のことだ。

不意に猟犬《りょうけん》らの声がしたかと思うと、もう囲まれていた。一二匹《いちにひき》ではない。

旅人は、ただ静かにその場に立ち、白い息の塊《かたまり》を吐《は》きながら、待った。

やがて、枯れ木立《こだち》の間から、毛皮の上着を着込んだ男たちが、次々に姿を現した。むくつけき髭《ひげ》面《づら》も眉《まゆ》も、凍《こお》った吐息《といき》に白《しら》んでいる。みな、棒《ぼう》や弓《ゆみ》を手にしていた。屈強《くっきょう》な山の男たちである。警戒《けいかい》の姿勢《しせい》を取って低く唸《うな》り続ける犬どもを、それぞれの足許《あしもと》に控《ひか》えさせて、彼らは、遠慮《えんりょ》のない視線を旅人にぶつけた。

「何用だ、よそもの」ひとりが言った。

「この道は、じき氷雪に閉ざされる。俺《おれ》たちの村でゆきどまりだ。雪解《ゆきど》けまで、足止めとなるぞ」

「では、ここで引き返しますか」旅人は静かに答えた。「それとも、ひと冬お邪魔《じゃま》させていただけましょうか」

「冬越えの代償《だいしょう》に、おまえ、村で、何をする」

「なんなりと」旅人は、軽く会釈《えしゃく》をした。「わたくしにできますことでしたならば」

男たちは笑った。

「山国の冬をあなどるな。凍え死ぬぞ《こご》」

「死にませぬ」旅人は首を振《ふ》った。「寒かろうと暑かろうと。飢《う》えようと渇《かわ》こうと。あいにくながら、けして死にはいたしませせぬ。それが、わたくしに与《あた》えられた恩寵《おんちょう》であり、課せられた業《ごう》でもありますゆえに」

男たちは顔を見合わせた。

闖入者《ちんにゅうしゃ》のもの言いは古風で、飄々《ひょうひょう》とし、異国めいた美しい旋律《せんりつ》を帯びていた。このような応対は予測になかった。男たちは少しばかり途方《とほう》にくれたが、互《たが》いに互いの眼を意識して、胸を張りなおし、わざと余計に乱暴《らんぼう》に言い募《つの》った。

「おまえ、薪《まき》が割《わ》れるか」

「どうでしょう」

「弓は得意か。熊を射《う》てるか」

「さぁ。試してみたことがありません」

「じゃあ、赤ん坊の守《も》りならどうだ。それとも、機織《はたお》りのほうがいいかね」

「そのようなことには慣れておりませぬ。……しかし」

合図でもされたかのように風が吹いて、旅人の頭布を下ろした。飛び立つ鳥の翼《つばさ》の形にひるがえった黒髪が、雪の残照《ざんしょう》を透《す》かしてあかあかと輝《かがや》いた。

現れたのは、目許《めもと》すずしげな若者の顔だった。すべらかに白い頰《ほお》、優しげな眉、屈託《くったく》のない微笑《びしょう》。高山のたえまない陽光に燻《いぶ》されて紙のようにくしゃくしゃした肌《はだ》を持つ、無骨《ぶこつ》な山の男らとは、明らかに生まれも育ちも異にする風情《ふぜい》。

男たちは眉をしかめ、途方にくれた。知らず知らずのうちに、こわばっていた肩の力がぬけ、手にした武器がみな下がる。

「わたくしにさだめられました仕事は、世々の真実を伝うること。みなさまの長い夜をお慰《なぐさ》めいたすこと」

若者の癖《くせ》のない黒髪は中央から分けられてある。聡明《そうめい》そうな額《ひたい》には革紐《かわひも》が渡されている。その眉間《みけん》に、夕陽がさした。吊《つ》るしてある青い涙型《なみだがた》の石飾《いしかざ》りが、まばゆく輝いた。

男たちは、しるしを見分けて、どよめいた。

「おぬし、旅の歌い手か！」

「吟遊詩人《ぎんゆうしじん》だったのか」

「なんだ。そうならそうと言えばいいのに」

若者は、はにかんだように唇をほころばせた。

「では、お招きいただけますのでしょうか」

「もちろん」

「歓迎《かんげい》だとも」

「俺らの村の冬は長い。ろくな気散《きさん》じもないところだった。ようござった。ようござった！」

犬どもも今は嬉《うれ》しげに尾を打ち振った。

男たちは若者の傍《かたわ》らまで降りて来、その荷を分け持ち、その行く手の雪を踏《ふ》み固めた。詩人のかぼそい腕《うで》を支え、深い雪や冷たい突風《とっぷう》から、そのたおやかなからだを庇《かば》うように、ぐるりと周《まわ》りを取り巻いて歩きだした。誰《だれ》かが客人の背にひとつ残った硬《かた》い革の包《つつ》みをも預かろうとすると、若者は、これは結構、と丁重《ていちょう》に断った。竪琴《たてごと》のいれものであるのだろうと察したので、男たちは、それ以上は手を出さなかった。

やがて一行は村に入った。男たちは若者を、中で一番大きな家に連れて行った。薄く割れる石を丹念《たんねん》に積み重ねた凝《こ》った造りの屋敷《やしき》には、巨大《きょだい》な暖炉《だんろ》をしつらえた立派《りっぱ》な広間があった。村長《むらおさ》の妻《つま》が食べ物を並《なら》べて勧《すす》めてくれたが、若者は空腹ではないからと辞退《じたい》した。荷を解《と》き部屋に落ち着く間もなく、くだんの革包みから竪琴を取りだし、絃《げん》を整える。やがて、広間に、村じゅうの男たち女たちこどもたちが呼ばれて集《あつま》ってきた。

絃の調べが整うと、若者は竪琴を膝《ひざ》に預け、指をとめて聴衆《ちょうしゅう》を見回した。ひとでいっぱいになった広間に静寂《せいじゃく》が張り詰《つ》めている。若者は穏《おだ》やかな微笑を浮かべ、まぶたを閉じ、祈るような仕種《しぐさ》をした。それは村人たちが知っているどのような信仰《しんこう》にも見られぬ不思議な動作であった。

竪琴の、使いこまれ磨《みが》きあげられて甲虫《こうちゅう》の背のごとくつややかに輝く胴《どう》に、詩人の横顔が映《えい》じて揺《ゆ》れた。若者は、美しい彫刻《ちょうこく》になってしまったかのように、じっと何かを待った。そして、それは至《いた》った。白い繊手《せんしゅ》が竪琴を取りあげ、爪弾《つまび》きはじめた。村人たちは、竪琴がそれ自体、生命《いのち》を持って謳《うた》いだしたように感じた。たちまち、魔法めいた気配と力が、広間じゅうにみなぎる。

若者と竪琴は、二頭の蝶《ちょう》が互いに互いの周りをふざけ飛ぶようにもつれ絡《から》まりあいながら、ひとびとを遠いいにしえの夢《ゆめ》に誘《いざな》った。楽の音《ね》とひとの声は、めまぐるしく駆けぬけたかと思うと、花のほころぶように静かに薫《かお》った。素朴《そぼく》な村のひとびとは耳にした。あの、名高い、導《みちび》かれし者たちの冒険譚《ぼうけんたん》が紡《つむ》ぎだされてゆくのを……。

ひとよ　忘るるなかれ
我《われ》らに　平《たい》らかで希《のぞ》み溢《あふ》るる世をもたらし給うた
かの導かれし者たちのことを
生命《いのち》まばゆき昼と　安らかに眠ることのできる夜を
目覚めの春と　実りの秋を
緑の大地と　豊饒《ほうじょう》の海を
すべてを
守り給うた　勇者らのことを
その数多《あまた》なる偉業《いぎょう》を
高らかに永遠《とこしえ》に　謳《うた》い伝えよ

導かれし者　数えて八人
そは
孤高《ここう》の戦士

勇猛《ゆうもう》なる姫《ひめ》
老獪《ろうかい》なる魔法使い
癒《いや》しなす神官
大望抱《いだ》きし商人
踊《おど》り娘《こ》である姉と
予言の神秘《しんぴ》を司《つかさど》る妹
そして
若き勇者であった

彼らは戦った
異形《いぎょう》の怪物《かいぶつ》　魔族《まぞく》の帝王《ていおう》と
彼らはおもむいた
伝説の天空の城に
彼らは目通《めどお》った
正義であり力である竜《りゅう》の王に
そして彼らは守った
すべての世と　ひとと　未来と

自由を

ひとよ　忘るるなかれ
さだめとは探究《クエスト》の道である
棘《とげ》持つ薔薇《ばら》の道も　瘴気《しょうき》の沼も
友と歩まば
恐るるべくものではないのだと

友と歩まば。

その部分を口ずさんだ時、若き詩人の眼が、ふと暖炉《だんろ》の炎《ほのお》をにじませてかすかに揺れた。が、陶然《とうぜん》としてその吟遊《ぎんゆう》に聞き惚《ほ》れていた山村の聴衆らは、誰ひとりとして、このことに気づきはしなかった。

詩人の名はホイミン。

その名もまた、今は昔の伝説である。

序章　妖魔の皇子

1

魔王《まおう》は、宮殿《きゅうでん》の高みをめぐるテラスの黒曜石《こくようせき》の玉座《ぎょくざ》に腰《こし》かけていた。豪奢《ごうしゃ》な刺繍《ししゅう》を縫《ぬ》い取りしたクッションにもたせかけた手は、指輪でいっぱいであった。どれもこれも、みごとで珍《めずら》しく、長い時を経《へ》た品である。これまでに倒《たお》した諸王国諸将軍《しょおうこくしょしょうぐん》から略奪《りゃくだつ》した、由緒《ゆいしょ》ある宝石《ほうせき》ばかりであった。

王は老齢《ろうれい》だった。なげやりで尊大《そんだい》なその表情の底に、隠《かく》しようもない疲労《ひろう》が揺《ゆ》らめいている。大柄《おおがら》な躯《からだ》はいまだ頑健《がんけん》さを誇《ほこ》っていたが、獅子《しし》のたてがみめいてたっぷりと肩にかかった宗髪《そうはつ》は象牙《ぞうげ》色であり、貌《かお》は皺《しわ》深く血色が悪かった。鋼《はがね》のように暗く輝《かがや》くその瞳《ひとみ》は、鈍色《にびいろ》の雲に覆《おお》われた己《おの》が領地《りょうち》を、ぞんざいに眺《なが》めやっている。

地獄《じごく》の空に太陽はない。魔界は永遠の夜の中にある。

宮殿を包《つつ》むまばゆい闇《やみ》を貫《つらぬ》いて、王は、宙のそこここを飛びかう、亡者《もうじゃ》の魂《たましい》、鬼火《おにび》狐火《きつねび》、翼《つばさ》ある魔物たちなどの、落ち着かなげな影《かげ》を見た。

「して、勝算は?」王が、ひとりごとのように呟《つぶや》くと、

「充分《じゅうぶん》に」モザイク模様の床《ゆか》の端、王の背後の濃《こ》い闇から、なにものかが答えた。

「ネルウィックの手勢のうち、少々歯ごたえがあるかと思われますエルフの騎士《きし》らはたかだか数十。

ホビットの歩兵がほぼ二百、残りは、もの言う獣《けもの》と女こどもばかりにございます。御身《おんみ》の敵ではございませぬ」

ナルゴス王は、かすかに目許《めもと》をひそめた。

「竜はおらぬのか?」

「はい。見当たりませぬ」姿を見せぬ影が答えた。「おそらくは噂《うわさ》通りに、絶滅《ぜつめつ》したのでございましょう。斥候《ものみ》の調べた限り、かの森には、何かをかくまいおくような洞窟《どうくつ》などはございません。たとえば一二匹《いちにひき》どこぞから召喚《しょうかん》しうるとしても、ご存じの通り、竜というものは起こさぬ限り眠っておるもの、目覚めさせるには時がかかります。援軍《えんぐん》のたどりつくころには、いくさは終わっておりましょう……御身の圧倒的勝利にて」

影はくぐもった笑い声を洩《も》らした。

「さればナルゴスさま、いざ、ご命令を。みな、出立《しゅったつ》の用意はできております」

「待て」ナルゴスは難しい顔つきになった。「奇襲《きしゅう》はならぬ」

息を呑《の》むような沈黙《ちんもく》のあと、おそるおそるの問いかけがあった。

「……なぜ……でございます?」

王は片手を振《ふ》った。

「エルフは誇《ほこ》りと規範《きはん》を重んずる種族だ。布告《ふこく》なく、いくさを仕掛ければ、後々、我らの勝利を腐《くさ》すに違いない。きゃつらの不名誉《ふめいよ》な敗北に、わざわざ言《い》い訳《わけ》を与《あた》えてやる必要などないではないか」

「おお。いかにも。ご深慮《しんりょ》にございますな」

「まずは使節を送るがよい。礼をつくし、作法に従《したが》って、エルフの王ネルウィックに伝えるのだ。余は彼らの滅亡など微塵《みじん》も望まぬと。余に忠誠《ちゅうせい》を誓《ちか》うのならば、むろん、寛大《かんだい》に聞き入れてやる用意がある。相応の地位を与えてやってもよい。奴隷《どれい》の地位だがな」

ナルゴスは白い顎髭《あごひげ》を撫《な》でながら微笑《ほほえ》んだ。

「だが、もし万一ネルウィック王が余の申し出を拒《こば》むならば、それは敵につく、すなわち、地上のウジムシどもに加担《かたん》するという意味だと解釈《かいしゃく》せざるを得まい？ されば双方《そうほう》にとって、はなはだあいにくなことではあるが、いくさもやむない。手加減などという無礼なことは、余はけしてせぬゆえに、じゅうじゅう覚悟《かくご》なさり、存分《ぞんぶん》に用意されるがよかろう……。かくのごとく、しかと申しのべさせよ」

「こころえました。では」

影は言い、たちまちのうちに気配を消した。

魔王ナルゴスはしばらくそのまま瞑目《めいもく》していたが、やがて、ある気配を感じて、訝《いぶか》しそうに眉《まゆ》をひそめながら、ゆっくりと身を起こした。

すると、テラスの柱の陰《かげ》から、唐突《とうとつ》に、華奢《きゃしゃ》な妖魔《ようま》が姿を現した。地獄の闇に吹く風がその漆黒《しっこく》の外套《マント》をひるがえらせる。裏地の朱《あか》が血のようにきらめき、腰までも長い銀髪《ぎんぱつ》が、夜目にも鮮《あざ》やかにたなびいた。

「皇子《おうじ》」ナルゴスは顔をしかめた。「いつからそこに」

「さいぜんより」妖魔はこともなげに言った。「陛下《へいか》がおいでになるよりも前から、こなたでうたた寝をしておりましたが。まさか、ほんとうに、お気づきにならなかったのではありますまいね？」

ナルゴスは憮然《ぶぜん》として相手をにらみつけた。が、妖魔は怯《ひる》まず、かえって眉をそびやかした。

「無礼を承知で申しますが、おじいさま、そのように呑気《のんき》にあらせられては遺憾《いかん》にございますな。誰《だれ》ぞ自惚《うぬぼ》れの強い将軍などでも、ひそかに反逆心を起こしてでもおりましたならば、御生命、いくつあったって足《た》りますまいよ」

銀髪の妖魔は紅蓮《ぐれん》の唇を開いて笑った。ひとの血をひくものが見れば、あまりの妖美《ようび》に心臓も凍ったろう。

「さればこそ、わたしも参りましょう」

「どこに」

「おとぼけにならないでください。エルフの森です。面白《おもしろ》いことがありそうだ」

ナルゴスは大きく息をつき、言った。

「ならぬ」

「なぜに」

「なぜでも」

若い妖魔の瞳に、挑《いど》むような光が生じた。

「わたしを見損《みそこ》なっておられるのか」

「そうではない。が、ならぬと言うたらならぬ！　かのごとき下世話《げせわ》な任務は下々《しもじも》に任せておくがよい」

沈黙《ちんもく》が落ちた。

魔王である祖父と、皇孫《こうそん》のひとりである妖魔の視線が、剣のきっ先を触れ合わせるように宙に交わった。やがて瞳を逸《そ》らしたのは、若者のほうだった。

「御意《ぎょい》」

唇をあきかける祖父に、慇懃《いんぎん》な会釈《えしゃく》をひとつしたかと思うと、妖魔はテラスの端から飛びだし、黒鴉《くろがらす》の姿になってみるみる遠ざかっていった。

あとには苦笑めいた顔つきの王がひとり、残された。

「不満、よな」王は唇の内に呟いた。「初陣《ういじん》を飾《かざ》りたかろうな。無理もない。じゃが、そなたをやれば、他の皇子らも行かぬわけにはゆくまい。いくさというい くさに、手柄《てがら》を争うことになろう。それは、力あるそなたはともかく、他のものをみな、ただ犬死にさせることになりかねぬ……！」

王は、かすかに身じろぎした。あまりにも類稀《たぐいまれ》なるものとして生まれついてしまった愛《いと》しい妖魔皇子の行く末に、嵐《あらし》を予感して。

エルフ王ネルウィックの都サムルラーンは、大陸の東南、大河の傍《そば》、地上と魔界とのあわいにまたがって存在《そんざい》する、不思議の森の内にあった。

この地は『慈悲《じひ》の森』とも『まどろみの森』とも呼ばれながら、百もの世紀を越えて生き延び続けていた。魂《たましい》を持つ種族の築《きず》いた都としては、もっとも古いもののひとつであった。

森は、地味《ちみ》豊かで、気候風土も穏《おだ》やかだった。天然の盾《たて》となる山脈《さんみゃく》に囲まれ、恵み豊かなせせらぎをいくつもはらんでいた。迷いこむ人間もなくはなかったが、森の中心部までは、滅多《めった》にたどりつくことはなかった。また、ひとたび妖精《ようせい》たちの都にたどりついたものは、まず二度と、故郷《こきょう》に戻ることはできなかった。近在するどの人間の王国も、いまだかつて、その存在を脅《おびや》かすことはなかった。

エルフ、ホビット、もの言う獣《けもの》など、穏やかで夢見がちで少々内気な妖精族たちは、この森で、遠い昔《むかし》からの静かな暮らしを、ひっそりと続けていたのだった。

魔王ナルゴスが、かの地を第一の贄《にえ》として狙《ねら》ったも無理はなかった。なかば地上であり、なかば魔界である。人間らは、恐れて近づかない。地の底に棲《す》まうものたちが、地の上での長かろういくさの拠点《きょてん》とするに、これほどに都合《つごう》のいい場所は他《ほか》になかった。

使者として森を訪《おとず》れ、長にあたるエルフ族の王ネルウィックに見《まみ》えたのはカロンのダクロス。いかずちの杖《つえ》もつ邪悪《じゃあく》の神官は、高貴の王に、無益な抵抗《ていこう》の愚《ぐ》を説《と》いた。いま降伏すれば傷つくものは少ない、いくさになれば、いっそう酷《むご》いことになる、と。我らが側について人間どもに対し功績《こうせき》をあげれば、後々、よりいっそうの栄耀栄華《えいようえいが》も望めるはず、と。

「儂《わし》は殺戮《さつりく》を好むものではない。だが、控えし将らの中には嗜虐《しぎゃく》そのものを快楽と感ずるものもなくはないぞ。長き雌伏《しふく》に退屈《たいくつ》し果てておるもの、功名《こうみょう》を逸《はや》るものもまた少なくない。いくさがはじまれば、なかば同胞《はらから》たるそなたらに対しても、手心は加えぬ。王よ、誉《ほま》れ高きそなたらの一族、おんみの代にて終わらせたくはあるまい？」

「ほざけ」エルフ王ネルウィックは瞳に力をこめて怒号《どごう》した。

「地獄の闇を這《は》いずり回る卑《いや》しい悪鬼《あっき》どもに、陽の恵み注《そそ》ぐ我らが緑の大地を汚《けが》されてなるものか。泥臭《どろくさ》く醜《みにく》き己《おのれ》らの身の程を知るがよい。裏切りと非道を旨《むね》とするものに同胞《はらから》などと呼ばれるくらいならば、いっそ、我らは、あの無知蒙昧《むちもうまい》なる人間どもに加担するとも！」

「後悔なさるぞよ」

ダクロスは暗い微笑みを浮かべた。

「その傲慢《ごうまん》。その不遜《ふそん》。いにしえより続きし高貴なる一族の王よ。気の毒ながら、その誇りも自信も、もはや通用せぬな。深き森に守られて、世知《せち》を忘れ果てられたか。ご存じあらねば教えてさしあげるが、我らが魔王ナルゴスどのは、伝説の帝王エスタークさまの真の後継者。その偉大さを疑い、愚《おろ》かにも挑戦《ちょうせん》して倒れたものたちの死骸《しがい》は、大海をも埋《う》め立てようというほどじゃ。いかな勇ましき将も、猛《たけ》き魔獣《まじゅう》も、今では、みな、我が王に従うを選んだ。従わぬものは、残らず滅《ほろ》んだゆえ。魔族は今また、ひとつとなった。半魔族であるとはいえ、そなたら妖精族のみを除外するわけにはゆかぬ。ここに至ってなお背《そむ》くは、王よ、愚かしいことと呼ばれようぞ」

ネルウィックは戦慄《せんりつ》したが、それを唇《くち》にのぼらせるには、誇り高くありすぎた。

「去れ。愚賢《ぐけん》の裁量《さいりょう》、闇盲《やみ》の狂徒《きょうと》に諭《さと》される謂《いわ》れはない」


「ちょいとちょいと、ブラックマージさぁん」

「なんだ、夜の帝王じゃないか」

「ねぇ、ひとつ教えておくれでないかな。おいら、ギモンがギモンギモンしちゃって、頭がメダパニしててさ。このまんま、エルフの王さんとの戦いになんか行っちまったら、ウルトラ参るでござるだよ。おいらひとりが死ぬならまだいいが、みんなの足もひっぱっちゃうかも。ってゆーのに、だれもかれも忙《いそが》しそうにしてて、話しかけても怒鳴《どな》られるばかりで」

「あーう。悪いが、儂《わし》もいま、ちと忙しいのだ。出陣前に、この衣を縫《ぬ》っちまいたいのだ。なにしろ裾《すそ》が長すぎるもので、しょっちゅう踏んづけていけない。足でももつれると大恥《おおはじ》をかくから、丈《たけ》を詰めておきたいのだ。悪いが、あとにしてくれないか」

「なんだ。そんなら、おいら、いい針《はり》を持ってる。縫ってやるから、貸してごらん」

「うむ。……なんと。こりゃあ、驚いた。みごとな手付きだな」

「これでも家庭的な性分《しょうぶん》なんだ」

「…………。して、ギモンとは？　縫い賃がわりに相談に乗ろう」

「うん。な。エスタークって、誰なのさ？」

「……おいおい」

「笑ったな」

「だってよ。からかっちゃあいけない。魔族たるもの、我らが英雄《えいゆう》、伝説の帝王エスタークさまを知らないわけがあるかい」

「あるかいったって、あるんだよ。んー、どっかしら、聞いた覚えはあるような気もするんだけどよ。こないだ、三年ぶりに耳クソかっぽじってみたら、脳みそも一緒にこぼれちまって。いろんなこと、忘れちゃってねぇ」

「危《あぶ》ねぇやつだな。……よし。知らざぁ言って聞かせよう。エスタークさまは、古代魔界きってのスーパースターだ。太古の昔、混沌《こんとん》の極《きわ》みにあった我らが魔界を史上はじめて統一され、帝王となった。それはそれは偉大なかたなのだ」

「イヨッ！　……なー、でっかい肩はわかったが、うどんの君ってなんだっけ？」

「黙って聞け。いいか、その昔、太古のころ、帝王エスタークさまは、かつて定命《じょうみょう》のものにはけして許されたことのないほどの、力と地位を渇望《かつぼう》なさったのだ。地の底の帝王であることに飽《あ》きたらず、地の上にもおでかけになってな。あのムシケラである人間どもをも、みーんなまとめて、その闇である巨大な掌《てのひら》の内に握《にぎ》らんと欲《ほっ》されたのだっ」

「うひゃあ、ずいぶんでっかい手だったんだ。で、で、うまく行ったかい？」

「そこでうまくいっとりゃー、儂らがいまごろ苦労しとらんわい！」

「ちぇっ、なんだい。しゃくだなぁ」

「最初はな、快進撃《かいしんげき》だったのよ。後ろから来るやつぁ背負い投げ、前から来るやつぁカニバサミ。人間という人間を、みーんな魔族の食糧《しょくりょう》兼奴隷《けんどれい》にしてしまうまで、ほんのあと一歩ってとこだったんだが……そこに、しゃしゃり出て来やぁがったのが、あの憎らしい竜《りゅう》の神《かみ》とかいうおせっかい」

「竜のおカミさん。そりゃあおっかなそうだ。火ぃ噴《ふ》くだろ」

「だいたい、え、汚《きたね》ぇじゃねぇか？　神ってのは天のいと高いところに鎮座《ちんざ》ましましてるもんだろ。そこで黙って雨か雪でも降らしてりゃあいいものを、天空城の主《あるじ》であるはずの竜の神が、ひょいひょい散歩でもするみてえに地上に降りて来られちゃっちゃあたまらねぇ。おまけに、なぜだかわからねぇが、いきなし人間どもの味方してくれっちまったんだから、世の中狂《くる》ってる。天で使うべき力を地上で使ったもんだから、さあ大変。光と闇がぶつかって、地上は超大混乱さ。掟《おきて》やぶりの反則に、さすがのうちの大将も、ふかでを負って、そのまま、地底深くに封じこめられてしまった」

「ちきしょう、悔《くや》しいなぁ！」

「なにしろ天変地異だからな。時間が炸裂《さくれつ》し、世界は震《ふる》え、星々はもがき、地上はことごとくかき乱された。海は割れ、山は沸《わ》き立ち、島々は潰《つい》え、河川は干《ひ》あがった。昼も夜も雷鳴《らいめい》がとどろき、稲妻《いなずま》が幾筋《いくすじ》も走って暗い空を引き裂いた。舞いあがった大量の塵埃《じんあい》のために、太陽も星々も覆《おお》い隠されて見えぬ月日が幾年《いくとせ》も続いた。地上は、冷えと、飢えと、暗闇と不安に、長く閉ざされることとなった。……これが、エスターク大戦と呼ばれる戦いの顛末《てんまつ》だ。かれこれ、何万年か、前の話だがな」

「見てきたように言うなぁ」

「儂の爺《じい》さんの爺さんの爺さんの、嫁《よめ》に行った娘《むすめ》の大家《おおや》さんのご隠居《いんきょ》の義理の弟の先輩《せんぱい》の証言だから、嘘《うそ》じゃない。……それにしても腹が立つのは、これだけひどい目に合わされたってのに、人間どもが竜の神を恨《うら》みもせず、我らが帝王さまだけを逆恨《さかうら》みしてるらしいってことだ。そりゃー、魔族もさ、多少は殺したり喰《く》ったりしたかもしれないよ。だが、そりゃ、こっちが生き残るためなんだし。あんな在庫いっせい整理出血大放出はしなかった。節度は守ってた。なのに、なんで儂らばかりが嫌《きら》われる。なんで儂らばかりが悪いってことになるんだ。ええっ？　筋が通らねぇじゃねぇかよ。ちくしょう。青い空なんて大っきらいだ」

「魔族バッシングだなぁ」

「だがな、あのけったくそ悪い竜の神の莫迦《ばか》も、多少は落ちこんだらしいって噂《うわさ》だ。そこまで地上に被害を出さずにエスタークさまをやっちまうつもりだったんだろーに、はっはっは、要はエスタークさまが強すぎたんだな。ざまーみやがれ。以来、神さんは地上にゃ絶対に降りて来ないって誓《ちか》いを立てたんだそーだ。なにしろ、来ちまうと、来ないよりマシなことになるとは限らないからな」

「ははぁん。なるほどね。……待てよ。そんじゃあ、チャンスじゃんか！　今度やりゃあ、神さんヌキなんだろ。おいらたち、勝つかもしれないじゃんか！」

「そこよそこ！　そこなの！　だけど、ウチも被害が大きかったでしょー。なにしろ大勢死んだし。すっかりびびっちゃったのもいたし。どんな偉大な王さまだって、その下につくのはヤダって思っちゃったのもいたし。固まって戦ったっていいことなんかちっともない、それぞれ勝手に悪さしてるほうが気楽でいい、ってな気分になっちまったやつも少なくなかったわけ。で。魔界が再統一されたのは、やっと、今のナルゴスさまの御世《みよ》になってからのことなの。それだけ、ナルゴスさまへの期待は大きいのよね……よね？　……ぶるる、もとい、大きいのだ！　そして、そのナルゴスさまの地上攻撃の第一歩が、今度のサムルラーン攻略《こうりゃく》だってことなんだぞ。だから、しっかりしろよ、夜の帝王。今度という今度ばかりは、ビシッと気合い入れて戦わにゃあいかんのだ。エスタークさまの弔《とむら》い合戦だしなぁ」

「へー。なるほど。よくわかったよ。ありがとさん。……さっ、こっちもちょうどできた。着てみねぇ」

「うむ。うまいことつくろってくれた。……やゃっ。おいこら。夜の。何かいま、チクッとしたぞ……ああ、どうしたことだ。目が回る。力がぬける」

「あ。ごめん。待ち針代わりに使ったポイズンニードル、取るの忘れてたみたい」

「おいおい！　冗談《じょうだん》じゃゃ……ああーっ!!　ベホマしてくれー……」

攻略の夜は、燃える炎と血の紅一色《くれないいっしょく》に染め抜かれた。

エルフの王ネルウィックは、森と己の一族の悲運を悟《さと》った。

地獄の門番らの鬨《とき》の声の中、美しきサムルラーンにいかずちと火箭《ひや》が放たれ、ひとびとは巣を暴《あば》かれた蟻《あり》のようにばらばらと逃げ惑《まど》い、牙《きば》と刃《やいば》と爪《つめ》の、そして闇の魔術の餌食《えじき》となった。エルフらの優雅《ゆうが》で古風な剣術も、ホビットらの剛胆《ごうたん》にして力強い鉄槌《てっつい》も、もの言う獣らの駿足《しゅんそく》も、闇の兵士らの敵ではなかった。

ナルゴスの軍勢は情《なさ》けを知らなかった。緒戦の興奮《こうふん》と殺戮《さつりく》の歓喜《かんき》に酔《よ》いしれていたから、年寄りもこどもも逃《のが》さなかった。肉を裂き血を啜《すす》るに飽きると、略奪《りゃくだつ》と陵辱《りょうじょく》がこれにかわり、芳《かお》り高き実りも伝統の至宝《しほう》も手あたり次第根こそぎ荒らされ、踏みにじられた。若者は幸福のなんたるかを知る機会もなく冷たき骸《むくろ》となり、おとなしい獣らは生きながら皮を剥《は》がれ、娘たちは血腥《ちなまぐさ》い楽しみの贄《にえ》となった。

やむことなく思われた蹂躙《じゅうりん》もその対象がことごとく果てれば鎮《しず》まるもの、森が燃えつきるころ、さしもの災禍《さいか》も終焉《しゅうえん》を見た。木々はみな悪魔の指骨のような痩《や》せさらばえた姿をさらし、黒雲飛びすさぶ空に幾筋もの煙をあげた。そこここに傷つき血にまみれ踏みつけられた骸が、ぼろきれのように積み重なった。古いコヌジュレの樹《き》を利用して空中高く建てられたエルフの王代々の、質素ではあるが趣《おもむき》のある館が、ぶすぶすと燻《くすぶ》りながら、崩《くず》れ落ちる。

「ネルウィックを、殺《と》ったか？」

小高い丘に立って、滅びゆく森を見下ろしながら、ダクロスが呟《つぶや》くと、後ろからオックスベアが進みでて、ひとつの首をさしあげて見せた。静かに瞑目《めいもく》した、美しい壮年の男の首だった。

「手柄だな」

ダクロスがにやりとすると、オックスベアは無言でやにさがった。

「いいえ」ボーンナイトが抗議《こうぎ》した。「こいつの手柄なんかじゃありやせん。森の王は、家族臣下ともども、自決されたんで」

「ほう」

「我らは、お言いつけ通り、最後まで投降《とうこう》を呼びかけましたが」トラ男も口を挟《はさ》む。「王自ら、館に火をかけたのです。跡は隈無《くまな》く探しましたが、もはや生命《いのち》あるものは、子猫一匹残っておりませなんだ」

「そうか」

ダクロスは肩をすくめ、王ナルゴスにことの次第を報告するべく、去った。

……これが世に『ネルウィックの愚昧《ぐまい》』といわれる戦いの顚末《てんまつ》である。

高貴にして穏健《おんけん》な森の妖精エルフ、エルフらに従う器用で頑健《がんけん》なホビットたち、そして数多《あまた》のもの言う獣らは、その大多数を失い、以後、魔族に――闇の支配者の容赦《ようしゃ》のない手の内に、組み入れられ、従わざるを得なくなった。

そして、かつていかなる悪魔王も、どれほど恐ろしき妖魔をも、たちどころに退《しりぞ》けることのできた天の誇り、太陽が、この時限りその威光《いこう》を失った。朝焼けや、まばゆい昼間の陽光などが、もはや、邪悪の蔓延《まんえん》を留《とど》める盾《たて》とならなくなったのだ。

地獄に発した生き物たちは、光を恐れる必要のない地上の妖精族らとまぐわい、子をなし、血を交わらせた。地泥《ちでい》の下や沼沢《しょうたく》の底や夜の帳《とばり》の内など、色というもののない世界にのみ、いじけ潜《ひそ》んでいなければならなかった呪《のろ》わしきその性質を、変化させたのである。

エルフの森、惨劇《さんげき》の後。暁《あかつき》のおとずれの僅《わず》かに前。

灰塵《かいじん》舞うネルウィック王の館跡近くに、どこからともなく、一羽の禽《とり》が降り立った。その闇を凝《こご》らせたかのような黒翼《こくよく》は、みるみるうちに丈の長い外套《マント》に形を変え、はばたきはいつしか、風にはためく裳裾《もすそ》となった。

ばたばたとなびく外套《マント》をしなやかな腕が背に払うと、青みを帯びた銀色の長い髪が滝のようにあふれだし、妖《あや》しき貴公子の貌《かお》を縁《ふち》どった。肌は雪白《せっぱく》。瞳は孤狼《ころう》の金《きん》。唇は朝露《あさつゆ》を宿《やど》し紅蓮《ぐれん》に燃える薔薇《ばら》の蕾《つぼみ》。世にも気高く美しいその顔は、優しげな微笑を浮かべていたが、全身から発する気配には隙《すき》がなく、そのたたずまいは侵《おか》しがたい威厳《いげん》にあふれて重々しかった。

「乱暴なことだ」砕《くだ》けた玻璃《はり》の盃《さかずき》の破片を拾いあげながら、美貌《びぼう》の妖魔は呟いた。

「ダクロスめ、美というものを少しも解《かい》さぬな。何も、すべて粉微塵《こなみじん》にせずともよかろうに」

と。

妖魔は手を止め、耳をすました。

生きものの気配がしたのである。

それは広大な庭の片隅で木の実がひと粒《つぶ》落ちて葉に触れたほどの、かすかで弱々しい気配だった。妖魔の鋭敏《えいびん》な感覚にさえ、何かの錯覚《さっかく》かと思われたほどに。

が、妖魔が息をひそめて待っていると、また同じ気配があった。気配は、蜘蛛《くも》の糸に触れた蝶《ちょう》のように、妖魔の探査の念の網《あみ》にかかった。

彼はにやりとした。

外套《マント》をひるがえすと、迷わず、大股《おおまた》に、王の館跡に進んでいった。その靴《くつ》は、廃墟《はいきょ》の床の瓦礫《がれき》を踏みしだき、倒れたまま放置された数多《あまた》の骸《むくろ》に乗りあげたが、こそとも音をたてなかった。

梁《はり》が落ち、壁の崩れた館の中は、奥に向かって、次第に濃密《のうみつ》さを増す漆闇《うるしやみ》となったが、妖魔の足取りはいささかも鈍《にぶ》りはしなかった。闇は妖魔の忠実なしもべであり、揺籃《ようらん》でさえあったのだから。

やがて、その予想通り、闇のかなたに美《うま》しき獲物が見出《みいだ》された。まごうべくもない高貴なエルフの気配、汚《けが》れなき処女の生命が馥郁《ふくいく》と薫《かお》っている。灰の底深く包み隠された熾《おき》が熱の放出を抑《おさ》えることはできぬように、乙女《おとめ》の清らな魂はその意図にかかわらず闇を貫いて輝き渡り、そのありかを、夜の狩人《かりゅうど》の熟練《じゅくれん》の瞳にありありと示さずにはおかなかった。

幾層もの障碍《しょうがい》を隔《へだ》てて、妖魔はそれを見抜いた。王ネルウィックの砦《とりで》は、凝《こ》った隠し部屋を擁《よう》していたのだ。闇の魔術に通暁《つうぎょう》するカロンのダクロスの油断なき眼をもだましおおせるほどに厳《げん》重《じゅう》に匿《かくま》ってあったのは、館きっての至宝。獲物は、ネルウィック最愛の末の娘、と妖魔は悟《さと》った。

「痴《し》れもの、ダクロス」妖魔は微笑んだ。「もっとも美味《びみ》なるものを残しておいてくれるとは、忠義なことだ」

念を凝らすと、虜囚《りょしゅう》の声も届いた。妖魔の耳朶《みみたぶ》を飾る、爪月《つめづき》を象《かたど》った白銀の耳飾りをちりちりと鳴らすほどに、はっきりと。

はしゃぎ回る幼子《おさなご》らしい、あどけない笑い声。そして、生きてゆくことに倦《う》み疲れた女の、諦《あきら》めと皮肉を帯びたささやき。

「……ああ、なりませぬ、姫さま。どうか、今少しお静かに！　これ、姫さま。ロザリーさま！　忌《い》まわしきものどもが、いまだにどこぞを嗅《か》ぎ回っておるやもしれませんのよ。妙《みょう》な胸騒《むなさわ》ぎがいたします。どうか、聞きわけて、おとなしう……」

乳母《うば》は不平たらしいせりふを、中途で途切らせることとなった。自分の身に何が起こったかも、理解しなかっただろう。

瞬《まばた》きひとつするほどの間に、何重もの扉《とびら》と壁と錠《じょう》とを潜《くぐ》りぬけた妖魔が、ゆきがけの駄賃《だちん》に、その心臓を貫いたからである。

「苦労であったな、はしため」

熱い血のしたたる指をひきぬき、無意識のうちにねぶりながら、妖魔はあやしく嘯《うそぶ》いた。

「ありがたく思うがよい。そなたの孤闘《ことう》は終わった。もはや何ひとつ思い煩《わずら》う必要はない」

乳母のからだがくずおれると、妖魔に、隠し部屋の全貌《ぜんぼう》が開けた。

途端に、妖魔はその黄金色《こがね》の瞳を、そして全身を、貫かれたように感じた。森の都の運命を象《しょう》徴《ちょう》するかのように仄暗《ほのぐら》く揺れていまにも消え去りそうな、壁の蠟燭灯《ろうそくあか》りのせいでは、むろん、ない。豪奢《ごうしゃ》な絨緞《じゅうたん》の上、床の中ほどに無造作に横座りした、幼い姫、エルフの末娘の姿が、あまりにも美しく、まばゆかったのである。

「愚鈍王《ぐどんおう》ネルウィック」妖魔は我知らずつぶやいた。「無惨《むざん》に滅びるさだめのもの。しかし、そなた、守るべき宝だけは、確かにあやまちなく選んだな！」

エルフ一族は、みな生まれつき整った姿かたちをしているものだ。王族とあれば、なかでもことさら典雅《てんが》であって不思議はなかった。だが、この幼い姫の美と清純と繊細《せんさい》は、悪魔の胸をも甘《あま》く痛ませるほどに完璧《かんぺき》、美貌《びぼう》で知られる妖魔をも妬《ねた》ませるほどに完全であったのだ。

その頰《ほお》は、白磁《はくじ》の器《うつわ》に淡紅《あわべに》のはなびらを一枚浮かべたかのよう。その瞳は、咲《さ》き初《そ》めの忘れな草をとじこめた水晶。その唇は熟《う》れきらぬ苺《いちご》実の瑞々《みずみず》しさ。顎《おとがい》と鼻筋はあくまで華奢であり、手足は、つくりもののようにすべらかだった。あふれだした蜜《みつ》さながらの黄金巻毛の隙間《すきま》からのぞいた耳は大きくとがって、種族の特徴をあらわしていた。長い幽閉《ゆうへい》生活のためにか、少々草臥《くたび》れた灰色のドレスの裾《すそ》からは、さらにエルフのエルフたる所以《ゆえん》である細い尾の先端の黄金の飾り毛がのぞいていたが、それすらも、解《ほど》けかけたガーター・リボンのように心にくいアクセントとなっていた。

姫は、幼女らしくあどけなかったが、あまりにも瑕《きず》のないその肢体《したい》、欠点のない目鼻だちは、その完璧さのために、逆に、いかにも危《あや》うく、壊《こわ》れやすく、妖魔の心を……その保護本能と破壊衝動《はかいしょうどう》の双方を……激しく揺さぶった。なにより、その無邪気《むじゃき》な微笑には、高貴な魂の匂《にお》いがした。どんな美貌の女でもその生まれが卑《いや》しければ学んで手に入れることのできぬ、生まれつきの品性こそ、妖魔がもっとも好むもののひとつである。

「どうしたの？」と、幼女は問うた。「アデリーン、どうして、急に黙っちゃったの。あなたは、誰？」

その瞳に、声に、怯《おび》えの翳《かげ》りはなかった。一族に起こったこと、父に起こったこと、そして、今まさに我が身に起こりうることを理解し、恐怖《きょうふ》するには、末の姫は幼《おさな》すぎたのだ。

黒と銀の妖魔は、もはや、ためらわなかった。

傍《そば》の床に膝をつき、小さな姫を抱きあげた。

「アデリーンは死んだ。ロザリー、そなたは、わたしが預かる」

幼女はこくりとうなずいた。

「あなたは、誰？」

同じ問いを、繰り返す。

妖魔は微笑み、静かに答えた。

「我が名はピサロ。そなたに世界を与えるもの」

2

帝王ナルゴスには四人の妃《きさき》の腹から同時に誕生《たんじょう》せし四人の息子《むすこ》があった。武勲《ぶくん》名高きクネフ、奸智《かんち》にたけしデガント、妖《あや》しくも美しきニュイイ、そして朴訥《ぼくとつ》なるヘイゲンである。大王の跡継《あとつ》ぎとしてより相応《ふさわ》しく思われることの多かったのは先の二者だが、若かりし日争いを起こしてふたりともに世を去った。後、ニュイイはピサロを生み、ヘイゲンはミアソフを為《な》した。

ニュイイとヘイゲンの間に、またピサロとミアソフの間には、反目と言うほどあからさまではないが、どうにも隠《かく》しようのない確執《かくしつ》があった。いくさの世にあたって、皇子《おうじ》らとそのそれぞれを擁《よう》して栄誉《えいよ》を求むるものたちは、互《たが》いに競いあい、出し抜きあい、時に相手を混乱させるためにわざと偽《いつわ》りを言い、その裏をかこうと謀《はか》りさえした。

それでもナルゴスの軍勢は、焦土《しょうど》と化したエルフの森を足がかりに、着々と勢力を広げ、ついにとある島に、魔族の砦《とりで》を築《きず》くに至った。のちにデスパレスと呼ばれることになる悪魔城《あくまじょう》である。

魔族は略奪《りゃくだつ》と破壊《はかい》を好むと同時に、豪奢《ごうしゃ》と虚飾《きょしょく》を愛するもの。まだ仮ごしらえの出城《でじろ》とはいえ、それは、人間のどんな王の最高の城塞《じょうさい》にも、いささかも劣《おと》るものではなかった。

燐光《りんこう》を放つ壁は地獄の石切り場からもたらされた魔岩で、この世のいかなる武器をもってしても毫《ごう》ほども傷つけることはできない。色とりどりの砕《くだ》いた貴石《きせき》を敷《し》き詰《つ》めた床《ゆか》は、古代の魔文字で惑《まど》いの呪文《じゅもん》を織りなしており、知識なく踏みこむものを、永遠に堂々巡《めぐ》りさせるしかけになっている。

いまだ太陽の光を不快に思うものたちのために、窓という窓には黒い玻璃《ガラス》が塡《は》めこまれ、たっぷりとした天鵞絨《ビロード》の幕《まく》で覆《おお》いがしてあった。その大広間は万軍の陣営《じんえい》を張りうる大きさを持ち、その厨房《ちゅうぼう》は幾万の悪魔をも一時に満たすことができる規模を誇《ほこ》った。

三重の堀《ほり》の第一は凍《い》てつかんばかりの氷水を、第二は煮《に》え立つマグマを、第三は憎悪に滾《たぎ》る血を満たしてあり、それぞれに掛かる跳《は》ね橋《ばし》と門は、青銅《せいどう》と、黒樫《くろかし》と、黄金を象嵌《ぞうがん》した純白の大理石とでできていた。

だが、どの堀もどの扉も、そこにかかったどんな呪文も、皇孫《こうそん》の中で随一《ずいいち》の魔力を誇る妖魔の貴《き》公子《こうし》は、阻《はば》むはおろか、足止めさせることもできない。

ある日のこと。

城の西の塔《とう》の最上階に、禽《とり》の羽根が一枚、ふと現れたかと思うと、みるまに黒い外套《マント》を纏《まと》った長身の男の姿となった。

「おお。ピサロさま」

西翼の守備隊長であるライノスキングは、侵入者《しんにゅうしゃ》の気配に振り向きざま、我知らず構えかけていた鋼鉄《はがね》の戦斧《せんぷ》を、あわてて下ろした。

「これはとんだご無礼を」

「上は隙《すき》だらけだ」妖魔は叱《しか》りつけた。「翼《つばさ》あるものに対する防備が、なっておらん。そんな剣呑《けんのん》なものを振り回す前に、まずは頭を使うがいい」

「は」

ライノスキングは神妙《しんみょう》にうなずいたが、その皮肉な唇《くちびる》のひきつりを見落とすピサロではない。

「確かに、人間どもは、今はまだ空は飛ばないかもしれない。だが、天空にはより恐ろしき敵がいるんじゃあなかったか？　奴隷《どれい》のホビットらにでも言いつけて、からくり細工の弓矢《ゆみや》仕掛けでも考案させてはどうだ」

「こころえおきます」

外套《マント》をひるがえして螺旋階段《らせんかいだん》を降りてゆく妖魔の背に、ライノスキングは深々と会釈《えしゃく》をした。だが、その鼻には皺《しわ》が寄っていた。

（ガキめ……いい気になりやがって）

ライノスキングは視線を床に落としたまま、唇をねじまげた。

（しかし、どうも妙《みょう》だな。あの若造は、きのうもやって来た。せんだってもだ。西翼なんぞに、そうちょくちょく、いったい何の用があるのだろう）

彼は、ピサロを憎《にく》んでいた。ピサロはあまりにも優美であり、狡猾《こうかつ》で、近づきがたく高貴であったから。そして一介《いっかい》の衛兵《えいへい》であった彼を、今のこの地位までひきあげてくれたのは、皇子ミアソフであったから。彼はミアソフに忠義を感じていた。魔界のものとしては、例のないほどに。

（お知らせしておいたほうがいいかもしれない）

階段の中途まで来ると、ピサロは、足をとめ、周囲を探った。誰《だれ》ひとりいないことを確かめると、素早く手指を動かして、宙になにやら面妖《めんよう》な図案を描《えが》き、唇の内に古代の呪文を唱《とな》えた。

虚空《こくう》のかしこに、冷たい火花が生じた。炎は流れるように走って黄金の輪郭《りんかく》をなし、いにしえの文字で強い守りの呪文を綴《つづ》ったこの世ならぬ扉を炙《あぶ》りだした。ピサロが無言のままに進みでると、燃えあがる扉はひとりでにあいて主《あるじ》を迎えいれ、音もなく閉じ、すぐさま消滅《しょうめつ》した。

扉の内は、緑あふれる春の草原だった。まばゆいひざしの中、鳥が舞い、蝶《ちょう》が集《つど》っている。馨《かぐわ》しい花々が咲き乱れる野辺の中央、奔々《ほんぽん》と飛沫《しぶき》をあげる噴水池《ふんすいいけ》の敷石に、灰色のドレスを身につけた美しい少女が腰かけて、低くささやくように歌を歌っていた。その手から何かしらついばんでいた小鳥が、妖魔の気配に、敏感《びんかん》に顔をあげた。

と、小鳥に見えたものは空飛ぶ魚であり、傍《かたわ》らを過ぎる蝶もまた、よく見れば翼に道化めいた化粧《けしょう》をほどこした蝙蝠《こうもり》であるのがわかった。樹木はみな銅細工の幹《みき》に翡翠《ひすい》の葉、珊瑚《さんご》の実を持っている。花々は青珠《サファイア》や紅珠《ルビー》のけして開かぬ蕾《つぼみ》をきらめかせ、真珠《しんじゅ》の露《つゆ》を宿していた。ほとばしる噴水の水さえも、幾万もの鏡のかけらにすぎない、それらは散らばって落ちながら水面に達すると、また一枚の鏡となるのだった。

妖魔ピサロの巧《たく》みな幻術《げんじゅつ》による、このまがい物と作り物の園《その》の中で、まぼろしでないのは、今、立ちあがり、灰色のドレスの裾《すそ》をひるがえして、まっしぐらに走ってくる、健康そうな少女、エルフの王の忘れがたみ唯《ただ》ひとりなのだった。

「駆《か》けるでない。怪我《けが》をする」

ピサロは眼を細めたが、幼い姫は彼まであと三歩ばかりのところまで来て、ぴたりと止まると、舌《した》足らずな声に手強《てごわ》い意志を込めて、罵《のの》し叫《さけ》んだ。

「外に出たい！　出して。ここにはもう、飽《あ》きたの！」

「愚《おろ》かな」

妖魔は低く呟《つぶや》きかけたが、すぐに、なだめるように、声の調子を変えた。

「聞け。ロザリー。欲張りは死をもって償《つぐな》わねばならぬものだ。わたしが与えてやるもので満足することを学びなさい。聞きわけよくしておれば、褒美《ほうび》をとらせるぞ。うん？　何がよい。言うてごらん」

少女は、答えない。ぷいと、横を向いてしまう。

「申さぬか」妖魔は少女のふくれっ面《つら》を手で押さえて、その顔をのぞきこんだ。「では、やんちゃな仔鹿《こじか》はどうだ。そなたは走るのが好きだろう。鹿は速い。そなたを背に乗せて、めまいがするまで駆け回ってくれるぞ。それとも、黄金の横笛はどうかな。唇をつければ、ひとりでに、この世ならぬ歌を歌う。どんな美声の鳥も、己《おの》が喉《のど》の不調法を恥《は》じて、自《みずか》らの嘴《くちばし》で心臓を突き破らずにはおれなくなるほどの、えもいわれぬ音色《ねいろ》でな」

「外に出たい」

少女はあくまで頑固《がんこ》に言い張った。青水晶《あおすいしょう》の瞳《ひとみ》で、妖魔の黄金の瞳《ひとみ》をひたと睨《にら》みつけながら。

「あたし、お陽《ひ》さまが見たいの!」

「太陽か……あれはいかん。わたしはあれが嫌《きら》いだ。月か星で我慢《がまん》はできぬか」

「いやいや!」少女は首を振った。「お陽さまの光が浴《あ》びたい。他にはなんにもいらない! 鹿も笛も、どうせ、みんな偽物《にせもの》なんだもの。偽物なんて、大きらい! こんなところ、大っきらい! あんたなんて……あんたなんて、大っきらいよっ!」

少女の瞳から、大粒《おおつぶ》の涙《なみだ》があふれる。エルフの王女の涙は血潮《ちしお》のように赤く、キラキラと輝きながら妖魔の掌《てのひら》にこぼれ落ちた。だが、しばらく泣くと、少女は急に黙《だま》りこんだ。声を殺し、唇を噛《か》みしめ、握《にぎ》り拳《こぶし》でまぶたを拭《ぬぐ》う。

妖魔は面白がっているような微笑みを浮かべながら、その拳を退かして、少女のべそかき顔を愉《たの》しんだ。

「勇敢《ゆうかん》だな、ロザリー」妖魔は優しくささやいた。「面と向かってわたしを罵《ののし》るのは、おまえくらいなものだ。そなたの血は、誇り高き種族の記憶をみごとに引き継いでおるらしい。しかし、おもてはいかん。魔界は今、いくさの最中だ。おまけに、臣下のものの内にさえ、わたしに少々剣呑《けんのん》な気持ちを抱《いだ》いているものがある気配だ。年端《としは》もゆかぬ娘を連れて歩けはしない。待っていなさい、いまに、我が父上の代にでもなれば……」

「魔物なんて、怖《こわ》くないわっ」魔物のことなどろくに知りもしなかったが、少女の願望は固かった。

「平気だわ。あんたがおっかないんなら、あたしひとりで行く。お陽さまを見にいく。だから出して！」

「ならぬ！」妖魔は吹雪《ふぶき》の声で言った。

が、次の瞬間、にやりと嗤《わら》い、もがく少女を抱きあげる。「そうじゃ、地獄にも、太陽があるはず。そなたの太陽とはちと違うやもしれぬが。どれ、探してみしょう」

妖魔は少女を外套《マント》に包みこむと、彼女の丸くすべらかな頬に、おののくまぶたに、不平そうに突《つ》きだした唇に、氷の唇を這《は》わせた。

姫は、なお彼を拒《こば》み、時おりきつい視線で睨《にら》みさえした。だが、その癇癪《かんしゃく》を起こした顔が、徐々に戸惑《とまど》うような表情に変わり、やがて小さな胸は、外からもはっきりとわかるほど、どきどきと高鳴りだした。

妖魔の唇は媚薬《びやく》に等しく、その爪指《つめゆび》は冷たい炎であった。地の下のそして地の上のどんなに心強《たけ》きものも、けして逃《のが》れることのできぬほどの悦《よろこ》びを、妖魔は自在に操《くく》った。彼は誘惑《ゆうわく》そのものであったから。

無垢《むく》な少女は、己《おの》が皮膚《ひふ》の内側に、自分ではない自分を見た。少女の瞳は熱に浮かされたように宙をさまよい、頬はぼうっと熱くなった。憎いはずの皇子に許《ゆる》しを乞《こ》おうと唇を開けば、甘やかな吐息《といき》が我知らずこぼれた。妖魔は唇に冷たい笑みを浮かべ、きらきら光る眼に容赦《ようしゃ》のない愛をこめて、手の中の小鳥のもがくさまを愉しんだ。

世界は少女の内に溶け、沸騰《ふっとう》し、散《さん》じてまた集《つど》った。ロザリーが白い喉《のど》をのけぞらせると、蜜《みつ》色の髪の編みこみを押さえていた宝石細工のピンがはずれた。滝のごとく流れ落ちた髪が、妖魔の黒《くろ》装束《しょうぞく》に、黄金の房飾《ふさかざ》りとなって輝いた。

妖魔は声をあげて笑った。

「わかったか、太陽はそなたの内にある。いや、わたしの内に、というべきか」

妖魔は少女の髪を指で梳《と》いた。

「しばらくの辛抱《しんぼう》だ、ロザリー。わたしは約束を違《たが》えはしない。必ず、ここを出してやる。好きな処《ところ》を歩かせてやる。我が妻としてな」

少女は答えることはできなかった。百万の星の歌を聞くような想いに、いまだ翻弄《ほんろう》されていたために。


地獄の底、煮えたぎり沸《わ》きたつマグマの海の打ち寄せる崖《がけ》に、ぽっかりと黒い洞窟《どうくつ》があいている。その入り口を閉ざした鉄檻《てつおり》に、皇子ミアソフは、錆《さ》びついた鍵《かぎ》をねじこみ、封印《ふういん》を破るための古代の呪文を口ずさんだ。魂《たま》消《げ》る悲鳴《ひめい》のような不気味な音が轟《とどろ》き、さし招くように檻《おり》が開いた。ミアソフが小さくうなずくと、同行していた武装した部下三人は、無言のままうなずきかえし、次々に闇に踏み入った。

岩廊《いわろう》の床は湿《しめ》って滑《すべ》りやすかった。いぐさの灯明《とうみょう》に照らしだされた壁は、肉色を帯び、巨大な生物の胎内《たいない》を思わせた。一行は、声もなく、濃い闇をかきわけて進んだ。死にかけた獣《けもの》のような、いやな匂《にお》いが満ちた洞窟の中を。

ふと振り返った最後尾のひとりが、喉声《のどごえ》を洩《も》らした。一直線に歩いてきたはずの道が、うねり、蠕動《ぜんどう》しながら、遥《はる》か上方へ延びている。知らず知らずのうちに、深淵《しんえん》へ、奈落《ならく》の底へ、追いやられているのだ。彼の耳に、背筋の凍るような哄笑《こうしょう》が届いた。恐怖《きょうふ》がふくれあがった。

かすかな鍔《つば》なりの音にミアソフは振り向き、事情を察《さっ》して、素早く、剣にかかった部下の手を押さえつけた。

「うろたえるな。我らには災悪避《さいあくよ》けの呪文がかかっている。危害《きがい》は加えられぬ」

部下は青ざめた唇を無理に笑わせながら、剣を放した。四人は再び、黙々と歩きだした。

あるときは行く手に、またあるときは後ろから追って来るように、何かの気配が消えなかった。ちりちりと焼きつくような吐息が頬をかすめ、毒々しい女のささやきが耳を撫《な》でた。だが、ミアソフは立ち止まろうともせず、剣に手をかけもしなかった。その連れである、より心弱きものたちにとっては、つのる不安が恐怖にそして狂気《きょうき》に、ゆっくりと形を変えてゆくのをじっと耐える以外、なすすべもなかった。やがて、唐突《とうとつ》に廊下《ろうか》が終わり、うっすらと青く輝く部屋に出た。

広間ほどの空間に、背の高い棚《たな》が、迷路のように入り組んだ形におかれている。棚も床も、埃《ほこり》臭《くさ》い書物や巻きものでいっぱいだった。ぼろぼろに崩れた紙の間を、七色のとかげが走りぬけ、うまおいこおろぎが跳ね飛んだ。長剣の鞘《さや》で蜘蛛《くも》の巣を払いのけながら、ミアソフは先に立って進んだ。まるで、ごく馴染《なじ》んだ場所に入ろうとするかのように。やがて書架《しょか》がつき、中央に机があり、灰色の襤褸《ぼろ》が縮《ちぢ》こまっているのが見えた。

「ジャコーシュどの」と、ミアソフは呼びかけた。

「魔王ナルゴスの子へイゲンの子、皇孫ミアソフが申しあげる。現世に並ぶべきものとてない天空の智恵者どのに、お目通りを願いたい」

灰色の塊《かたまり》が身じろぎすると、あるべく思われたのとは違う場所に、狡猾《こうかつ》そうな顔がのぞいた。巨大な頭蓋《ずがい》のかたちそのままに皮を張ったばかりのような痩《や》せ衰《おとろ》えた頬が、皮肉な笑みにひきつっている。

「魔王、となー!」ジャコーシュは笑ったが、その微笑みには温《あたた》かみのかけらもなかった。「魔界にもまた、かく僭称《せんしょう》するものが生じたのか。いやはや、時はめぐるの。さだめのままに」

「真理の主よ」

ミアソフは片膝《かたひざ》をついた。同行者たちも、あわてて真似《まね》をした。

「悲運の宰相《さいしょう》よ。さりながら、私は幸いにも、あなたさまのような偉大な智恵者を、このような暗がりに虜《とりこ》にし、忘れさられるに任せたものらの末裔《まつえい》ではありませぬ」

「ほお」魔術師の薄い唇が、にやりとまくれあがった。「では、やつらはどうなったのだ？　この儂《わし》を、詐欺師《さぎし》、いかさま師と罵《のの》り騒いだ愚《おろ》かものたちは。恩知《おんし》らずで愚劣《ぐれつ》な、帝王エスタークの武将たちは？」

「みな死にました。既に。昔に」

魔術師の眉があがる。ミアソフは舌を湿《しめ》してつけ加えた。「その後継者らは存命《ぞんめい》しておりました。が、彼らを滅ぼし平らげたのが、わが祖父ナルゴスであることを、お含みおきくださいますように。我らはエスタークの時代の過《あやま》ちを正すためにこそ、ここにこうして参ったのでございます」

ジャコーシュは立ちあがり、大声をあげて笑った。手近な書物を手あたり次第に狂ったように撒《ま》き散らし、天を指さし、地を踏みしだいて罵った。ミアソフは恬淡《てんたん》ととりすました顔で平然と持ち堪《こた》えたが、あとの三人は震える膝を押し殺すのがせいいっぱいであった。

ひとしきり騒ぐと、ジャコーシュは興奮《こうふん》を鎮《しず》めて、ミアソフに詰め寄った。

「では、そなたらは信じるというのだな？　この儂が、真実偉大なる魔術師であるということを。地上の生まれではない、もとより地獄の魔物でもない、天空の大神官であるということを」

「信じます」ミアソフははっきりとうなずいた。「知っています。それゆえに、あなたほど強く、竜《りゅう》の神《かみ》なる天空の主に復讐心《ふくしゅうしん》を抱《いだ》いておられるかたは、ないということも」

「竜の神！」　ジャコーシュは唾《つば》を吐いた。「そうだ。あやつめは、儂の比類なき知力を妬《ねた》み、畏《おそ》れたのだ。自分の地位が脅《おびや》かされるのではないかと疑《うたが》ったのだ。罪なき儂に罪泥《つみどろ》を塗《ぬ》りたくり、我が友人らをみなそそのかし、この背の輝かしき翼をもぎ取って、地上に投げ落とした。それもこれも、この儂の生んだ、かの空前絶後の神秘術、進化の秘法《ひほう》を、我がものにするためにな！」

「進化の秘法だって！」驚《おどろ》いて、ミアソフの部下のひとりが叫んだ。「そりゃあ、いけません。若様、ありゃあ、不吉な迷信ですよ。いかさまだ。いんちきだ。あんなうさん臭いものを、ミアソフさま、まさか、またぞろ、試《こころ》みようとなど……」

ミアソフの唇から気合いがほとばしり、口さがない部下は、せりふなかばに絶命した。倒れたからだの下から、緑色がかった血がにじみだして、床のがらくたをしとどに濡らした。残りふたりの部下は蒼白《そうはく》になったが、ジャコーシュは骸骨《がいこつ》のように凹《くぼ》んだ目をきょときょとさせて笑った。

「つかえるの、皇子どの」

「連れが、たいへんなご無礼を申しました。お許しくださ い」

「今にはじまったことではない」ジャコーシュは渋面《じゅうめん》を作ってみせた。

「あの時も、みながみな、儂を狂人扱いしおった。嘘《うそ》つきよばわりをしおった。だが、儂は間違ってはいなかった。わが理論は完全であったが、ただひとつ、要《かなめ》の品、黄金《おうごん》の腕輪《うでわ》がまにあわなんだのだ。あそこで、竜の神が介入しさえしなければ……儂はとめたのだ。エスタークを。腕輪なしでは、秘法は正しく働かぬと。だが、あやつが、勝ちを焦《あせ》ったばっかりに……」

天空の魔術師はふとことばを切り、傍らに畏《かしこ》まったままのミアソフを見下ろして、片方の眉を掲《あ》げた。「これはしたり。たまの客人を、いいわけめいた昔がたりで退屈《たいくつ》させてしまったの。天空の人間は、地の上、地の底では、けして死なぬようさだめられてある。儂は年寄りじゃ。この年に免《めん》じて、不調法をも許されよ。……して、皇子どのとやら、そなた、何をしにまいられた。エスタークの時代の過ちを正すとか？　儂に、わびでもいいに参られたのか」

「いいえ」ミアソフの瞳に、欲《よく》の光が灯《とも》った。「あなたさまを、ここより、お連れするために。自由の身にしてさしあげるために」

「そんなことができるのか」ジャコーシュはうたぐり深そうに顔をしかめた。「魔界がまた、儂を受け入れてくれるとでもいうのか」

「畏《おそ》れながら、今はまだ、その時ではございませぬ。さきに死なせましたわが同胞《はらから》のごとき愚昧《ぐまい》の輩《やから》も多々おりますゆえ。しかればこそ、お力をおかしくだされませ！　時が至れば。わが父が……いや、このミアソフが魔界の玉座につけば。その時こそ、ジャコーシュさま、きっとあなたさまの時代になりましょう！」

魔界の皇子と天空の魔術師は、しばし無言で見つめあった。

3

魔王ナルゴスの許《もと》に、黄金の女が届けられた。その肌《はだ》も瞳《ひとみ》も、髪《かみ》も、みなまばゆい月光のようであった。

贈《おく》り主《ぬし》は、エルフ王の森から捕らえられたホビットの細工師《さいくし》のうちでも、最も熟練《じゅくれん》した老工であった。その技量のすべてを注《そそ》ぎこんでどれほどのものが作り得るか、夢《ゆめ》の中で、見知らぬ若者に挑戦《ちょうせん》されたのだと言う。これこそ、天空の魔術師《まじゅつし》ジャコーシュと皇子《おうじ》ミアソフの密談《みつだん》の結果、練《ね》りあげられた策略《さくりゃく》であったのだが、小人《ホビット》はむろん、そんなこととは露知《つゆし》らなかった。

老芸術家の才覚と経験と意地を傾けて作りあげられた美女は、からくり仕掛けの人形であった。ひとりでに歩き、ひとりでに微笑《ほほえ》んだ。鑑定《かんてい》を頼《たの》まれた魔王は、戯《たわむ》れに人形に生命《いのち》を与《あた》えた。女はたちまち意識を持ち、老人の悪口をぺらぺらと歌いだした。老人がどんなに粗悪《そあく》な材料を使ったか、見えない部分でどう手を抜《ぬ》いたか、趣味《しゅみ》の悪い造形を自分がどんなに恨《うら》んでいるか、口から出《で》任《まか》せに告《つ》げ口《くち》したのである。あまりのことに当惑《とうわく》した老人は、しどろもどろ弁明《べんめい》をはじめたが、女の達者《たっしゃ》な口にかなうわけがない。魔物衆の大笑いを浴《あ》びせられながら、ほうほうの体《てい》で逃げ出した。

こましゃくれたからくり女はぺちゃくちゃとさえずり続けた。そのことばには一片の真実もなかった。当初こそ、よい退屈《たいくつ》しのぎになったが、ほどもなく魔王は彼女に倦《う》んだ。忠臣《ちゅうしん》ダクロスにくれてやり、嫁《よめ》にするがいいと揶《から》揄《か》った。ダクロスはこれを真《ま》に受けた。

永《なが》らく独身を通していたカロンのダクロスは、王賜《おうし》の美女に感激《かんげき》して家に連れかえり、妻《つま》と呼び、誠心誠意尽《せいしんせいいつ》くしてやったのである。花や菓子《かし》や宝石を贈って機嫌《きげん》を取り、せいいっぱいに着飾って色男ぶった。が、婚姻《こんいん》の悦《よろこ》びには到達《とうたつ》できなかった。いよいよ伏床《ふしど》をともにしようとすると、女はぬらりくらりと逃げ惑《まど》う。少しばかり厳《きび》しく叱《しか》りつけると、べそべそと泣き、奇妙《きみょう》な謎《なぞ》を言うのである。

「ああ、悲しい。ああ、辛《つら》い。この地獄《じごく》の中に、あたし以外に金髪《きんぱつ》女がいるなんて。ああ、悔《くや》しい。

ああ、憎《にく》い。あんな美人がいるなんて。あたしは安心できやしない。安心できなきゃ、お嫁になんか、なれやしない」

「金髪の女など、ここにはひとりもいはせぬぞ。おまえの半分ほども美しいと言える女など、ましてや、地獄にあるものか」

ダクロスは当惑し、女の手を取って、安心させるように優しく撫《な》でたが、女は強情《ごうじょう》にかぶりを振る。

「いいえ、います。金髪の女が。麗《うるわ》しい乙女《おとめ》が。この地獄のどこかに。闇《やみ》の王の御領土の内に。他《ほか》ならぬ悪魔城《あくまじょう》の隠《かく》し部屋に。あたしにはわかる。だから、こんなに悲しいんだもの」

女が嘘《うそ》をしか口にしないことは既《すで》に魔界中に知られていたが、純情なダクロスは、鵜《う》のみにしたようだった。城じゅうを探り、地獄じゅうを巡《めぐ》って、金髪女を探し歩いた。リリパットの婆《ばあ》さんの頭布《ずきん》をはがし、ミステリドールの土製の頭頂部に点眼鏡《てんがんきょう》をあてて、金色の髪を探した。バアラックや死霊《しりょう》使いや一つ目ピエロの衣をめくっては、彼らが女でないかどうか確かめようとして、いらぬ悶着《もんちゃく》を起こしもした。

金髪美女など、見つからなかった。

重臣ダクロスの狂奔《きょうほん》を、みなとともに面白がっていた魔王ナルゴスは、だが、ふと疑惑《ぎわく》を覚えた。王は、いにしえの呪法《じゅほう》を使って、『隈《くま》なきこと満月のごとし』と呼ばれる暗水鏡《あんすいきょう》、この世のありとあらゆるものを映《うつ》しだす役目の魔鏡を呼びだし、声に、なにものもけして逆らうことのできぬ魔力をこめて、厳しく問い質《ただ》した。

「我が領城のどこやらに、金の髪をした女が隠れておるか。ホビットの手によるからくり女を他にして」

「おられるような、おられぬような」鏡は歌った。「お城の西の高塔の、渦階段《うずかいだん》の一角に、時空のあわいがありまする。王にも隠れしその場所に、エルフの娘がおりまする。蜜の黄金《こがね》の巻毛持つ、可憐《かれん》な少女にありまする」

「エルフの娘だと？」魔王は顔色を変えた。「なぜ、そのようなものが？　そんなところで、何をしているのだ」

鏡は続ける。「愚昧《ぐまい》の王の末姫は、皇孫殿下《こうそんでんか》の想《おも》いもの。いまだ幼《おさな》き姫なれば、めおとの契《ちぎ》りはまだじゃとて、女王さながらのその振るまい、いずれか魔界をたいらげん」

「ピサロか」魔王は苦笑した。凍《い》てる湖が、寒さのあまりに、ひび割れるように。

「あの放蕩皇子《ほうとうおうじ》か。結局、エルフの森に出かけたのだな。我が命《めい》にさかろうて。そのうえ、敵の女に惑《まど》うとは、なんたる道化よ。愚《おろ》かさよ。若気《わかげ》の至《いた》りとは言いながら、まるで地上の屑《くず》どもか、夢《ゆめ》喰《く》いエルフの莫迦《ばか》どものようではないか。なれば、美しき孫《まご》よ。その愚《ぐ》にふさわしい姿になるがいい！」

ナルゴスが嘲笑《あざわら》うと、硫黄臭《いおうくさ》い煙《けむり》がどこからともなくあふれだした。魔王は爪指《つめゆび》を立てて、硫黄煙の渦《うず》をかき回し、吸いこんだ。

悪魔城に、魔界に、そして地獄の隅々《すみずみ》に、音でない音による呪文が轟《とどろ》いた。魔物たちは畏《おそ》れて、恭《うやうや》しく畏《かしこ》まった。やがて、妖術《ようじゅつ》に通じたものたちは、若き皇子ピサロの気配がこの瞬間《しゅんかん》から、魔界のどこにも感じられなくなってしまったことを知って、驚いた。

ロザリーは、いつものように、噴水《ふんすい》の縁《ふち》に座《すわ》ってぼんやりと物思いにふけっていた。途方《とほう》にくれた瞳も、憂《うれ》いを帯《お》びたまなざしも、水の鏡は、忠実に映した。乙女《おとめ》の指がなにげなく水に触れると、上下さかさまの双子《ふたご》の片割れの顔が、泣きだしたように、波紋《はもん》にゆがんだ。

鳥も蝶《ちょう》も、そばに寄ってはこなかった。彼らは乙女の気分に忠実だった。

どれほどの間こうして座り続けているのか、ロザリー自身にもわからなかった。ピサロは、ついさっき立ち去ったようでもあるし、もう一年も姿を見せぬようでもある。彼女は待っていた。ただひとりの男を。彼女にとって全世界である美しい妖魔《ようま》を。

エルフの姫が置きざりにされた処《ところ》では、時空は一貫した流れを持たなかった。妖魔のその訪《おとず》れを胸を焦《こ》がして待ちわびれば、時はかたつむりのごとく遅々《ちち》と這《は》った。それが不実な男の気紛《きまぐ》れのせいであるならばまだしも、今は魔界にいくさの風が吹いているらしい。いまごろどこで何をしているやら、傷ついていはしないかと胸が騒《さわ》ぐ。ここではない場所で起こっていることについて、時としてピサロのほうから語ってくれるのは、残酷《ざんこく》で血腥《ちなまぐさ》い、謀略《ぼうりゃく》と破壊《はかい》のものがたりばかり。ここにいる時だけが、妖魔は、彼としては最も穏《おだ》やかに、こころ静かに過ごすことのできる時であるのではないかと思われる。

逢《あ》えぬ時間《とき》の長さは、不安と疑惑《ぎわく》を募《つの》らせて、乙女の頬《ほお》から無邪気《むじゃき》な笑みを奪《うば》った。このまま来ぬひとを待ちながら、ただ無惨《むざん》に年老《としお》いてゆくのではないかと考えれば、はらはらと涙も落ちた。ここでひとり朽《く》ち果ててゆくよりは、いっそ今すぐに死んでしまいたいと何度思ったことかしれない。

恋人は、優しかったが、水のように自由で冷たかった。どんなにしっかり捕まえておこうとしても、いともたやすく指を擦《す》りぬけてゆく。留《とど》めておくことなど、できはしない。

恋人が憎かった。しむけられるまま、他に選択《せんたく》の余地もないまま、かの悪い男を愛さずにいられなくなった己《おのれ》が恨《うら》めしかった。だが、恋は思案《しあん》の外《ほか》。ひとたびその炎の狂気に捉《とら》えられてしまえば、理性も感情も、どのような魔術も護符《ごふ》も、役にはたたぬ。出会ったこともさだめならば、愛してしまったこともまた……。

ロザリーが、ため息をついた、その刹那《せつな》。

ふと、硫黄《いおう》のような匂《にお》いがたちこめ、彼女はひどいめまいを覚えた。いや、実際に地面が、あたりの景色《けしき》のほうが、激しく揺らいだのかもしれない。

眼を閉じ、眼をあけて。

ロザリーは、あっと息を呑《の》んだ。

あたりの風景が一変している。眼前に広がっているのは、緑豊かな森。作り物ばかりのまぼろしの世界ではない。とめていた息をそっと吸いこむと、草と樹木《じゅもく》の、懐《なつ》かしい、すがすがしい香《かお》りが、胸いっぱいを満たした。

鏡の噴水は清冽《せいれつ》な沢《さわ》に変わり、すぐ隣で喉《のど》を潤《うるお》していた仔鹿《こじか》が、彼女の視線を浴《あ》びて、挨拶《あいさつ》するように首を傾《かし》げた。対岸では縞模様《しまもよう》の尾を持ったあらいぐまがせっせと前肢《まえあし》を洗っているし、水面には魚たちが躍《おど》りあがり飛沫《しぶき》をあげてみせる。色とりどりの鳥たちがさんざめき、乙女の肩に、悪戯《いたずら》っぽく舞い降りては、さぁ遊びましょうよと誘いかける。見上げれば、若緑色の枝葉の間からさんさんと光が降り注いでいる。まごうかたなき、太陽の恵みの光が。

（サムルラーン……！）

そこは、愚昧王と揶揄《やゆ》される彼女の父ネルウィックの領地、かの『まどろみの都』に、あまりにも酷似《こくじ》していた。既に実在せぬ楽園を、過ぎた日の甘い夢を、忘却《ぼうきゃく》のかなたに霞んだ幼い執着《しゅうちゃく》のすべてを、誰《だれ》かが、なんの故《ゆえ》にか、残酷《ざんこく》なまでの正確さと皮肉な優しさで再現させたらしい。微《ほほ》笑《え》みながら、ロザリーの眼は濡《ぬ》れた。懐かしい父親とその一族の不在が、あまりにも際立《きわだ》たしかったために。彼らは復活を許《ゆる》されなかったのだ。かほどの不可思議を為《な》すなにものかに。

なにものか。

そんなことをしそうな相手を、彼女は、ただひとりしか知らなかった。

「……ロザリー？　何をきょときょとしているんだい」

甘やかな声に頤《おとがい》をあげると、傍《かたわ》らに立った背の高い若者は、他ならぬその『ただひとり』であった。ロザリーは、あまりの仕打ちをなじってやろうと拳《こぶし》を固め、唇を開きかけたが、すぐに、妙なことに思いあたって、黙りこんだ。

若者は、濃緑の上着《チュニック》を身に着け、木の皮を編《あ》んだらしいサンダルを履《は》いている。いつもの黒一色の高貴な姿ではなく。頭には大きな日除《ひよ》け帽《ぼう》を被《かぶ》り、肩には土を掘る道具らしきものを背負っている。そして、その周囲には、似たようないでたちのホビットたちが、いずれも力仕事のあとらしく、しとどに汗《あせ》に濡《ぬ》れて立ちつくしているではないか。

若者は確《たし》かにピサロの顔だちをしている。その耳許《みみもと》には、皇位継承《こういけいしょう》の徽《しるし》である爪月《つめづき》の耳環が見える。だが、これが、あの傲慢《ごうまん》な妖魔皇子だろうか？　濃い闇《やみ》の気配も、あからさまな自信も、妖《あや》しいまでの色香《いろか》も、どこにも見あたらない。愚直《ぐちょく》な顔つきで、彼はロザリーを見つめ返している。そこには、若者らしい情熱と当惑《とうわく》の色があった。彼は、さっき、ロザリーの振りあげた拳に、びくりと身を引きさえもしたのだ。彼女ごときが撲《ぶ》とうと蹴《け》ろうと、避《よ》ける必要もないはずなのに。

「どうかしたの？　悪い夢でも見たような顔をして」若者は肩から道具を下ろすと、近づいてきた。

ロザリーの硬直《こうちょく》した拳を包みこみ、おずおずと指をからめる。

「おてんばさん。お昼寝の夢の中で、いったい誰と戦っていたの？　まさかぼくとじゃあないだろうね」

見知らぬ他人のような恋人の眼に、ロザリーは震《ふる》えあがった。

何か尋常《じんじょう》ではないことが起こったらしい。ピサロのからだとこころから、誰かがその最も彼らしい部分を、そっくり抜き取ったかのようだ。これはぬけがら、それとも、よく似た偽物《にせもの》か。彼と我とをともに陥《おとしい》れようとする、誰かの巧《たく》みな罠《わな》なのか。

「……ピサロさま……！」彼女は、恋人の胸元をつかんで揺《ゆ》すぶった。顔を伏《ふ》せ、彼の眼をつとめて見ぬようにしながら、つかえつかえ、その名を呼んだ。

「……ピサロさま、ピサロさま。どうしたのとうかがいたいのは、あたしのほうです。いったい何があったのです。あなたは、ほんとうに、ピサロさまなのですか……？」

「おいおい」

ピサロは笑った。邪気《じゃき》もなく。「ぼくの顔を見忘れたのかい。ぼくはぼくであるに決まっているじゃあないか。なぁ」

彼が見回すと、ホビットたちも、口々に請《う》け合った。

「んだんだ。確かに、そんひとは、ピサロさんだぁな」

「ロザリーさん、寝惚《ねぼ》けてら。あはは」

「ずーっと儂《わし》らと一緒だったで。なーんも悪いことしてないべ。保証するべ。やっとこ煉瓦《れんが》ぁ積み終えて、はぁ、今日はもう休むべって戻ってきたげな」

あたりに集《あつ》まって来たキツネや兎《うさぎ》も、そうだそうだとうなずいてみせる。ピサロは、ここでは、動物たちにも慕《した》われているらしい。同等の仲間《なかま》だと思われているらしい。昔からこの地に暮らしてきた、ただの若者であるかのような、偽《にせ》の記憶をうえつけられたかのようだ。

あるいは、自分は、もといた場所とよく似た別の世界、別の時間に飛ばされてしまったのか？

「ロザリー……？」ピサロは茫然《ぼうぜん》とする娘の手を取って、愛《いと》しそうに撫《な》でた。「ひょっとして、君は、怒ってるのかい？　ずっと、ひとりぼっちにさせておいたから。でも、聖堂を作って欲しいって言いだしたのは君じゃないか。だから、こうやって、太陽除けの帽子をかぶってまで、突貫工事《とっかん》をしてるんだぜ。わかっておくれ」

「……ああ……！」

ロザリーはよろめくように後退《あとじさ》った。

妖魔は太陽をなにより嫌《きら》っていた。昼日向《ひるひなた》には、けして表に出なかった。天空から来る光を浴びることは、彼にとって、魚が空中にあるに等しく、鳥が水没しているに近いもの。束《つか》の間ならば耐《た》えられぬこともなかろうが、長い時間であれば、それは生命にもかかわる拷問《ごうもん》なはず。

ピサロがそんな苦痛を甘受《かんじゅ》しようとは。その手を土にまみれさせ、その額《ひたい》に汗《あせ》を浮かべ……しかも、ホビットや獣たちと睦《むつ》まじく！……力仕事に精《せい》を出すとは。

「ロザリー？　どうしたの。気分が悪いの？　さぁ、つかまって。木陰《こかげ》まで歩ける？」

ピサロはロザリーを支えて進んだ。彼らは大きな楡《にれ》の樹の葉陰に入った。柔《やわ》らかな苔《こけ》の絨緞《じゅうたん》の上に、ピサロは、そっと彼女を横たわらせた。その手が草露《くさつゆ》に濡《ぬ》れるも構わず、その膝《ひざ》が泥《どろ》だらけになるのも構わずに。甲斐甲斐《かいがい》しく、衣服の裾《すそ》まで整え、遠慮《えんりょ》がちに傍《かたわ》らに控《ひか》えた。まるで彼女が壊れやすい宝物であるかのように。彼女の許可なくしては、自分は指一本、触れてはならぬと思ってでもいるかのように。

心配そうに顔を見合わせていたホビットたちも、この様子を見て、邪魔をしてはならないと判断したらしい。肩をつつきあってそっと歩み去る彼らに、ピサロは無言のまま、感謝の会釈《えしゃく》を投げさえした。

ロザリーは掌《てのひら》に爪を立てた。

不安と非現実感のあまり、吐き気がした。孤独と恐怖に、身がおののいた。

ピサロが恋しかった。失われたピサロが。あの傲岸不遜《ごうがんふそん》なピサロ、世の中に自分より偉いものなどひとつもないかのようにいつでも自信満々のピサロが、たまらなく愛《いと》しかった。自分が彼を、どんなに慕《した》っていたか、こころ待ちにしていたか、ロザリーは、いやというほど思い知らされた。

彼は生まれついての王者であった。危険で、残虐《ざんぎゃく》で、奔放《ほんぽう》で、優しいかと思うと冷たく、あけすけであいまいで、少しも油断がならなかったが、こんな凡庸《ぼんよう》な若者を百人束《たば》にしても敵《かな》わぬほどの、闇の魅力に満ちていた。

だが、ピサロはいない。ピサロは変わってしまった。

ロザリーが両手で顔を覆《おお》って泣きだすと、ピサロはおろおろした。彼女のからだの震えが止まらぬのを見て、つんのめりながら枯れ枝をあつめ、慎重《しんちょう》に火を起こした。

弱々しく炎《ほのお》があがりはじめるころ、ロザリーは次第に泣きやんだ。

この焚《た》き火《び》の火種《たね》となったのは、妖魔の爪指から自在に迸《ほとばし》り出るいかずちではなく、その隠しから取りだされた、糸屑《いとくず》だらけの、ちびた火打ち石であった。ピサロは力をなくした。あるいは、力を発現させる方法を忘れてしまったのだ。そしてそれを、特に不思議なことだと思ってもいない様子である。

泣いてなどいる場合ではなかった。彼女は、気を鎮《しず》めて、とくと考えてみた。

ピサロはかつてのピサロを覚えていないのだ。苦もなくいかずちを呼んだことも、彼女を自分のために作られた楽器のように扱ったことも、ホビットなどといった身分の低いものたちとはけして交わらなかったことも……魔界にときめく闇の皇子であったことも、みんな、みんな、忘れてしまったのだ。

いったい何があったんだろう?

エルフの娘は、こっそり眉をひそめた。

ピサロは魔界を追放されたのだろうか。

それは、ありそうなことと思われた。

権力は疑惑《ぎわく》と騒乱《そうらん》の温床《おんしょう》である。自らも王女であったロザリーは、ひとの上にたつものが、いつでも剣の下に座《ざ》してあること、誰かに取って代わられる危険を背負《せお》っていることを理解していた。

魔界の帝王にしてピサロの祖父であるナルゴス自身が、孫の類稀《たぐいまれ》な能力と人望を畏《おそ》れ、それを誇らしく思う以上に、妬《ねた》み、疎《うと》んじたのかもしれない。あるいは……世継《よつ》ぎと称される皇子ミアソフは残虐で狡猾《こうかつ》な男だときく。先々邪魔になる、有力なるピサロを、今のうちに退《しりぞ》けておこうと企《たくら》んだとしたら。敵の娘を匿《かくも》うているなどという事実は、絶好の口実となる。

あたしのせいで。ピサロさまが罰《ばっ》を？

心地好《ここちよ》い痛みが、甘い疼《うず》きが、娘の胸を高鳴らせた。

男は、今は、生まれたての雛《ひな》のように見えた。

「……ああ、ピサロさま……」ロザリーは、戸惑う男の手を取って、祈るように、おしいただいた。

「ロザリー」

若者は純情そうに頬を赤くし、ためらいがちに、彼女を抱きしめた。

4

時は流れ、季節はめぐった。

やがて、囚《とら》われびとの森に、素朴《そぼく》ながら丹精《たんせい》こめた聖堂が築きあがった。ピサロがホビットや動物たちの協力を得て、成し遂《と》げた偉業《いぎょう》だった。ロザリーは、エルフの王家に伝わる秘術《ひじゅつ》に従《したが》って、イラクサとヒイラギとトネリコを集め、祭壇《さいだん》を作り、頭《こうべ》を垂《た》れて祈《いの》った。幼《おさな》い日の朧《おぼろ》げな記憶を頼りに、三日のあいだ口をきかず、食事も水も断《た》って祈り続けると、奇跡《きせき》があった。いにしえの昔《むかし》からエルフらを統《す》べる者と異界との間に結ばれていた契約《けいやく》に従って、どこからともなく、尊《とうと》い尼僧《にそう》が送られてきたのである。尼僧はみなを祝福し、以後、そこに留《とど》まって、必要な祭礼をとりしきってくれることになった。祭壇には、村の守護となるエルフの神が、宿ったのだった。

この日、村に名前がついた。ロザリーヒル、と。住人たちの、感謝と賛美《さんび》の表れだった。

聖堂の完成を祝う祭りが華《はな》やかに催《もよお》された。夕暮れ、村の入り口から聖堂まで、動物たちが花びらを撒《ま》き散らし、ホビットたちが松明《たいまつ》を捧《ささ》げ持った中を、ピサロとロザリーは、あたかも花婿《はなむこ》と花嫁《はなよめ》のようにしずしずと進んだ。礼拝所《れいはいじょ》の床《ゆか》は、みなの祝いの品々で埋《う》めつくされた。木の実や果物《くだもの》、珍《めずら》しい茸《きのこ》や美しい花々などが、木製の器、石の器、磨《みが》かれた金属の器などにあふれんばかりに盛られていた。白い顔の尼僧が、しきたり通りに、聖なる魂《たましい》を招き寄せる祈りを歌い、森に住むものたちの幸福と忠実と愛を願った。

宴《うたげ》がはじまり、夜明けまで続いた。乾杯《かんぱい》を交わすひとびとの列が何重もの輪を描き、賑《にぎ》やかな音楽と笑い声が新しい建物の屋根にこだましました。サンザシの枝を銀色の髪に被《かぶ》ったピサロは、ヤマユリの花を編《あ》みあげた金髪《きんぱつ》に挿《さ》して冠《かんむり》のように頂《いただ》いたロザリーを抱いて踊《おど》った。質素ながらせいいっぱいに着飾った似合いのふたりの顔は、幸福に輝《かがや》いていた。まるでものがたりの終わり、めでたしめでたしの場面の、さし絵のように。

だが、ロザリーの胸のうちには、ひとかけらの不安がひっそりと隠されていたのだった。

宴の途中で、ロザリーが退出した。その曇《くも》った表情をみとがめて、すぐに追いかけようとしたピサロを、みなで囲んで、おしとどめた。ピサロが家小屋にかえりついたは夜明け近くだった。そっと扉をあけると、星明かりの下《もと》、黄金の海が煌《きら》めいた。床いっぱいに広がりうねる黄金の波の真ん中で、忘れな草の瞳《ひとみ》をした娘が、放心したように空を眺《なが》めていた。ピサロはため息をつき、娘を抱いて、ヤマユリの花びらのちりばめられた褥《しとね》の上に、そっと横たえた。

「どうしたというんだ。こんな喜ばしい日に」

「……ピサロさま……」ロザリーは呟《つぶや》いた。「あたしの大切なピサロさま。あなたは世界一素晴《すば》らしいかた。あなたの内には、あらゆる王の中の王が眠っておられるというのに」

娘は、幸福に酔うことを恐れた。自分にとって、森が居心地《いごこち》が良ければ良いほど、故郷《こきょう》の都に似ていればいるほど、罪悪感《ざいあくかん》が募《つの》った。

エルフの神が降りたとて、すべてが愚劣《ぐれつ》なまやかしだ。偽《にせ》の森は、父王ネルウィックを愚弄《ぐろう》するもの。偽の幸福は、愛するピサロを侮辱《ぶじょく》するもの。星明かりの下、ロザリーは、畏《おそ》れと孤独《こどく》のために、さめざめと泣いていたのだった。

「ありがとう。でも、かいかぶるのはおよし」恋人の背を優しく叩《たた》きながら、ピサロは言った。「今のままで充分《じゅうぶん》じゃないか。幸福じゃないか」

「いいえ。いいえ」

決意の痛みを噛《か》みしめながら、ロザリーはまっすぐに愛する男を見つめた。

「今のままではいけません。これは嘘です。昼間の夢です。ああ、あたしが間違っていました。あなたを目覚めさせることを恐れていたなんて」

「何をいっているんだ」ピサロは呻《うめ》いた。「魔物に憑《つ》かれたような瞳をして」

「憑かれました」ロザリーは真面目《まじめ》にうなずいた。「あなたという魔物に。さあ、この、ぬるま湯を出てゆきましょう。寒風《かんぷう》いかに肌をさそうとも」

ふたりの生活は、甘いというよりはむしろ苦いものになった。彼らの関係は、風変わりで、不均衡《ふきんこう》で、どこかしら、忙《せわ》しないものとなった。

日々の暮らしの中で、ロザリーはピサロに、さまざまな課題と答えを与えずにはおかなかった。並んで空を眺めれば、天候の流れを読む方法についての講義《こうぎ》がはじまり、鳥が歌えば、そのことばを聞きわけるコツを教授した。ピサロははじめひどく戸惑《とまど》った。喋《しゃべ》るロザリーの顔をただぼうっと眺めているだけのこともあったし、そんなことには興味がないと露骨《ろこつ》に顔をそむけ、よそに行ってしまうこともあった。だが、ロザリーは怯《ひる》まなかった。倦《う》まず弛《たゆ》まず、同じことを何度でも辛抱《しんぼう》強く語った。たまたま何かをうまく成《な》し遂《と》げるたびに、愛する娘がこのうえもなく嬉《うれ》しそうな顔をするのに励《はげ》まされて、ピサロも次第にひたむきになった。

妖魔の爪先から、はじめて火花が飛んだ時……それは、とてもいかずちとは言えぬ、ささやかな電光でしかなかったが……ロザリーは涙を抑え切れず、聖堂に走って行った。戻って来ない恋人を探してやって来たピサロは、ひざまずいて祈るロザリーのただならぬ様子に驚き、その夜はひと晩、口をきかなかった。ことを急ぎすぎたか、あまりガミガミ言いすぎてうるさがられ、犬のように捨てられるのではないかと、ロザリーは胸を痛めたが、翌朝ピサロのほうから数多《あまた》の質問を発せられて感激することになった。以来、皇子《おうじ》は、恋人のひとことひとことを真剣に身をいれて聞くようになった。

魔王の教育は続いた。

かもしかの背に乗って駆《か》けること、石で金属を研磨《けんま》すること、遠くまで矢を射《い》ることなどについては、ホビットたちが、恰好《かっこう》の教師になってくれた。

そして夜の帳《とばり》が降りてからは、他のものには知られてはならない大切な修業が待っていた。娘は男に、魔界の歴史やしきたりについて、丁寧《ていねい》に話して聞かせた。光の魔法と闇《やみ》の妖術《ようじゅつ》、いにしえより伝わるさまざまな呪《まじな》いなど、知ることそのものが既《すで》に重大な責任を要求することがらを……生命と魂《たましい》と誇《ほこ》りに賭《か》けてとり扱わなければならないことどもを……少しずつ、教え伝えたのである。それらの半分以上は、かつて、今とはまるで違っていたピサロから、伝授されたことのおうむがえしであったのだけれども。

ピサロは、あらゆることがらを、みるみる吸収した。その成長ぶりには、どんな厳《きび》しい教師の目をも見張らせるものがあった。無理もない、もとは世界に並ぶ者のないほど、識《し》りつくし、熟練《じゅくれん》していたことがらばかりだったのだから。ほんとうは、覚えるのではなく、思い出すのだったたから。恋人に感心されたい一心で、彼女を失望させぬためにだけいやいやなされていた修業が、やがて彼自身の愉《たの》しみとなった。人間の年月にしてほぼ一年が過ぎると、ピサロはかつて持っていた妖術の大半を取り戻した。

だが、その新しい性格は……穏やかで真面目で自惚《うぬぼ》れたところの微塵《みじん》もない振るまいは……どんなに修練《しゅうれん》が進んでも、なかなか変わりそうにもなかった。ピサロは恋人の才気《さいき》を敬《うやま》い、美貌《びぼう》を崇《あが》め、その優しさをことのほか愛した。

ふたりはやがて、森の外に出ることを覚えた。二羽の鳥に姿を変え、夜を駆け、山を越えて、さまざまな土地を巡《めぐ》り歩いた。海に出れば魚の姿になって水底に沈《しず》んだ遠い昔の船の宝物を見物し、砂漠に巨大な城をたてて また崩《くず》してしまいもした。

街《まち》の雑踏《ざっとう》をのぞきにゆきもした。人間たちの愚《おろ》かしくも陽気な振るまいに、妖魔の皇子もエルフの王女も、たちまちこころを奪《うば》われた。生命短き人間たちもまた、笑い、泣き、憎み合い、愛し合うものであったが、それは魔物たちの眼には、ひと夜限り興行《こうぎょう》する滑稽《こっけい》で哀切《あいせつ》な芝居《しばい》のように見えたのである。彼らは時には姿を消してささやかな悪戯《いたずら》をした。都の王の寝室に忍んでその腕《うで》の中の愛妾《あいしょう》を年老いた羊の姿にし、貧《まず》しい鍋《なべ》直しの家を一夜のうちにきらびやかな宮殿《きゅうでん》に変え、海賊《かいぞく》たちの船を雪山の峰《みね》に運び、北の狩人《かりゅうど》らの村に熱帯の果樹園を出現させもした。

だが、何より彼らが好んだのは、旅人の服をまとい、人間の男女に化けて、人間たちの祭りに出かけることだった。サントハイムでもソレッタでもレイクナバでも、賑《にぎ》やかな踊りの輪の中に、見知らぬ恋人たちの姿が見られた。銀髪の若者と金髪の乙女《おとめ》は、その輝かんばかりの美しさと、まるで羽《はね》でも生《は》えているかのように軽《かる》やかに巧《たく》みに踊《おど》ること、そして、いかにも幸福そうに愛しあっている様子で、ひとびとの記憶に長く留《とど》まった。村人たちは、よそもののふたりを歓迎《かんげい》してくれた。

酒や菓子《かし》を振るまい、花を投げ、歌や口笛や手風琴《てふうきん》で激励《げきれい》した。若者には短剣や守り帯を、娘には手のこんだヴェールや金銀細工の装身具などを、みごとな踊りの報償《ほうしょう》に、気前よく贈《おく》ってくれもした。いかなる貴石《きせき》も古代の宝物も思いのままに手に入れることができる彼らにとっては、いずれもちゃちな安物ばかりであったが、そのこころづくしには胸がふくらんだ。

いずこの祭りであったたか、烏賊《いか》釣り船の灯《あか》りが港の夜を煌々《こうこう》と照らしていたのだから漁師たちの村であったろう。踊り疲れ、涼風《りょうふう》を求めて桟橋《さんばし》を散策《さんさく》していたふたりは、いまにも倒れそうな小屋の脇《わき》に立ったしなびた老女に出会った。銀と金の男女の手の中に、村人から譲《ゆず》られた絵扇《えおうぎ》があるのを見ると、婆は呟《つぶや》いた。

「ほう。闇の国の貴公子に、貢《みつ》ぎものをした者があるらしい。刃《やいば》をもって返礼されるとも知らずにの」

ロザリーは青ざめた。が、ピサロは微笑《びしょう》して言った。

「お婆《ばあ》さん、占《うらな》いをするんだったら、ぼくらの相性を見てくれないかい。いつ子宝にめぐまれるか教えてくれないか」

「哀《あわ》れなものよ」

老婆《ろうば》は破邪《はじゃ》のしぐさをしながら、光る眼でピサロを見据《みす》えた。「そなたらの契《ちぎ》りが孕《はら》むは復讐《ふくしゅう》、生むは憎悪《ぞうお》と滅亡《めつぼう》じゃ。今のそなたは仮の姿。やがて闇の本能の目覚める時が来よう。情けあらば妖魔よ、ゆめ忘るるなかれ。我らとともにあったことを。人間たちは敵ではないと。真の敵は身内にあると」

「……行きましょう！」

愕然《がくぜん》とするピサロの腕を取って、ロザリーは歩きだした。

「耳を塞《ふさ》いでも何にもならぬぞよ！」老婆はその背に呼びかけた。「なにものも、運命《さだめ》から逃げることはできない。愛こそがそなたらを引き裂くのじゃ。世界を巻きこんで。エルフの王女よ、そなたは今一度、我らに呼びかけることになるぞ。救いをもとめて。罪悪感にかられて。その男を殺せと、そなたのその花の唇が、人間に請い願う日が来るのだぞ！」

言い終わらぬうちに、老婆は倒れた。ピサロの放ったいなずまに打たれて。

そう、それはいなずまだった。単なる火花ではなく。

魔物らは無言で闇のうちに去った。喜びと悲しみと、重いしこりのような不安を、それぞれの胸に冷たく覚えながら。

5

魔王ナルゴスが死んだのは、この僅《わず》かにあとのことであった。

死の床には、臣下らのうち、ことに位の高いものたちだけが招かれた。魔王の伏《ふ》せった黒鉄《くろがね》の寝《しん》台《だい》から続く階《きざはし》のもっとも上部に畏《かしこ》まったは、皇子《おうじ》であるニュイイ、もうひとりの皇子ヘイゲン、その息子《むすこ》ミアソフ。そしてミアソフの一段下には、魔物たちのほとんどが覚えのない、黒い頭布《ずきん》を深々と被《かぶ》ったものの姿もあった。

魔王の顔は、傍《かたわ》らに掲《かか》げた燭台《しょくだい》の中の、ぬくもりを放たぬ緋《ひ》色の炎《ほのお》に照らされていたが、それでも月よりもなお青ざめ、闇《やみ》よりもなおどす黒かった。豊かではあるが既《すで》に艶《つや》を失った白髪の中には、死の痛みを減じる麻酔毒《ますいどく》を持つ琥珀《こはく》色の蛇《へび》たちが幾匹も互《たが》いに絡《から》まりながら、ゆったりと蠢《うごめ》いているのが見えた。王が最後の眠りを眠りはじめたように見えてから、はや七日が過ぎていた。もはや意識を取り戻すことはあるまいと、誰《だれ》しもが思っていた。だが、地上に血赤色の満月のかかったある晩、王は、突然に魂《たましい》の凍《こお》るような叫《さけ》び声をあげたかと思うと、起きあがって、段の下で驚き騒ぐ魔物たちを睨《にら》みつけた。

「ナルゴスさま……！」

「ナルゴスさま。おことばを……！」

口々に懇願《こんがん》する魔物らを見渡しながら、王は、ふと、ミアソフのそばに控《ひか》えた黒衣の者に目をとめた。

「ジャコーシュ……」王は呟《つぶや》いたが、それはあまりにもかすかな呻《うめ》きだったので、どんな耳にも届かなかった。ジャコーシュ本人の耳以外には。「そうか。そういうことだったのか」

ナルゴス王は、その身を襲《おそ》った痛いほどの後悔《こうかい》に寿命《じゅみょう》のわずかな残りを吹き飛ばされ、骨も砕《くだ》かんばかりの勢いで寝台に倒れた。

魔物たちが驚き騒ぎ泣き喚《わめ》くなか、ジャコーシュはただひとり、黒頭布《くろずきん》の内に隠れて、にたりと、ほくそ笑んだ。それこそ、天より来たりしこの邪悪《じゃあく》のものが望んだ復讐《ふくしゅう》のひとつだったから。

だが、ジャコーシュは喜びのために油断したのだ。彼はまだ知らなかった。いまわの際《きわ》、王が自身の術《げんじゅつ》を消し、今ひとりの皇子《おうじ》の記憶と能力を、ひと息のうちに解放したことを。ここにあらねばこそ、ただひとり、ナルゴスをけして裏切りはしなかったことの確かであるものに、己《おの》が持てるすべてを注《そそ》ぎこんだことを。

遠い場所で、今、ピサロは目覚めた。

ふたたび、あの、ピサロとして。

それ以上のものとして。

魔王ナルゴスの、真実の跡継《あとつ》ぎとして……。

第一章　王宮の戦士たち

知るや　山国バトランド
いとも栄えし堅実王《けんじつおう》
勇猛果敢《ゆうもうかかん》な王宮の
若き隊長ライアンさまは
生まれついての孤独運《こどくうん》
血族縁《けつぞくえにし》のいと薄く
真の友こそ得られざる
『吟遊詩人《ぎんゆうしじん》の唄《うた》より』

1　バトランド

地の果てに夕陽が落ちてゆく。巨大《きょだい》な焚《た》き火《び》は、その太陽にも劣《おと》らぬほど、あかあかとあたりを照らしている。冬枯《ふゆが》れた寂《さび》しい山の景色《けしき》に背《そむ》いて、周囲は真夏のように暑かった。

衰《おとろ》える様子もない炎《ほのお》の中に、若い兵士らは、なお次々と生木《なまき》を投げ入れ続けた。任《にん》を果たした喜びを、躍《おど》る炎の勢いに託《たく》そうというのか。我が身の無事《ぶじ》を烽火《のろし》に乗せて、遠い城下町に知らせようというのか。薪《まき》の爆《は》ぜる音に負けぬ狂笑《きょうしょう》の声が、またひとしきり高まった。

輜重隊《しちょうたい》の荷車には、斧《おの》も鉈《なた》も積んであった。だが、彼らはそれを用いず、王の貴重《きちょう》な財産である長剣を惜《お》しげもなく振るっているのだった。

この戦士らの属するはバトランド王宮。

バトランドは大陸北方の山がちな辺地《へんち》にある小王国である。領土は小さく、地味《ちみ》も豊かではなかったが、戦士らの武勲《ぶくん》は誉《ほま》れ高かった。魔物《まもの》の多い地域であったので、自衛の力を蓄《たくわ》え、邪悪《じゃあく》なるものたちをけして人里《ひとざと》に踏《ふ》みこませぬよう守りを固めていなければ、国が立ち行かない。頼《たの》みとなる他の強国との交易は乏《とぼ》しく、おのずから、自軍の充実《じゅうじつ》と鍛練《たんれん》が求められた。誉れとそして生計《たつき》のために、優秀《ゆうしゅう》な人材が多く近隣《きんりん》の諸国から集《つど》い来たった。周囲の山がちの村々の若者たちにとって、王宮の戦士となることは、生涯《しょうがい》に望みうる最高の出世でもあった。

しかし、もともと平和を好む温厚な王は、民《たみ》のかまどを脅《おびや》かすことは望まなかった。租税《そぜい》はさやかで、ひとびとは従来質素倹約《しっそけんやく》を尊《たっと》ぶ風潮《ふうちょう》にあった。だから、王から賜《たまわ》った剣といっても、それほどの業物《わざもの》ではない。従者らがせいいっぱい丹念《たんねん》に研《と》いでおいた刃《やいば》は、今、熱狂的《ねっきょうてき》で乱暴《らんぼう》な扱《あつか》いにみるみるこぼれ、銀色の粉となって飛び散った。

年かさの経験豊かな兵らは、さすがにこのような蛮行《ばんこう》に加わりはしなかったが、あえて止めだてもしない。振るまい酒《ざけ》をあおりながら、眉《まゆ》をしかめて、誰《だれ》の太刀捌《たちさば》きがいいの悪いのと、品さだめをしている始末《しまつ》である。思わぬ早い勝利に、みな少々常軌《じょうき》を逸《いっ》しているのだった。

この小遠征《しょうえんせい》で、倒した魔龍《まりゅう》などは三十あまり。確かに、なかなかの手柄《てがら》ではあったと言える。

前月のなかほどより西方の山岳《さんがく》地帯を中心に異変があった。闇夜《やみよ》はともかく、太陽の黄金の輝きのもとの昼日向《ひなた》にはけして姿を見せることはなかったはずの魔物たちが、近来、異様に数を増した。山国のひとびとは魔物を避《さ》けるすべを心得ているはずだった。用心深く暮らしていればさほどの被害は及《およ》ぼさなんだはずだった。だが、化け物どもは、昼夜を問わず、山と言わず人里と言わず、縦横無尽《じゅうおうむじん》に荒らし回るようになったのである。こどもをさらい、娘《むすめ》らを喰《く》らい、老人を捕らえて弄《もてあそ》んだ。長年破られることのなかった村や町の守りの内にまで、いまにも攻《せ》めこまんと迫《せま》るを見て、ついに王が立った。

討伐令《とうばつれい》のもと、名高い戦士らが集《つど》った。いくさを知らぬ村や町の男たちも、この時こそ勇気と忠誠を示そうと、大勢志願した。小人数ずつの部隊を数えあげれば、全部で十四隊もの軍勢が誕生《たんじょう》した。半数は説得されて、町や村の警備に残り、目出度《めでた》く出立《しゅったつ》を許された者たちは、ひとびとの祈りと期待を背負《せお》い、あるいは生きては帰れぬかもしれぬとの覚悟《かくご》に目尻《めじり》を吊《つ》りあげて、この山中に陣《じん》を張ったのだった。

周到《しゅうとう》な探査《たんさ》と慎重《しんちょう》な追跡《ついせき》をはじめて、約半月。カッシーナ山中腹《ちゅうふく》の行き止まりの丘に、今朝《けさ》早く、数を頼みに、とうとう包囲《ほうい》した化け物どもの中には、地獄《じごく》の魔王の使者であることが明らかな、死神やガイコツ剣士らの姿も見えた。野獣《やじゅう》のごとき魔物らのみならず、魔力を使う悪魔らまでが相手とあっては、闘いは、ことさら長引くだろうと思われた。が、切り開いておいて延焼《えんしょう》をふせぎ、火をかけた丘は、あっという間に炎上した。練達《れんたつ》の兵士らは何層もの陣営《じんえい》を張り、槍《やり》や剣や弓《ゆみ》を構えて、逃げ来るものらを逃《のが》さず追撃《ついげき》した。そうして、今、山は燃えつきようとしている。

闘《たたか》いは、唐突に終わったのである。

拍子抜《ひょうしぬ》けするほど、唐突に。

だが、このことを内心怪《あや》しむことができるほど考え深いものは、けして多くはなかった。兵士らは、安堵《あんど》し、栄誉《えいよ》と歓喜《かんき》を、使命達成の満足を、このうえもなく心地《ここち》好く感じたのである。

ちょうど夕飯を控《ひか》えた時分でもあったため、すぐさま、祝宴《しゅくえん》がはじまった。燃え続ける丘まるごとひとつを篝火《かがりび》に見做《みな》し、さらに多数の樹木を炎の中に放りこんで、華《はな》やかな焚《た》き火となす。それが、前述の炎である。

勝利の美酒《うまざけ》を底の底まで酌《く》みかわし、携帯《けいたい》してきた兵糧《ひょうろう》も、洗《あら》い浚《ざら》い食べつくしてしまう所存《しょぞん》であった。

調子に乗って、倒した龍の炙《あぶ》り肉を試す者も出た。高らかな笑いと、それぞれが手にかけた獲物《えもの》がどれほど手強《てごわ》いものであったのか、とりとめもない自慢ばなし。喉《のど》を誇る者たちが、王宮の戦士の栄光を、家で待つだろう妻《つま》に恋人に焦《こ》がれ騒ぐ胸のうちを、朗々《ろうろう》と切々《せつせつ》と歌いはじめると、多数がたちまち不調法《ぶちょうほう》ながら浮かれてこれに和《わ》した。

だが。

その、愉《たの》しげな輪に、くわわらぬ者もあった。

ライアンはひとり、はしゃぐ兵士らの輪のどれからも離れた岩くれに腰《こし》を下ろして、腕《うで》を組み、無言のまま、燃える山を見つめていた。荒鷲《あらわし》を思わせる琥珀《こはく》の瞳《ひとみ》が、照りかえしを映《うつ》して、オレンジ色に揺《ゆ》れている。

彼は三番隊の隊長だった。年は三十少し、他《ほか》の長らと比べれば多少若いが、その風貌《ふうぼう》には若造《わかぞう》めいた気負《きお》いも気後《きおく》れもない。

山岳の少数民族の出身であるため、彼は、この軍の中のたいがいの者よりも、頭ひとつ分背が高かった。大勢の中にあってめだつその頭部は、年齢《ねんれい》の割《わり》には、いやに白髪《はくはつ》が多かった。粗末《そまつ》な革鎧《かわよろい》から窮屈《きゅうくつ》そうにはみ出した腕や脚《あし》はひょろりと長く、手足はゴツゴツと骨ばって、ぶかっこうなほど大きい。『うすらデカ』——部下や他の部隊のものが、嫉妬《しっと》と揶揄《やゆ》をまじえてあだ名することがあるのを、彼自身も知っていた。

痩《や》せているとはいっても、その筋肉は鋼《はがね》である。褐色《かっしょく》にひからびたような肌《はだ》も、がっしりした関節も、みな、幼《おさな》いころから険《けわ》しい峰《みね》を登攀《とうはん》し慣れたものの隠《かく》しようのない特徴《とくちょう》であった。

龍の肉を喰《く》ったものらが、なかなかの美味《びみ》だと請《う》け合い、みなにも分け与えようとしている。断るものには、何をおじけづいて、と罵声《ばせい》が飛ぶ。敵の意外なあっけなさに拍子抜けした戦いの意欲が、兵士らの中に、まだ燻《くすぶ》っている。やくたいもない言いがかりから、いまにも喧嘩《けんか》がはじまりそうだった。

ライアンはそっと吐息《といき》をついた。

「……面白《おもしろ》くなさそうですね」

ふと、声がかかった。

ライアンは顔をあげた。

部下のマキルが、エールのジョッキを捧《ささ》げ持って立っていた。その洒落《しゃれ》ものめいたこしらえも、女たちを振り向かせる金髪《きんぱつ》も、照りかえしに、赤く燃えている。

マキルは城下町の裕福《ゆうふく》な商家《しょうか》の息子《むすこ》だ。人見知《ひとみし》りをしない陽気で快活《かいかつ》な若者だったが、何かと人を値踏《ねぶ》みし、益《えき》さぬと見做《みな》すとはっきりないがしろにするようなところがあるので、ライアンは内心、あまり信用していなかった。マキルは出世を望んでいる。彼の家族も。それはバトランドでは珍《めずら》しいことではなかったが、そのために、智恵《ちえ》と金を湯水のように使うことができるものは、そう多くはない。

自分よりもずっと高価で頑丈《がんじょう》な装備《そうび》を身につけているものを部下と呼ばざるを得ないのも、なにとはなし、片腹痛《かたはらいた》いものがあった。

ありがとうと口の中だけで言って、ライアンは飲み物を受け取り、礼を失《しっ》さぬよう、形ばかりなりとも、啜《すす》ってみせた。

「山ですか」その視線を追って、マキルが大きく振りかえる。「なるほど。山は隊長どのの故郷だ。木を、大事な山の財産を、みんながあまり派手《はで》に切って、必要以上に燃やすから、うんざりなさっているんでしょう」

マキルがそこらの兵士よりは思慮深《しりょぶか》くめざとい人間であることは確かだが、同情しているのか、からかっているのか、剽軽《ひょうきん》ぶったその口調からは判断しがたい。

ライアンは、首を振った。

「いや。それもないとは言わないが。どうも腑《ふ》に落ちんのだ」

「なにがです?」マキルは笑顔を引っこめて、ライアンの隣に座り、声をひそめた。「この戦いのことですか。あんまり簡単に勝ちすぎたと?」

やはり、この若者はバカではないな、とライアンは思った。

「そうだ。どうもいやな予感がするのだよ。我《われ》らは意図的《いとてき》に勝たされたのではないかな。敵の目的が別にあったとしたら」

「オトリだったと？」

「なのに、バトランドは、戦力と物資の多くをこの討伐軍に注ぎこんでしまった。半月も魔物退治に振り回されてしまったのだ」

「あるいは、いまごろは、王宮が魔物たちに襲《おそ》われてるかもって!?　ひゃあ、冗談《じょうだん》じゃないっすよ。おお。こわいこわい！」マキルは芝居《しばい》がかって、ぶるぶるっと震《ふる》えて見せた。「そんなら、隊長、なおさらです。ぐっとやってください。もっと飲みましょう。のんびりしてられるのも、今だけなんだから。ね？」

ライアンが憮然《ぶぜん》とするのも構わず、女のようにシナを作る。くすくす笑いながら、酒を勧《すす》め、みなのいるほうに誘《さそ》った。だが、この山育ちの隊長がさっぱり乗り気でないのだとわかると、夢から醒《さ》めたように唐突《とうとつ》に真顔《まがお》になって、では失敬《しっけい》、と、騒ぎの中に戻って行ってしまった。

町の人間のこういうところが、ライアンには結局わからなかった。考える頭がないわけではないのに、考えたことを、自分で本気にしないのだ。

ライアンは岩から立ちあがり、炎に背を向けて歩いた。ひとびとから遠ざかり、丘の先に出る。焚き火の明かりが遠退《とおの》くと、頭上の月と星々がきらきらしく輝きだした。いくつもの谷を挟《はさ》んだかなたの高台に、かすかに、バトランドの城塞《じょうさい》が見える。王の紋章《もんしょう》の旗が、いつもどおりに、高くひるがえっているようだ。少なくとも、城は無事であると見えた。火の手など、あがっていない。

やるせない吐息を、ライアンは洩《も》らした。

翌朝、いくらかの龍の死骸《しがい》を掲《かか》げて軍が凱旋《がいせん》すると、城下のひとびとは、みな道ばたに出、もろ手をあげ、花びらや菓子《かし》やリボンを撒《ま》いて歓迎《かんげい》した。老人らは涙《なみだ》を流しながら感謝のことばをかけ、娘らはハンサムな兵士に色目を使い、こどもらはちょこまかと列に交《ま》じって玩具《おもちゃ》の剣をそれらしく振り回して行進に加わった。

兵士らの家族も多数訪《おとず》れている。親兄弟の迎《むか》えを受けて、改めてはしゃぎだすものたちも少なくなかった。

マキルの妹や母親の姿もあった。豪勢《ごうせい》な身なりの父親が立派《りっぱ》な馬で列のそばまで乗りつけ、これで階級があがるだろうかなと、大声で問うた。マキルは、それは隊長の報告しだいですね、と聞こえよがしに答えた。

父親がごそごそ懐中《かいちゅう》を探《さぐ》りながら（なにか賄賂《わいろ》のようなものでも用意してあったに違いない）こちらに来ようとしているのを見て、ライアンはあわてて逃げだした。

「わぁい、わぁい！」

馬を向けた先に、こどもらが輪になって踊《おど》っている。

「♪バトランドはよいお国。お髭《ひげ》の王様、立派だな」

「♪悪い龍は全滅《ぜんめつ》だ。悪魔だって怖《こわ》くない」

「♪強くて勇敢《ゆうかん》な兵隊に。ぼくもなりたい、そのうちに」

早くも、戯《ざ》れ歌の歌詞《かし》をとりかえて、可愛《かわい》い声で歌っている。

「これ。こどもら。通せ」

「わぁい、わぁい」

「こっち、こっち」

「ここまでおいで、兵隊さん！」

こどもらは悪戯《いたずら》な目をしたまま、ますます囃《はや》したて、ちょこまかと逃げ回っては、道をふさぐ。

ライアンは苦笑して首を振った。その時である。

「もうし……もうし、兵士さま」あぶみのあたりで、声がする。馬を止めて見ると、やつれた女がひとり、身をよじるようにしながら、いやに切実な瞳《ひとみ》でライアンを見上げているのである。

「なに用か、婦人」

「ああ、ご親切な兵士さま！　哀《あわ》れにおぼしめしてくださいまし。栄光の王宮の戦士さまに、じかにもの申す無礼《ぶれい》を、どうぞおゆるしくださいまし」

乞食《こじき》女か、とライアンは思った。

帯にたばさんだ皮袋《かわぶくろ》に、僅《わず》かな食糧の残りがあった。薬草もまだ入っているだろう。売ればいくばくかにはなるはずだ。みな与えてやろうとまさぐると、女はライアンの足許《あしもと》にひれ伏《ふ》したまま、いいえ、物乞《ものご》いではありません、と首を振る。

ライアンはいぶかしみながら鞍《くら》を降りた。

「いかなる用件だ。あやしげな儲《もう》け話などなら、きく耳はないぞ」

女は感謝に目を輝かせながら、舌《した》で唇を湿《しめ》した。まじまじと見れば、なかなかに見目《みめ》うるわしい、まだ娘といってもいい年頃《としごろ》の女である。

「そうではありません。お優《やさ》しい兵士さま。不調法ものゆえ、どのように申せばよいやら、勝手がわからず」

「ありていに言うがいい」

「では。遠慮《えんりょ》なく。実は、つかぬことを伺《うかが》いたいのです。貴隊《きたい》の中に、アレクスというものが、おりませんでしたでしょうか」

「アレクス？」

ライアンは肩をすくめた。

「生憎《あいにく》すまぬが、こころおぼえはない。なにしろ、我らが部隊は大勢だ。全部確かに知っていると謳《うた》えはせんが。まぁ、おらなんだな」

「さようでございますか」みるみる気落ちする女に、ライアンは眉をひそめた。

「アレクスなるものがどうかしたのか」

「はい。はや半月あまり、ゆくえ知れずなのでございます」

「それは、気病《きや》みなことだの。まさか、魔物に」

「フレア！」

酒気《しゅき》を含んだ声に、女が、びくっと振り返った。あから顔のでっぷりと太った裕福そうな商人が近づいてきて、遠慮会釈《えしゃく》なく女の手を引く。

「何をぐずぐずしているのだ。早《はよ》う、来い。さっさと化粧《けしょう》をするように言っておいたろうが」

「すみません、そればかりは。お皿《さら》洗いならば、喜んでいたしますが」

「だめだ、だめだ。今日は凱旋の祝宴じゃ、せいぜい、きれいに繕《つくろ》って、愛想《あいそ》を振りまいてもらわなければ」

「いいえ、いいえ、わたくしはとても、そのようなことは……あっ」

女の瞳にすがるように見つめられて、ライアンは鼻をかきながら迷っていたが、結局、ふしょうぶしょう呼び止めてみた。

「もし、ご主人」

商人は瞳をすがめたライアンにいまさら気づいたように装《よそお》って、下卑《げび》てねじけた笑顔を作った。

「これはこれは、戦士どの。何かご用でございましょうか」

「うむ。そのご婦人は、なにか心配ごとがあるようだ。なにも無理に働かせなくともよいではないか」

「知りあいか？」

つりあがった目をギラギラさせて商人がたずねると、女はあいまいにうなだれた。商人は、縮《ちぢ》れた顎髭《あごひげ》をもてあそびながら、臆《おく》さず、ライアンに詰《つ》め寄って来た。

「おことばながら、戦士どの。事情もご存じなく、おさばきをくださっては困りますな。この女は靴《くつ》なおしの女房《にょうぼう》、あたしは店と住居《すまい》の大家《おおや》です。亭主《ていしゅ》がいなくなって靴屋は開店休業、払ってもらうべきものが一銭《いっせん》たりとも貰《もら》えなくなった次第。前々から亭主に貸しにしていた分も少なからずあるんだが、気の毒《どく》な話だ。この厳《きび》しいご時世《じせい》、寒空《さむぞら》の下に追いだすのは待ってもいいから、代わりにうちの食堂で、ちょいとお客さんがたの相手をしてくれないかってぇのが、そんなにあこぎな話ですかぇ？」

「むう」

ライアンは渋面《じゅうめん》を作った。商人のことばには道理がある。

「あたしだってね、鬼《おに》や魔物じゃありませんよ。ひと助けも、たまならいいがね。正直、帰ってくるかどうかもわからない男が現れるまでずーっと、ってのは承服《しょうふく》しかねますもんでね」

「いいえ、いいえ。あのひとは、きっと帰ってきます！」フレアと呼ばれた女がぼろぼろと泣きだすと、

「気持ちはわかるがねぇ」商人は馴《な》れ馴《な》れしくその肩を抱《だ》き寄せ、猫撫《ねこな》で声になった。「魔物に喰われたか、よその女とできちまってどこぞに逃げでもしたのかはわからねぇが、いったい何年待ってるつもりだね。あんたにひとこともなく消えっちまったってのは、帰ってくる気がないってことさね。そうかたくなになるもんじゃない。うかうか待ちぼうけしていりゃあ、あっという間に、月日《つきひ》は流れるもの。あんたのきれいな顔も、いつまでもそのまんまじゃあない。酒席《しゅせき》がそんなにいや

なんならば、ほれ、例の。別の話のほうを考えてみればいいじゃないか。なっ?」

形ばかり会釈をしながら、商人はあらがう女を連れ去った。

なすすべもなく立ち尽《つ》くすライアンの周《まわ》りに、さっきあたりで騒いでいたこどもたちが寄ってきて、口々に言った。

「守銭奴《しゅせんど》のマルタンだよ。貸《か》し家《や》、酒場《さかば》を、いっぱい持ってるんだ」

「流行《はや》り病《やまい》で嬶《かか》ぁに死なれて、後妻《ごさい》を欲しがってる。例の話ってのは、きっとそれだよ」

「七人もこどもがいるんだ。みんな、威張《いば》りんぼで、けちんぼで、乱暴で、おっとうそっくりの、いやなガキだよ」

「フレアはあんな美人だから、前々から言い寄られてたのさ。酒場女にしたてておいて、うやむやのうちに手をつけちまおうってつもりだって、うちのおっ嬶《か》ぁが言ってた」

「前々から。ご亭主がいた時にもか」世慣《よな》れた口調に苦笑しながらライアンがたずねると、こどもらは神妙《しんみょう》そうにうなずいた。

「こっそりね。でも、大バレさ」

「ひょっとしたら、あいつが、靴屋のおじちゃんを隠したのかもしれない」

「殺しちまったとか!」

「お金をやって追っ払った?? うひゃっ」

「まさかに、それはなかろうが」ライアンは鞍上《あんじょう》に登りながら、こどもらに腰の食糧の残りをふるまった。「そんなふうに言われている男の妻にならずにはすまぬとすれば、哀れな話だの。……おまえたち、靴屋の夫婦を好《す》いておるようだな」

「うん。おばちゃん、お菓子くれるし」

「あたいがケガして泣いてた時、親切だったよ」

「おじちゃんも、よく、あそんでくれた。こどもが好きなんだって言ってた。貧乏《びんぼう》だけど、正直ものだよ」

「むう」

顎《あご》を撫《な》でながら、ぶっきらぼうにつぶやいた途端《とたん》である。

「隊長さぁん！」

歌うような大声とともに、大きな掌《てのひら》が、ライアンの肩に降りかかった。「やぁっと見つけましたよ。マキルの父でございます。このたびはどうもどうも、うちのせがれが、まことにいろいろとありがとうございまして」

ライアンのむっつり顔にも構わずに、しゃあしゃあと口上を務める。その馬に押し退《の》けられたこどもらが、

「……隊長さま……？」

「うひゃっ、まずいや。このオジサン、うんと偉いひとだったんだ！」

顔を見合わせ、わらわらと散っていく。

「あ、こら。おまえたち、待て」

マキルの父に遮《さえぎ》られて、こどもらを追うことができなかった。靴なおしの失踪《しっそう》の状況について、もっと知っているのだとしたら、詳《くわ》しく聞きたかったのに。

マキルの親父《おやじ》は続ける。「それと、なんです。せがれに聞いたところでは、隊長さんはあまり食事だ酒だといったものには、コダワリをお持ちにならないようですが。なんでしたら、コレのほうが宜《よろ》しいわけで？　コレもはい、えへへへへ、そりゃもう、お望みとあらば」

「ご招待はかたじけないがの、親父どの」小指を立ててにやつく男の顔を、ライアンは険しく睨《ね》めつけた。「お宅に伺《うかが》う暇《ひま》はあらぬな。すぐにでも、王に報告に参らねばならぬことができた。道を開けてくれ」

「いや、ですから、ですから！」マキルの父は、あわてて両手を振り回した。「そのあとだっていいんですよ、もちろん！　ちょっと待ってよ。何も、あんた、そんな怖《こわ》い顔しなくったって！」

「失敬」

あぶみをくれると、ライアンは王宮への道をひたすらに駆《か》けた。

マキルの父親を避《さ》けるための言《い》い訳《わけ》として口にのぼらせた途端、決心が固まった。王の許《ゆる》しを得られたならば、哀れな靴なおしの妻のために、ゆくえ不明の男を探しに行くべきだと考えたのだった。

「失踪？」

バトランド王は顔をしかめた。

「奇妙《きみょう》じゃな。ついさっきも、そのような訴《うった》えがあった。北方のイムルの村付近で、こどもたちが何人もいなくなっているそうじゃ。消えたこどものひとり、宿屋の息子の母親というのが、侍従《じじゅう》の遠縁《とおえん》にあたる娘でな。魔物のしわざなのではないか、調べて欲しい、こどもらを助けて欲しいと、涙ながらにかきくどかれての」

城塞《じょうさい》の大広間では、勝利の祝宴がにぎにぎしく続いている。泥酔《でいすい》した兵士らの耳障《みみざわ》りな笑い声が、高い天井《てんじょう》にこだまして、爆発する。

謁見室《えっけんしつ》の玉座《ぎょくざ》の周りには、ひと払《ばら》いのために赤紫《あかむらさき》色の緞帳《どんちょう》を張りめぐらしてあった。どよめきは、その布さえもかすかに震わせた。

「こどもたちが何人も?」王の足許《あしもと》にひざまずきながら、ライアンは眉をひそめた。「おそれながら。靴なおしのアレクスは、たいへん、こども好きな男だったとか。あるいは、この件」

「うむ。ひとつ根《ね》のものかもしれぬの」王は口髭を捻《ねじ》った。「ほうっておくわけにもゆかぬ。ライアン、帰るそうそう苦労だが、ことの真相をたしかめに行ってくれるか」

「はい。すぐにもまいります」

「ああ、これ」さっと立ちあがるライアンを、王が留《と》めた。「待て待て。そうあわてるでない。いくらなんでも、ひと晩《ばん》は休んでから行くがよい。馬や糧《かて》の準備もいることだしの。こたびのいくさの模様、今すこし詳しく話しあいたい」

「しからば」

「ああ、そう畏《かしこ》まるな。楽にするがいい」王は立ちあがり、紐《ひも》を引いて緞帳を掲《あ》げると、控《ひか》えていた下僕《しもべ》を呼び、食事と酒を運ぶようにいいつけた。

「このところ、目通《めどお》りを願うものが多くての。その母親たちとは別に、旅の賢者《けんじゃ》とかいう輩《やから》も現れた。これが、気にかかることを言うたのじゃ」

ライアンは黙《だま》って待った。王は、頬杖《ほおづえ》をつき、舌で頬の内側を押すようにして考えこんだが、やがて、ぼそりとつぶやいた。

「幼いものらが神かくしにあうよう次々にいなくなるとは、史上、例のないことではない。ラハンの伝説にあるがごとし、とな」

「ラハンの伝説？」

「知らぬか。昔話《むかしばなし》の恐怖王《きょうふおう》じゃよ。占《うらな》いに、已《おの》が王位を簒奪《さんだつ》する何者かが誕生《たんじょう》したと出たために、国内の赤子という赤子をみな殺しにした。だが、狼《おおかみ》らの群《む》れの内にひそかに匿《かくま》われて育てられていた少年によって、予言どおり、滅《ほろ》ぼされた」

「その話でございますか。わが生国《しょうこく》では、ラワン王といいました」

食事の支度《したく》が整うたと告げられた。王は玉座を降り、ライアンの肩を押すようにして、席につかせた。

「魔物どもが騒ぎおるは、あるいは、そのような訳があってのことかもしれぬ」

「喜ばしいことではありませんか。この世を救う何者かが誕生したとするなれば」

「喜ばしい」だが、王の顔は暗かった。「しかし儂《わし》は年寄《としよ》りだ。勇者がそのように幼きものであれば、まだまだ長き年月を、我らは我らだけで、持ち堪《こた》えなければならぬということだ……」

固《かた》く唇を結んだライアンをひたと見つめると、王は言った。

「気をつけろ、ライアン。生命《いのち》を無駄《むだ》にせず、かならず戻ってくるのだ。儂はまだ、そなたを失いたくはない」


からだは疲《つか》れていたが、不吉な予感と興奮に目が冴《さ》えて、眠りはなかなか訪《おとず》れなかった。ようよう滑《すべ》りこんだ憩《いこ》いの内にも、悪夢《あくむ》の波がいくども襲ってきた。

だが、夜明け、王の使役《しえき》が呼びに行くと、ライアンは既《すで》に寝台《しんだい》を出て、身支度を整えて待っていた。用意された栗毛《くりげ》の馬はどっしりと大きく、たくましかった。王宮の厩《うまや》の中でも、最もみごとな一頭を貸し与えられたのだ。

ライアンは感激を覚えた。城のどこかからこの出立を見つめてくれている老王の胸の内を慮《おもんぱか》りながら、彼は無雑作《むぞうさ》に鞍《くら》に跨《また》がり、あぶみをくれて、駆けだした。

2 イムル

霧《きり》のわだかまる城の丘陵《きゅうりょう》を、ライアンは矢のように駆《か》け降りた。丁寧《ていねい》に編《あ》みこまれた馬のたてがみが揺《ゆ》れ、冬外套《ふゆマント》が湿《しめ》った風をはらんで重くはためく。

と。右手の、道に沿《そ》う木立《こだち》の向こう側を、見え隠《かく》れしながら並走《へいそう》してゆく黒馬があることに気がついた。ライアンは面《おも》ざしを固くして、手綱《たづな》を切《き》り詰《つ》めた。黒馬はみるみる先に行ったが、やがて、棹《さお》立ちになるほどの急制動をかけるのが見えた。木立の隙間《すきま》を縫《ぬ》って引き返してくる照《て》れたような笑い顔を認めて、ライアンは馬を止めた。

「マキル」

「すみません、隊長どの……でも、何かわたしにお役にたてることがあるかもしれぬと思いまして」

ライアンはうんざりと頭を振って、手綱を緩《ゆる》めた。馬は速足《はやあし》に進みだす。「遠征《えんせい》は終わった。俺《おれ》はもう、きみの隊長ではない」

「つれなくしないでくださいよ」マキルの黒馬が追いすがる。「王じきじきの任務におでかけなんでしょ。知ってますよ。お手柄《てがら》を、わけてくれたっていいじゃありませんか。ねぇ」

マキルの馬は、骨格がやや華奢《きゃしゃ》だが、利発《りはつ》そうな目をした美しい牝馬《めすうま》だ。王宮の厩《うまや》に置いても遜色《そんしょく》のない名馬であった。実家の財力にものを言わせて手に入れたのだろう。栗毛が、いっそう、しゃん、と首を伸《の》ばす気配があった。こちらは相手を歓迎《かんげい》しないでもないらしい。ライアンは苦笑した。

「手柄になるかどうかわからんぞ」

「なりますよ」

「ならば、好きにするがいい」

城下町を迂回《うかい》する街道《かいどう》を行き、とぎれたところで西にはずれる。草地に入ると、いったん薄《うす》くなっていた霧が、手にすくえそうなほどに強まってきた。遠征のゆきかえりに出合う限り駆除《くじょ》したとはいえ、このあたりはもはや、魔物《まもの》の棲《す》まう地域である。二頭の馬は、速度を落とし、慎重《しんちょう》に進んだ。

走り去る野の獣《けもの》もなく、飛びかう鳥の声もない。ライアンはいやな予感を覚え、同時に、脛《すね》に駿馬《しゅんめ》のたくましい胸の内の動悸《どうき》の乱れを感じた。振り向くと、マキルの黒馬の耳が怯《おび》えたように後ろ向きに寝ているのがわかった。剣《つるぎ》に手をかけ、注意しろ、と口にしかけた途端《とたん》、いっせいに魔物が襲《おそ》ってきた。

ライアンは長剣《ちょうけん》を振り回して、霧をまとわりつかせながら飛び回るエアラットを切り払った。恐慌《きょうこう》をきたして跳《は》ね回る黒馬から、マキルが落ちるのが見えた。馬の脚《あし》に、なにか、ねばねばしたものがまとわりついているらしい。ライアンはいやがる栗毛を叱咤《しった》して素早《すばや》く駆け寄り、黒馬の手綱を引き押さえた。手綱と手綱を手繰《たぐ》り寄せながら、ふと目を落とすと、周囲の地面がざわめいて見える。鞍《くら》から半身《はんみ》を乗りだせば、あたり一面、大ミミズが、うじゃうじゃと這《は》い回り逃げ惑《まど》うている。波立つ足場に、栗毛の馬も、足蹄《ひづめ》を下ろす場に迷って、たたらを踏《ふ》んだ。

「マキル！　馬たちを頼む！」

マキルはようよう立ちあがり脳震盪《のうしんとう》でも起こしたのか頭を押さえて茫然《ぼうぜん》としていたが、怒鳴《どな》りつけられて、ハッと顔をあげた。

ライアンは鞍につけた酒の皮袋《かわぶくろ》を取ると、片手で、なおも襲い来る敵を盲目的《もうもくてき》に切り裂《さ》きながら、あぶみを外《はず》し、薄気味《うすきみ》の悪い化け物たちの上に降り立った。剣の面《つら》で、マキルの方向に向けて馬たちの尻《しり》を打ち、あたり一面に酒を振りまく。芳香《ほうこう》が周囲に満ちた。蛇《へび》ほどもあるミミズたちは、困惑《こんわく》してのたうちまわる。

ライアンは、ほくちに火をつけて、落とし、走った。手近な岩陰《いわかげ》に躍《おど》りこむ。ごう、と音をたて、青い炎をあげて、生きた地面が燃えあがった。酒のよい薫《かお》りに、化け物の焼けるいやな匂《にお》いがまじった。エアラットたちも、何匹《なんびき》か炎に巻《ま》きこまれた模様《もよう》だ。残ったものたちも、あわてて上昇していく。

安堵《あんど》すると、冷《ひ》や汗《あせ》がどっと流れた。

ライアンはゆっくりと立ちあがった。蒼白《そうはく》な顔のマキルが馬たちを引いて、おずおずと近づいてきた。

「……捻挫《ねんざ》しました」

「どっちの馬が」

「いいえ。わたしです」

ライアンは唇《くちびる》の端《はし》で皮肉っぽく笑った。「では、街《まち》に帰りたまえ」

「だいじょうぶです。薬草があります。それに……ほら。見てください。ミミズらの固まっていた下に、宝箱がありました。魔物たちが、旅人を襲って集めたのでしょうかね。……四の六の……十八ゴールドもありますよ！　来た甲斐《かい》、ありましたねぇ」

マキルは得意満面《とくいまんめん》である。ライアンは重々しく吐息《といき》をつきながら、再び、鞍に登った。

「ならば泣き言は言うな」


霧が消えたかと思うと、氷のような雨が降りだした。進むうちに、雨足は激《はげ》しさを増し、木立を揺さぶり、道をぬかるませた。イムルに渡る洞窟《どうくつ》に至《いた》る岩がちの崖際《がけぎわ》まで来て、ふたりは馬を止めた。短剣を連《つら》ねたような岩崖《いわがけ》の合間を、降りしきる雨が滝《たき》のように流れてゆく。たとえ降りて引いたとしても、濡《ぬ》れぼそる足場はみるからに滑《すべ》りやすく、馬たちを降ろすには危険《きけん》すぎると思われた。

ふたりは崖際の木立の中まで戻って、晴れ間を待つことにした。

ライアンは手早く自馬の鞍と頭絡《とうらく》を外し、濡れた馬体を擦《さす》ってやった。マキルがぐずぐずしているので問《と》いかけると、まだ足首が痛むのだと、はにかんだように笑う。ライアンはマキルの豪奢《ごうしゃ》な鞍を下ろし、黒馬のほうも楽にしてやった。

長い手足を折《お》り畳《たた》んで、栗毛馬の巨大《きょだい》な腹《はら》の下に座《すわ》りこむ。マキルはぽかんとしていたが、やがて、真似《まね》をして、おずおずと黒馬の下に入った。

「ああ。なんて、あたたかい。雨もあたらない。こいつぁいいや」

ライアンは苦笑した。

「このくらいのことも知らずに、兵士になったのか」

「だってねぇ……」マキルは言い澱《よど》んだが、すぐに顔をあげて、むきな口調で言い募《つの》った。「ぼくは、こどものころは虚弱体質《きょじゃくたいしつ》でね、外で遊ぶより、書物を眺《なが》めるほうがずっと好きだったんです。めったに陽《ひ》にもあたらなかったくらいですよ。成人してから、だいぶ丈夫《じょうぶ》になりはしましたが、やっとうなんか、全然趣味《しゅみ》じゃないんです。でも、うちは、男はぼくだけなもんで。親がうるさいんですよ。こんなご時世でしょう、男は強くなくっちゃイカンって。急にガミガミ言われだしてね。これでも苦労しているんですよ、隊長」

「もう隊長ではないというに」

「じゃあ、ライアンさん。ライアンさんの、親父《おやじ》さんってのは、どんなひとだったんですか。さぞかし、鍛《きた》えられたんでしょ、小さいころから」

「親父か」ライアンはふっと笑った。「死んだよ。早くに」

「えっ、でも。確か……」

マキルはもごもごと口ごもった。

ライアンは薄く笑いながら、そっと続けた。

「うちは、南の山村で、鍛冶屋《かじや》をしていた。父母も兄貴《あにき》たちも。だが、おれが三歳《さい》になるかならぬかのころ、仕事場に火事が出てな、みんな、その責任を取ろうとして火に巻かれ、死んだ。ふいごに火が入ったのは親父たちのせいではなく、客の悪戯《いたずら》のせいだったそうだが……その客は、火に驚《おどろ》いて逃げ、どこに行っちまったか、皆目《かいもく》わからなかった」

「じゃ……それから、ずっと、ひとりで？」マキルは声をひそめた。

「いや、しばらくは、村のひとたちが面倒《めんどう》を見てくれたさ。あんまり幼《おさな》すぎたからな。ひとりで住むようになったのは、十《とお》の時だ。山の暮らしは単純だから、茸《きのこ》を採《と》り、鳥を射《う》ち、狩人《かりゅうど》たちの案内をすれば、かつかつ生きてゆけるものだ。……まぁ、だから、おれには学がないのだ。金もない。山では金など、必要ではなかった」

ライアンはことばを切った。意識せぬうちに、皮肉《ひにく》な言いかたになってしまったような気がしたので。

だが、マキルは何も言わなかった。雨の音が耳にしみいった。

「そうだ。ちょうど、こんな雨の日だったな。十四の夏だ。バトランド王の一行が鹿狩《しかが》りに来て驟《しゅう》雨《う》にあい、道を失った。おれは、しかけた獣罠《けものわな》が流されちまわないかどうか見回りに出て、偶然、彼らにあった。街道まで、案内すると、王は、ほうびをくれたいから、城まで来いと言った。おれはまだ、城を見たことがなかった。町さえも、ほとんど知らなかった。好奇心《こうきしん》にかられて、城に行った。それっきり、山には戻らなかった」

「町が気にいったんですか」意外そうにマキルが言う。

「そうさな。まぁ、気にいったんだろう」ライアンは他人《ひと》ごとのように肩をすくめた。「おれはガキだった。何もかも珍《めずら》しかったし、みんな優しかった。うまいものをたんと喰《く》わしてもらったし、寝床《ねどこ》はふかふかだった。じっとしてるのは性《しょう》に合わなかったから、なにか働かせてくれないかと言ったら……こいつらの世話《せわ》を手伝わせてもらった」

ライアンは、栗毛馬の前脚《まえあし》に、そっと触《ふ》れた。「かいばを運んだり。毛をすいたり。お姫《ひめ》さんたちの乗る時に、手綱をひいたりな。乗れるようになった時は、嬉《うれ》しかったぜ」

「馬が、お好きなんですね」

「動物はみんな好きだな」

「でも、山にいらした時は、罠をかけたりしたんでしょう?」

ライアンは苦笑して黙《だま》りこんだ。愛玩《あいがん》することしか知らない町の人間には、山での動物とのつきあいかたは、けして理解できまいと知っていたから。

しかし、幼い日のことを思いだせば、胸はいまも熱かった。

『のっぽのライアン』『山歩きの師匠坊《ししょうぼう》や』は、勇猛《ゆうもう》で豪放磊落《ごうほうらいらく》なバトランドの男たちに、愛され、重んじられた。彼は山のこどもであり、野の賢人《けんじん》だった。ライアン少年は、力はおとなみに強く、めったにへこたれはせず、天候《てんこう》を読んだり、薬草になる植物を見分ける、町人にはまるで魔法のように見えるらしい知識を持っていた。彼は人気者だった。部隊ごとに、彼の所属《しょぞく》を奪《うば》いあって、陽《よう》気《き》な賭《か》けごとなども繰《く》り広げられた。みなが親切で、温《あたた》かかった。

やがて、子のない裕福《ゆうふく》な老大臣《ろうだいじん》が、部下らの評判を聞き、彼に目をとめた。しばらくその寡黙《かもく》で辛抱《しんぼう》強い働きぶりを見ると、大臣は、彼に惚《ほ》れこみ、養子に望んだ。ひとびとは驚いたが、王は喜んで賛成《さんせい》した。

ライアンは大臣の跡取《あとと》りとなった。老《お》いた貴人《きじん》の、厳格《げんかく》でしかも穏《おだ》やかな性格に好意を感じたし、その他所目《よそめ》にはかなりうまく隠《かく》された孤独《こどく》には、同じ痛みを持つもの同士《どうし》、敏感《びんかん》に共鳴《きょうめい》し、慰《なぐさ》めになるのならば、自分にできるだけのことはしてさしあげたいものだと思ったのだった。

が。世間の目でみれば、これは、いささか、様子の違うことがらになる。

昨日《きのう》まで使い走りの小僧《こぞう》だった少年が、いきなり勲章《くんしょう》つきの兵士に昇格《しょうかく》し、城の高みに住むようになったのだ。みるみる出世したのは、養父の権力による後《うし》ろ盾《だて》のおかげばかりではなく、その実力のたまものであったが、それにしても山の鍛冶屋の生まれとしては、およそありえぬ早さではあった。

彼はこれまで預《あず》かって、引いたり世話をしてやったりする相手（すなわち、自分よりも尊《とうと》いもの）であった馬を所有するようになり、磨《みが》いたり打ち直したりするものであった剣や闘斧《いくさおの》を使いこなした。王宮での口のききかたや優雅《ゆうが》な立《た》ち居《い》振るまいも仕込《しこ》まれたが、これはなかなか身につかなかった。いつまでも、朴訥《ぼくとつ》で、おずおずと遠慮《えんりょ》深い態度が抜《ぬ》けぬ彼を、新しい父は愛《いと》しんだが、所詮《しょせん》はいやしい生まれの田舎《いなか》ものじゃないかと、嘲笑《あざわら》う心ないものもいなくはなかった。年を取っても地位のあがらぬものや、貧《ます》しい生まれから最終的にもたいした出世を望めぬものらは、急に遠く偉《えら》くなってしまったライアンに、前のようには優しい視線を向けてくれなくなった。

ある冬、その養い親が病《やまい》に倒れた。

ライアンは、亡父《ぼうふ》の財産の大半を城に譲渡《じょうと》し、町住《まちず》みの一兵卒《いっぺいそつ》となることを望んだ。それが、当然のことだと思ったのだ。大臣がいなくなると、彼の寂《さび》しさは憂《うれ》いにまで募《つの》った。実際、家族を必要としていたのは、老人ではなく、自分のほうだったのかもしれぬと思い知った。実の息子《むすこ》のように慈《いつく》しんでくれた老人への感謝の気持ちを、城で一生働くことで、返してゆくべきだと考えた。だが、王は悲運《ひうん》な若者にひどく同情しており、その屈強《くっきょう》な肉体と聡明《そうめい》で思いやり深い性格を見抜いていたので、ことあるごとに彼を抜擢《ばってき》した。

身分を戻しても、すべては、けしてもとどおりにはならなかった。いったん、彼に、妬《ねた》みや憎《にく》しみを覚えたものたちは、それをけして忘れなかった。

「おべっか使いめ」「なんて悪運の強いやつだ」ささやく声が、たびたび耳に入った。「大臣閣下《だいじんかっか》が亡くなったのだって、わかったもんじゃないぜ。財産めあてに、あいつが一服盛《いっぷくも》ったのかも。……いや、だからその宝物を手元に残さなかったのが、あいつの賢《かしこ》いところなのよ。王に献上《けんじょう》したてまつれば、将来は安泰《あんたい》だ、いかにも忠義《ちゅうぎ》の徒《と》に見えるじゃあねえか！」

嫉妬《しっと》はいつも正義の仮面をつけてくる。ひとはみな、他人を、自分にとって自明《じめい》である道理の上でしか理解し得ない。ライアンの真摯《しんし》で純《じゅん》な心情を理解するものは、少なかった……。

「じゃあ、あれは、ただの噂《うわさ》なんですか」マキルが言った。案《あん》の定《じょう》。「たいちょ……ライアンさんが、前の大臣のかくし子だった、っていうのは」

「忘れろ、そんなことは」ライアンは立ちあがり、コキコキと首を鳴らした。「おれはおれだ。それでよいではないか。……そら、小降《こぶ》りになってきた。降りられるところがないかどうか、探してみよう」


洞窟の入り口にたどりつくころには、小雨《こさめ》はみぞれになっていた。ぽっかりと黒く開いた岩肌《いわはだ》の亀裂《きれつ》に進もうとすると、馬たちはひどくいやがった。確かに、そこは、邪悪《じゃあく》の匂いに満ちている。

「く……暗いですね」マキルは無理に笑顔を作った。「おまけに、いまにも崩《くず》れてきそうだ。ほかに、道はないんですか」

「ない」ライアンは答えた。「アイシャラ湖から北海に注ぐ水が東西に大地を裂《さ》いているのを知らぬか。毎春《まいしゅん》、湖に張《は》った氷が、川筋《かわすじ》を溶けて流れる。数年に一度、三日三晩とぎれぬほどの大流《だいりゅう》氷群《ひょうぐん》になる。どんな橋をかけても、これには持ち堪《こた》えることができぬそうだ。今少し寒い時期ならば、氷を渡って行き来できるのだが」

「どっかに渡し舟はないんですか」

「ない。行商人《ぎょうしょうにん》たちも、みな、ここを通る」

「最近もですか。こんなに化け物が出るようになってるのに？」

「イムルから、ゆくえ不明になったとこどもらの母親たちが来たばかりだ」ライアンはため息をついた。「だが、そんなにいやなのならば、ここで待っているがよい。馬たちを頼む」

「い、いやですよ！」マキルは飛びあがった。「待ってください。こんなとこにおいてかないでくださいよ！」


馬を引き、松明《たいまつ》を掲《かか》げて踏み入った暗がりは、曲がりくねって、どこまでも果てしなく続いているかのように見えた。外で氷雨《ひさめ》に打たれているよりは暖《あたた》かかったが、空気の中に、なにか、背筋《せすじ》を凍《こお》らせるようなものがあった。

「せ、狭《せま》いですね」歩きながら、マキルはなかば甲高《かんだか》くなった声で、ぶつぶつ言い続けた。恐《おそ》ろしくなると、黙っていられなくなる性質《たち》らしい。「ゆ、床《ゆか》が傾《かたむ》いてませんか。やだなぁ……歩きにくいなぁ」痛むという足首を、よりいっそうはっきりとひきずってみせる。「濡れてるよ。……馬が脚を滑《すべ》らせなきゃいいですねぇ。こんなとこで、骨折《こっせつ》でもしたら悲劇《ひげき》ですよね。それにしても、ふだんから、ひとが通るところなら、なんで壁《かべ》に灯《あか》りをつけておかないんでしょうね」

「金がかかるからだろう」

「そりゃそうかもしれませんけど、生命《いのち》あってのモノダネってことだって……ひっ！」

「どうした！」ライアンは剣に手をかけた。

「あは。天井《てんじょう》から、しずくが。首筋に」

ライアンは柄《つか》から手を放した。

さしものマキルも、口をつぐんだ。

やがて、行く手が二股《ふたまた》に分かれた。マキルが物問《ものと》いたげに見つめているのがわかったので、ライアンは、さっさと一方を選んで歩きだしたが、そこは行き止まりだった。マキルが、これ幸いとにやけながら何か言いだそうとしているのがわかった。ライアンは痩《や》せた頬《ほお》をひきつらせて、顔を背《そむ》けた。こんな連れならいないほうがましだ。さっさと化け物にでも喰われてしまえ！　腹だたしく考えながら、急いで引き返そうとした途端、敵が襲ってきた。まるで、ライアンの悪意を感じ取ったかのように。

マキルが女のように悲鳴をあげた。

どこに隠れていたやら、頑丈《がんじょう》で剣呑《けんのん》な顎《あご》を持ったはさみクワガタたちが、わっと飛びかかってきたのだった。ライアンはマキルと馬たちを無意識のうちに背に庇《かば》いながら、剣を抜いて切り払った。切っても切っても次々に飛んで来る。やみくもに薙《な》ぎ払《はら》っているうちに、連れに対する不満や焦燥《しょうそう》が薄れた。感情的になった己《おのれ》が恥《は》ずかしくなった。すると、昆虫《こんちゅう》の雲もしだいに薄れ、やがて、逃げ去った。

あえぎながら剣を収め、しん、と静まりかえった洞窟を見回すと、壁際に馬たちをかばって青ざめているマキルが見えた。

「だいじょうぶか」

「ええ……なんとか」マキルは泣き笑いのような顔をした。「すみません、隊長。次は、きっと、お役にたちますから」

ふたりと二頭はおずおずと進んだ。徐々《じょじょ》にむし暑くなってきた。汗《あせ》を拭《ぬぐ》いながら、どちらも、もう口をきかなかった。岩壁はねじくれ折れ曲がり、床は起伏《きふく》して、馬たちが越《こ》えにくい狭《せま》くごつごつした石段《いしだん》もあった。ふたりは手を貸《か》しあい、前後を守って歩いた。岐路《きろ》に当たった時には、まよわずに、右手から順に試《ため》した。

やがて、広間のような所に出た。奥に、泉《いずみ》がわいていた。マキルは歓声《かんせい》をあげて、駆け寄った。両手で水をすくう。

「ああ、冷たい。いい気持ちだ」

「待て」ライアンの声に、マキルは水に近づけていた顔をあげた。「毒《どく》になるかもしれないぞ」

「でも、ここにブリキのカップがありますよ。鎖《くさり》でつなぎとめてある。鎖が、もうずいぶん錆《さ》びている。前々から、旅人の喉《のど》を潤《うるお》すようにできてるんですよ」

「しかし……」

「お飲みになっても、害はありません」

唐突《とうとつ》に、知らぬ声がした。振り向きざま、ライアンは剣の柄に手をかけた。松明《たいまつ》に浮かびあがったのは額《ひたい》に角を持つこどもほどの背の鬼《おに》、黄金《こがね》色の瞳は猫《ねこ》のように縦《たて》に長い。考えるより早く、指が鞘《さや》を払った。

「待って、待ってください」小鬼《こおに》は、わずかに後退《あとじさ》った。「切らないでください。ぼくは敵じゃない。人間じゃあないけれど、魔界のものでもありません。昔《むかし》から、この洞窟を守っているドリンのひとりです」

「ドリン」ライアンは目を細めた。「地霊《ちれい》だな」

「そうです」ドリンはうなずいた。「このところ、地獄《じごく》の悪魔たちがなにやらよからぬことを企《たくら》んでいる様子には、ぼくらも迷惑《めいわく》してるし、心配しているんです。さきごろも、イムルのご婦人がたが、あわただしく通ってらっしゃったでしょう。なんでも、こどもたちがゆくえ知れずになったとか。ぼくらの種族は、ご覧《らん》のとおり、永遠にこどものままでおります。こどもの身に降りかかった不幸は、聞《き》き捨《ず》てにできません。あなたがたは、見たところ、お城の戦士さまがたらしい。こどもたちのために働いてらっしゃるかたがたならば、せめて、出口まで、安全にご案内させていただこうかと出て来たのです」

姿かたちは異界《いかい》のものであり、その声は風変《ふうが》わりで金属的《きんぞくてき》だったが、小鬼の誠実《せいじつ》を、ライアンははっきりと感じた。昔、山国で、ふと出会った動物たちと、こころの交流を覚えた時のように。

「かたじけない」剣をしまうライアンを見て、マキルは抗議《こうぎ》の呻《うめ》き声をもらしたが、かまわなかった。「主《あるじ》どのの案内とはこころ強い。ご好意に甘《あま》えよう」

「お水は、もうよろしいのでしょうか」

ふくれっ面《つら》になっていたマキルは、小鬼の柔《やわ》らかな声に呼びかけられて、武者震《むしゃぶる》いするように首を振った。

「では、どうぞ。こちらへ」

小鬼は古風《こふう》な上着の裾《すそ》をひるがえしながら、先に立って歩いて行った。その足は、ほんとうの意味では地面についていないように見えた。以後、敵にあうこともなく、やがて、出口の灯りが見えた。

「北の口です」振り向いて、小鬼は笑った。「早駆《はやが》けすれば、夕暮れまでにイムルの村につくでしょう。どうぞ、お気をつけて」

「主どのもな」ライアンは額に指をつけて、バトランド式の礼をした。「達者《たっしゃ》であられるように。中に魔物のようなものも出没《しゅつぼつ》するようだが、この洞窟は貴重《きちょう》な通路だ。今後とも、旅人を、よろしく頼む」

「はい。では、さようなら」ぴょこんと首をかしげて、小鬼は背を向けた。

ヒュッと風を切る音がした。マキルが、その背に矢を射《い》こんだのだ。

ライアンは叫《さけ》び、駆け寄ったが、間に合わなかった。小鬼は崩れ、彼の腕の中でしばし震え、驚愕《きょうがく》と憐憫《れんびん》とあきらめと、さまざまな感情がないまぜになったような顔をしたかと思うと、宙《ちゅう》にかき消えるようにいなくなった。マキルの矢が、床に落ちた。そのきっ先を濡らしていた赤い血も、蒸発《じょうはつ》するように見えなくなった。

「なんてことをするんだ!」ライアンは連れの胸倉《むなぐら》をつかんで怒鳴《どな》った。「なんて……不実《ふじつ》な……卑怯《ひきょう》な真似を……敵でさえないのに!」

「まさか、あいつを信用するつもりだったんじゃないでしょうね？」マキルは尊大《そんだい》に眉をひそめた。「ありゃあ、化け物じゃあありませんか。通りすぎるひとたちを、しょっちゅう、ひっさらっちゃあ喰ってるのに違いありませんよ。たぶん、われわれが、手下の昆虫《むし》どもを退治してしまったので、ここは逆《さか》らわないほうが得だと考えたんだ。下手《したて》に出て、油断させようとね。魔族ってのは、汚《きたな》い手を使うもんですからね。うけあってもいい、チャンスがあったら、あいつは、ぼくやあなたを殺しましたよ」

「そうとは思えぬ」ライアンは重い疲労を感じて、力なくマキルを放した。「なら、はじめから声などかけなかったはずだ」

「あいつが露骨《ろこつ》に殺気を放っていたら、あなたは声がする前から、その気配に気づいたでしょう。発見される前に、自分から出て来たほうが安全だとふんで、愛想《あいそ》のいい芝居《しばい》をうったのですよ。そうに決まっています」

ライアンは眉を曇《くも》らせたまま、首を振った。黄金の瞳持つ異界の生き物の、最期《さいご》の表情が、まぶたに残っている。

幼い日、山で、喰うために射《う》った鳥や獣たちのぬくもりが蘇《よみがえ》る。愉《たの》しみのためだけに狩りをする連中の中には、獲物の血に手を浸《ひた》しそれを喰おうとする彼を『なんと残酷《ざんこく》な』と非難《ひなん》するものもあった。彼らは、たいがい、犬や猫や馬を愛した。ただし奴隷《どれい》として。彼らにとって獣たちは、下等で愚《おろ》かなものであるか、野蛮《やばん》で危険なものであるかのどちらかだった。どちらにしろ、人間がきまぐれに傷《きず》つけようと汚《けが》そうと、いっこうにかまわないものであるらしかった。

魔物であれ異界のものであれ、人間でないものたちが、マキルの目にどのように見えているか、ライアンは、今、はっきり推察《すいさつ》することができた。だが理解はできず、共感《きょうかん》はなお遠かった。逆に、マキルにとっては、ライアンの生来《せいらい》のものの考えかたは、信じがたく、気弱《きよわ》にすぎるものと思われるだろう。

「とにかく」とライアンは言った。「だまし討《う》ちめいた真似はやめてくれ。たとえ倒すべき相手であろうとも。なにも、あんなふうに侮辱《ぶじょく》する必要はないはずだ」

「じゃあ、あなたは……」冗談《じょうだん》めいた口調で言いかけて、ライアンの真面目《まじめ》な視線に気づき、マキルは黙った。

ライアンは栗毛の馬に跨《また》がると、あとを見ずに駆けだした。


暮れかかる空の下、彼らがイムルの村に入ると、その風体《ふうてい》を城の特使《とくし》と見分けたものたちが、立派な宿屋に連れて行ってくれた。馬を繋《つな》ぎ、その鞍につけていた荷物を下ろしていると、知らせをうけた宿屋の主人夫婦が、玄関《げんかん》まで出迎えに来た。

その、おかみさんのほうこそ、我が子の失踪《しっそう》に色をなして城に走り、王に捜索《そうさく》を懇願《こんがん》した当人であった。

食堂の燃える暖炉《だんろ》の傍《かたわ》らで、からだの温まる飲み物をふるまわれた。

「せがれのププルが消える時には、なにかおかしな靴《くつ》で遊んでいたということです」主人は頑健《がんけん》そうな中年男だったが、その目のあたりは憔悴《しょうすい》してくぼんでいる。「なぁ、おまえ、そうだな」

おかみさんは前かけをよじっていた手をとめて、田舎《いなか》女《おんな》らしい、頬《ほお》の赤い実直《じっちょく》そうな顔をあげて、こくりとうなずいた。

「はい。あの子はわたしの目の前でぱっと消えるようにいなくなったんです」

「それはいつだね。その時、そこにいたのは、あんただけなの」マキルが尋《たず》ねた。

「おととい の夕方です。いつものように遊びに出たきり、なかなか帰って来なかったものですから、呼びに出て。村の、東のはずれのほうで、ププルは他《ほか》のこどもたちと一緒《いっしょ》に、棒《ぼう》きれなどを振り回して危《あぶ》ない遊びをしていました。わたしが、いくら止めても言うことをきかないので、つい、叱《しか》ると……そ、その途端《とたん》……」おかみさんの眼から、涙《なみだ》が落ちた。「そんな悪い子は怪物《かいぶつ》に取られてしまよって、わたし、言ってしまったんです」前かけに顔を伏《ふ》せる妻《つま》の背に、夫はそっと腕を回した。

「その時一緒にいたこどもたちってのは？」

「おまえ、誰だれなのか、わかるか」

「ええと……ジークと、ミャッケと……シャリーンのところのチャイカと……角《かど》のご隠居《いんきょ》のお孫さんもいたんじゃないかしら。あ、校長先生ならば、きっと、みんなご存じですわ」

真っ赤な目のおかみさんに食事の支度《したく》を頼んで、ライアンとマキルは宿屋を出、学校をめざした。校長と、手伝いをしているというその娘《むすめ》は、二階の私室に案内してくれた。

「いま、ちょうど事件のことを話しておったところです」学級名簿《がっきゅうめいぼ》を繰《く》りながら、校長は言った。「わたしにはどうも、こどもたちが、何か隠しごとをしているような気がしてならないのですよ」

「おとうさまったら」娘は首を振った。「いつの時代でも、こどもたちはこどもたちだけの秘密《ひみつ》を持っているものですわ。ねぇ、戦士さま」

「そうですね。おっしゃること、わかります」

マキルの態度や口調が、宿屋のおかみさんに話しかけた時よりも、ずいぶんと丁寧《ていねい》なので、ライアンは思わず苦笑した。校長の娘は若く美しい。

「さあ、これが名簿です。ププルと仲のよいこどもたちには、丸くしるしをつけてあります。これ、シリル、ご案内しておあげ」

「かたじけない」ライアンは立ちあがりながら、ふと思い出し、尋ねた。「時に、校長先生、アレクスという男をご存じないか」

「アレクス」校長は額に手をあてて考えこんだが、やがて顔を振った。「どこかで聞いたような気はするのだが。なにしろ、こどものことでせいいっぱいなもので。その男が、犯人《はんにん》なんですか」

「いや」ライアンは否定《ひてい》したが、ふと、その可能性もなくはないことに思い当たった。「まだ、わかりませんが」

家を訪《たず》ねて歩いても、こどもたちの話は雲をつかむようで、まるで前もって打ち合わせてでもおいたかのように、みなぴたりと同じことを言う。ププルは空に飛んでいった。妙《みょう》な靴を持っていたなんて、知らない。まだ魔物にあったことはない。ププルとは仲良しだ、喧嘩《けんか》なんてしてない。はやく戻って来て欲しい。マキルははじめ、率先《そっせん》して尋問《じんもん》にあたっていたが（それはまさしく尋問というべき高飛車《たかびしゃ》な問いかけかたで、ライアンは内心、苦々《にがにが》しく思った）そうそうに飽《あ》きて、道すがら、校長の娘の腰《こし》に腕を回しては、なにやらひそひそと都会じこみの戯《ざ》れ話をしかけるほうに熱中しだした。

夜の帳《とばり》がおり、大気《たいき》は肌《はだ》を刺《さ》す冷たさを帯びてきた。降るほどの星を見上げて、ライアンは吐《と》息《いき》をついた。なんの収穫《しゅうかく》もないままに、この日が終わるのか。ライアンの胸は暗かった。

ププルの家である宿屋に、近づくと、裏口《うらぐち》の暗がりに、人目をはばかるようにしてしゃがみこんでいる男がいるのが見えた。ライアンは無言でにじりよった。

「何をしている」背中に剣の柄先《つかさき》をつきつけながら尋ねると、男は飛びあがった。

「う、うわほっ！　な、なんでぇ、あんたはっ！」

跳《は》ねる水音がする。目の前の窓が湯気《ゆげ》に曇《くも》っているのを見て、ライアンは眉を寄せた。

「浴室《よくしつ》か」

「あっ、ペーテスじゃないの！」校長の娘シリルが叫《さけ》んだ。「やだわー、あんたったら、何してるのよっ、こんなとこでっ」

「げっ、シリル！　いや、その。尼《あま》さんの頭布《ずきん》の下はやっぱりハゲかなって……いや、つまり」

「お知り合いなんですか」マキルが鼻をならした。

「婚約者《こんやくしゃ》ですわ」シリルが唇をとがらすと、マキルはあわてて彼女にからめていた腕を解《と》いた。

「これでも、牢屋番《ろうやばん》なんです」

「この村には、牢があるのか」ライアンが意外そうに言うと、

「はい」シリルは誇《ほこ》らしげに胸を張った。「昔、このあたりには、山向こうの女王国ガーデンブルグから追い払われた山賊《さんぞく》たちが、ずいぶん出没《しゅつぼつ》したんだそうです。バトランドの戦士さまがたにもずいぶん助けていただきましたが、それでは間に合わないこともありましたので、自警団《じけいだん》を結成《けっせい》して、みんな、村で、やっつけてしまったんですよ。そのころの名残《なごり》の石牢《いしろう》があるんです」

「でも、なにしろ古いもんで」と、でば亀《がめ》のペーテス。「ちゃんと鍵《かぎ》がかかるのは、ひとつっきゃ残ってません。今、そこは先客《せんきゃく》でうまってますからね、勘弁《かんべん》してください。見逃《みのが》してくださいよ。ねっねっ、牢番が牢屋に入れられちゃっちゃあ、さまにならない」

「先客」ライアンは不意に、脈《みゃく》を得た感触《かんしょく》を覚えた。「それは、何者だ」

「ドジなやつでねぇ。パンを盗《ぬす》んで捕《つか》まったのですが記憶《きおく》をなくしているらしくて。こころがすっかりこどもに戻ってるみたいなんですよ。よっぽど怖《こわ》い目にあったんでしょう」

「戦士さまがた、お戻りですか」ププルの母親が物音に気づいて、出て来た。「お夕食の支度ができております。シリルも、ペーテスも、良かったら、一緒に」

「そいつあ豪勢《ごうせい》だ。ぱぁっとやりましょう、ぱぁっと」

ほこほこ進みだすマキルの腕を捕《と》らえて、ライアンはその耳にささやいた。

「おれは牢屋とやらに行ってみる」

「ぼくは遠慮しますよ」マキルは腕を振り払った。「ああ、腹ぺこだ。おかみさん、献立《こんだて》はなんだい」

ペーテスに聞いた道をたどってゆくと、なるほど、遥《はる》か昔に建《た》てられたらしい自警団の詰《つ》め所があり、腐《くさ》りかけた階段《かいだん》が地下に続いていた。ライアンは壁の角灯《ランタン》を取って、降りた。じめじめと黴《かび》臭《くさ》い匂いのかなたに、啜《すす》り泣くこどものような声がしていたが、足音を聞きつけたのか、ぴたりと止まる。

「な……なんだよぉ」角灯《ランタン》を照らすと、囚人《しゅうじん》はまぶしそうに目を背《そむ》けた。「せっかく眠《ねむ》ってたのに。また、お調べなのかい」

錆《さ》びた鉄格子《てつごうし》の向こう、石の寝台にぼろ毛布《もうふ》をまとってうずくまっているのは、垢《あか》じみた男だ。襟《えり》のあたりしか見えないが、その汚れた着衣《ちゃくい》は赤と黄の縞模様《しまもよう》、バトランド城下町の手織《てお》り工芸《こうげい》によく見る意匠《いしょう》である。

「アレクスか」ライアンが尋ねると、男はびくりと反応した。

「おじちゃん、だれ」

「誰《だれ》でもよい。そなた、バトランドのアレクスか」

男は頬《ほお》をふくらませて不貞腐《ふてくさ》れたが、ライアンが動じないと見ると、すぐに、その眼に哀《あわ》れをさそうような色を浮かべ、格子際《こうしぎわ》まで、わざとのようにからだをひきずりながら這《は》い寄《よ》ってきた。

「頼むよ、出してよ。ねぇ、おじちゃん、ぼくは、悪いことなんかしてないんだ。おなかがすいたから、パンをもらっただけなんだ。ちゃんと、ちょうだいねって言ったのに。パン屋のおじちゃんが、どろぼうだどろぼうだって騒いで、みんなが、棒を持っておっかけて来たんだよ。うんと、撲《ぶ》たれた。ほら、ここ。こんなアザになっちゃっただろ。ひどいよね。ヌレギヌなのに」男はおおげさに鼻を啜《すす》りあげたかと思うと、こずるそうにキラキラする眼でライアンを見上げた。「ね、もしも、ここを出してくれたら、知ってることは、なんでも答えるよ」

馬のたてがみが顔を打つほどにからだを伏せて、夜の中を疾走《しっそう》するライアンの顔には、複雑《ふくざつ》な表情が浮かんでいた。安堵《あんど》と失望《しつぼう》。皮肉な笑いと胸を圧《あっ》する悲しみ。畏《おそ》れと高ぶり。旅はまだはじまったばかりだというのに、既《すで》に彼の肩は重かった。

こどものこころにかえってしまっているという男の、あまりにあからさまに下世話《げせわ》な様子、なんとかずるく立ち回ろうとする姿に、ライアンは、人間というものの逃《のが》れきれぬ卑小《ひしょう》さを見せつけられた思いがしていた。

ひとはみな、それぞれの事情と思惑《おもわく》に囚《とら》われている。世界は大義《たいぎ》のためにひとつにならねばならぬというのに。みながみな、素直《すなお》に協力してくれるものとは限らぬのだ。我が身の保身《ほしん》を第一に考えるゆえに、己《おの》がささやかな幸福を守るために。そのことを、いまさらながら、彼は思い知っていた。

遠い砂漠《さばく》の国の迷信《めいしん》深いものたちが歴史と言う、古いものがたりを、ライアンは思い起こしていた。そこでは、神の子が現れる前に、偉大《いだい》なる予言者が、苦労《くろう》をして準備をしたことになっていた。ひとびとに、神について、神の子について、真実の幸福について、あらかじめ、教えておくことによって。そのこころに、日々の安泰《あんたい》ではなく、もっと大きな秘跡《ひせき》を得《う》ることへの欲求を呼び覚《さ》ますために。やがては、その予言者も神の子も、蒙昧《もうまい》なる人民の手によって無惨《むざん》な死を遂《と》げるのだが。

おれは、自分が、伝説の勇者の先駆《さきが》けだと考えているのだろうか。このおれごときが。やがて来る勇者のために、いばらの道を切り拓《ひら》いておこうというのか。

ライアンは声をあげて笑った。笑い声は、夜の底に、痛ましく響いた。

「たいちょーお！」背後の暗がりから、声がかかった。ライアンは馬の首をかえした。見慣れたマキルの黒馬が、鼻息をたなびきながら、凄《すさ》まじい勢いで走ってくるのが見えた。「おいてかないでくださいよぉ」

やがて二頭は、無理のない速足に並《なら》んだ。

「食事をしていたのだろう。そのまま、休んでおればよいのに」

「そう、も、いき、ません、よ」息を切らしながら、マキルは笑った。「バトランドに戻るんですって？　何かわかったんですね。王さまのところに行くんでしょう」

ライアンは深々と息を吐いた。「その必要もある」

「ったくもう、油断《ゆだん》のならないひとだね。いまさら、ひとりで行こうなんて、ずるい、ずるい！」

マキルは鼻に皺《しわ》を寄せながら、懐《ふところ》から、何かを差し出した。「ほら、弁当《べんとう》を作ってもらってきましたよ。急いで包《つつ》ませたんで、少々ぶっちゃけてますけど。いくら隊長だって、腹ぺこじゃあ、じきに参《まい》っちまいますよ。ぶどう酒もあります。どうぞ、めしあがってくださいよ」

ライアンは戸惑い顔に包みを受け取り、酒の皮袋を口にあてて、傾けた。甘酸《あます》っぱい果実《かじつ》の香《かお》りの濃厚《のうこう》な酒は、柔らかな炎となって喉《のど》を下り、全身をかけめぐった。うっとうしい胸のくすぶりにも、知らず知らずのうちに寒さにこわばっていた手足にも、美酒は、実に霊験《れいげん》あらたかに効《き》いた。すっかり忘れていた空腹が、急に、こらえがたくなり、ライアンは、無我夢中《むがむちゅう》で包みを破ると、炙《あぶ》り肉を挟《はさ》んだパンに顔を埋《うず》めるようにして、がつがつと喰らった。あまりに急いで頬張りすぎたので苦しくなって胸を叩《たた》くライアンを、マキルはにこにこと見守った。

「ありがとう」ライアンは脂肪《しぼう》に濡れた唇を拭《ぬぐ》いながら、もごもごと礼を言った。「よく気づかってくれた」

マキルは照れたように肩をすくめ、急ぎましょう、と黒馬の尻《しり》に鞭《むち》をくれた。

と。

ヒュッと風を切る音がした。ライアンは振り向いた。マキルの白い喉に、一本の黒く長い矢が、ふかぶかと刺《さ》さっている。彼はあえいだ。片手をあげて、揺《ゆ》れている矢を抜こうとした。その眼がさまよい、一瞬《いっしゅん》、ライアンを見つめた。

「マキルっ!!」

彼は微笑《ほほえ》み、彼は倒れた。黒馬が驚いて駆けだそうとしたので、マキルの骸《むくろ》は、抜けなかった一方のあぶみにひきずられる形に地を弾《はず》んだ。その蒼白《そうはく》な顔が、地面の岩にぶつかって、血にまみれた。

「マキルーっ！」

既に聞こえはしないだろうと思いながら、ライアンは絶叫《ぜっきょう》した。

さらに、何本もの矢が降《ふ》り注《そそ》いできた。ライアンは剣を抜いて、矢の雨を薙ぎ払いながら馬を飛ばした。バトランドでは、いくさで死んだもののからだは、その場に捨《す》て置く決まりになっている。だが、彼は振り返った。暗がりのうちに、死者の魂《たましい》を喰らう忌《い》まわしい黒雲のようなものが、とうとう馬から離れたマキルの死骸《しがい》に、そっと覆《おお》いかぶさるのが見えたような気がした。

エアラットが、はさみクワガタが、そしてリリパットが、行く手の岩陰に待ち伏せし、次々に攻撃をしかけてきた。ライアンは剣のはらで馬の尻を打って、狂気《きょうき》のように駆けた……。

ライアンは、藁《わら》の中で目覚めた。兜《かぶと》こそ外していたが、鎧《よろい》も胸当《むねあ》てもつけたままだったので、ふしぶしがひどく痛んだ。呻きながら起きあがる彼の、ぶしょう髭《ひげ》の伸びかけた頬《ほお》に、案《あん》ずるような表情をした栗毛の馬が鼻を擦《す》り寄せた。

ひざしが降り注いで、よい香りの干《ほ》し草を黄金色に輝かせている。

王宮の厩《うまや》だった。どこをどうして、ここまでやって来たのか、よく覚えてはいなかったが。頭を振って眼をはっきりさせてみると、馬はきちんと繋《つな》いであり、鞍と頭絡はしかるべきところに掛かってあった。力尽きて眠りこむ前に、それだけはすませたらしい。

ほっとした途端《とたん》、悪夢のような情景がどっと脳裏《のうり》に蘇《よみがえ》ってきた。ライアンはふらふらと立ちあがり、薄く氷の張った厩の水おけに、さかしまに首をつっこんだ。水の中で、彼は泣いた。マキルのために。マキルを守ってやれなかった自分のために。

それから、濡れた頭を手ぐしでおおざっぱに整えながら、王に逢《あ》いに行った。

3 古井戸の底

町の者に尋《たず》ねると、マルタンの酒場《さかば》はすぐに見つかった。フレアはそこにいた。あざやかな色あいの服をまとい、耳やむきだしの胸元《むなもと》を安っぽい硝子《ガラス》玉で飾《かざ》りつけ、毒々《どくどく》しい化粧《けしょう》をほどこされて。取り残された幼子《おさなご》のような顔をして。彼女はライアンの顔を覚えていないようだった。いや、むしろ、この浮世《うきよ》に起こりつつあるすべてのことがらに無関心になることに決めてしまったのかもしれない。

だが、ライアンが、謎《なぞ》めいた男をイムルの牢《ろう》で見つけたことを手短《てみじか》に話しはじめると、長いまつげの陰《かげ》の生気《せいき》のない瞳《ひとみ》が、みるみる光を取り戻した。

「王の赦免状《しゃめんじょう》をもらっては来たが、かの囚人《しゅうじん》が確かにアレクスどのであるかどうかはわからない。連れかえるまでここで待つもよし、あるいは、ともにイムルまで出向くもよし」

「まいりますとも！」フレアは泣きべそ顔で微笑《ほほえ》むと、耳飾りや首飾りをむしり取り、酒場の卓《たく》に叩《たた》きつけた。「こんなわたくしとご一緒《いっしょ》でもかまわないとおっしゃるのでしたら、どうぞ、連れていってくださいまし」

「おいこら、ちょっと待ってくださいよ」すぐにも出立《しゅったつ》しようとしたふたりを、『守銭奴《しゅせんど》』マルタンが呼び止めた。「ご立派《りっぱ》な戦士さま。うちの女房を、どこに連れていこうっておっしゃるんで？」

「あなたの妻《つま》になんてなっていませんわ」フレアが吐《は》き捨《す》てるように言う。「ご亭主《ていしゅ》」ライアンはなにげなく剣の柄《つか》に手をかけながら、ゆっくりと振り返った。「そなたは困っているものたちに、ずいぶん金子《きんす》を用立ててくれているそうではないか。そのこころがけ、まことにあっぱれによって、王が、名誉《めいよ》ある称号《しょうごう》を賜《たまわ》るそうだ。実のところ、それと引き替えに、少々逼迫《ひっぱく》している王宮の財政《ざいせい》にできるだけ多くの借款《しゃっかん》を願われているようだが。やがて、使者が迎《むか》えに来る。用意されるがよかろう」

マルタンはがくりと膝《ひざ》をつき、真っ青になって震《ふる》えだした。「そ……そんな……そんな！」

「国のためだ。あまり、高利《こうり》を言うなよ」

ライアンは肩をすくめ、ふくみ笑いを洩《も》らすフレアの背を押して外に出た。

栗毛《くりげ》の代わりに借りてきた白馬に乗ろうとしているところに、マキルの父親が現れた。せんに逢《あ》った時の底抜けの陽気さを、不安そうな瞳が覆《おお》い隠《かく》している。

「隊長さま。せがれは。せがれの馬は。なぜ、ご一緒ではないのですか」

「旅先で別れた」ライアンは早口に答えながら、フレアをたくましい白馬の鞍《くら》に押しあげた。「ご子息《しそく》は、内密で栄誉《えいよ》ある任《にん》を得て、発《た》ったのだ」

「さようで」マキルの父親は、疑《うたぐ》り深そうに呟《つぶ》いた。

ライアンは父親の顔を見ていられなかった。それ以上のことは、言うつもりはなかった。だが、気がつくと、裕福《ゆうふく》そうな衣裳《いしょう》の商人を見下ろし、まるで怒《おこ》ったように言っているのだった。

「ご子息は、戦士には向かぬ。無邪気《むじゃき》にすぎる」

「ですから」父親は笑った。「商人には、なおのこと向きませぬ」

街道《かいどう》を走っている時、鞍前《くらまえ》に横座りになっていたフレアが、不意に言った。「あのひとの息子《むすこ》さんは、死んだのですね」

「なぜわかる」

「戦士さまのお声に、罪咎《つみとが》を憂《うれ》うる響《ひび》きがありました」

フレアは遠くを見つめ、それから、耐《た》えかねたように、手綱《たづな》にかかったライアンの手を握《にぎ》りしめた。

「どうか、ご自分をお責《せ》めになりませんように」彼女は言った。奇妙《きみょう》に明るい声で。「耐え切れぬと思われる悲しみも、濯《すす》げぬ屈辱《くつじょく》も、後悔《こうかい》も、過ぎてみればすべては幻《まぼろし》、やがては薄《うす》れ消えるものでございましょう。ひとは、しょせん、さだめのままに漂《ただよ》う神々の繰《く》り人形でしかないのですから」

「かもしれぬ」ライアンは重苦しく呟き、それから彼女のせりふが、彼女自身にもまた、言い聞かせているものであることに思い至《いた》った。マルタンが『女房《にょうぼう》』と言った時の、得意げにほのめかすような顔つきが蘇《よみがえ》った。

激しい怒《いか》りと嫌悪感《けんおかん》に、ライアンはめまいを覚えた。だが、それを押し殺した。

「忘れることだな」自分に言っているのか、彼女に言っているのか。判然《はんぜん》としないながら、ライア

ンは力強く呟いた。「明日はまた、明日の、別の戦いが、きっとあるのだから」

牢番《ろうばん》のペーテスは、詰《つ》め所でいぎたなく居眠《いねむ》りをしていた。ライアンが爪先《つまさき》で小突《こづ》き、王の赦免状を示すと、大あわてで鍵《かぎ》を寄越《よこ》した。

鉄格子《てつごうし》が開くのを待ちかねて、フレアは中に飛びこんだ。

「あなた！　アレクス！」

男は、ますます髭《ひげ》が伸《の》びて、格子のこちら側にいるライアンのところまですえたような悪臭《あくしゅう》がしたが、フレアは構わず、彼を抱《だ》きしめた。だが、彼は、怪訝《けげん》そうに顔をしかめるばかり。

「おばちゃんだれ？」

「わたしがわからないの」フレアは胸を押さえて息をついたが、急にはっとして、小布で顔じゅうを拭《ぬぐ》い、化粧を落とした。「ほら、これでも思いださない？」

男はぽかんと口を開けたまま、首を振る。

「じゃあ……」フレアは格子の外の牢番と戦士に、ちらりと眼をくれると、顔を赤くして、懐《ふところ》から、使いこんだ靴《くつ》ブラシと木型とトンカチを取り出し、自分と男の上に毛布をかぶせた。牢番と戦士は、何がなんだかわからなかったが、ともかく、急いでまわれ右をした。

なにやらごそごそと面妖《めんよう》な気配があったかと思うと、意味深な沈黙《ちんもく》がそれに続き、やがて、男が毛布をはねのけ、叫《さけ》んだ。

「フレア！」

「そうよ、わたしよ！　ああ、あなた……！」

夫婦は、互《たが》いに互いを抱擁《ほうよう》した。

「どうもありがとうございました」アレクスは言った。

髭をあたり、風呂《ふろ》に入って、こざっぱりとした服に着替えると、きりりと眉《まゆ》のひきしまったなかなかの色男である。同じく、もとのように地味ななりをしたフレアと並《なら》ぶと、善良でひと好きのする靴《くつ》なおしの夫婦らしく、なんとも似合《にあ》いの様子であった。

ふたり揃《そろ》って、城下町に帰るところである。傍《かたわ》らには、イムル特産品を積んだロバを連れている。特産品の中には、アレクスが和解したパン屋の親父《おやじ》特製の、名物スライムパンも入っているのだった。

「まったく俺《おれ》としたことが。とんだ、ご迷惑《めいわく》をおかけしましたそうで」

「このひと、今度は、こどもがえりしてた時のことは、何にも覚えていないって言うんですよ」

フレアがくすくす微笑《ほほえ》みながら肩をすくめた。「ほんとに、しょうがないひとだわ」

「そうか」ライアンはうなずいた。「残念だな。少々聞きたいことがあったのだが」

「妙《みょう》な怪物《かいぶつ》どもに襲《おそ》われたところまではわかるんですがねぇ……ひとの話じゃあ、ガキと交《ま》じってわぁわぁ悪戯《いたずら》をしまくってたそうなんですが。あ、そうそう。戦士さまに、あれを」

「そうそう」フレアは、巾着《きんちゃく》を取り出した。「失礼ながら、どうぞ、もらってやってください。ほんのこころばかりですが、路銀《ろぎん》のたしにしてくださいまし。あの酒場女の服や飾りを市場に出したら、けっこうな額《がく》で売れたんです。おかげで、ずいぶん助かりました。これはその、残りです」

「噂《うわさ》じゃあ、あのけばけばしいひと揃《そろ》いは、旅の尼《あま》さんが買ったそうですぜ」にやにやするアレクスに、

「嘘《うそ》よ、そんなの」フレアは鼻の頭に皺《しわ》を寄せる。

「そうかなぁ」

「よいよい」ライアンはあわてて手を振った。「それはあんたらが使いなさい。店には資金がいくらあってもいいだろう。それより、アレクスどの。出発を遅らせてしまうのはかたじけないが、貴《き》殿《でん》にひとつ、折り入って頼みがあるのだ」

「はぁ、なんでがしょう」

立派な武人《ぶじん》にこのように丁重《ていちょう》に言いかけられるとは、どんな恐《おそ》ろしい頼みか、と、アレクスは目を白黒させた。

「一緒に遊んだ時にさぁ、落としものをしちゃったんだよう」

アレクスの演技はまるきりの大根《だいこん》だった。こどもたちはうさん臭《くさ》そうに顔を見合わせ、互いに誘《さそ》いあって立ち去ろうとした。

「えーん、いじわる。聞いてよ聞いてよ」アレクスは両手を振り回して、わめいた。「とっても大事なものなんだよう。あの時、ぼくと一緒に、どこどこ行ったんだったか、誰《だれ》か案内してくれよう」

こどもらは声をひそめて相談をした。そのうちに、中のひとりが……確かミャッケというガキ大将らしいこどもだったが……押し出され、あきらめたような顔で進みでて来た。

「下手《へた》な芝居《しばい》は、もういいよ」ミャッケは言った。「どうせ、そっちの樹《き》の陰で見張ってる、戦士のおじさんに頼まれたんだろ」

「てへっ」

ライアンは苦笑しながら姿を見せた。「嘘《うそ》を言わせて、悪かったな」

「ちぇっ。そんな、こどもだましにひっかかるような俺《おれ》たちかよ」ミャッケは鼻を鳴らした。「でも、いなくなったププルを探してくれるためなんだもんね。おとなのくせに、よその村のこどもひとりのために、ああまでバカになってみせてくれちゃうんだから、つい、ほだされちまうぜ」

「どうも、まいったね」頭を掻《か》くアレクスに、もう行ってよいと合図をして、ライアンはこどもたちの前に進みでた。

「やはり、きみたちは、何か手がかりを知っているね」

「まぁね」ミャッケは両手をポケットに突っこんで、肩をすくめた。「おじさんたち、最初、ガミガミ・シリルと一緒に来ただろ。いろいろと教えてあげたいことはあったんだけど、あれじゃあ、言えねえよ。あいつ、おとなの前では、てんで上品ぶってるけど、ほんとは、すげぇいやなやつなんだ。宿題を忘れたていどのことで、こーんな顔して、あんたたちはサイテーよ。人間のクズよッ！もう知らない!! なーんて、キーキー怒鳴《どな》んだぜ。たまんねーんだ。な、みんな」

こどもらがみな、うなずく。

「なるほど。それでは、打ち明けてくれなかったのも無理はないな」

「わかってくれて嬉《うれ》しいよ」ミャッケは声をひそめた。「ププルが飛んでった時、いじってた靴ってのは、森の中の、古井戸を探検《たんけん》してて見つけたんだ。実は、森の中に、俺たちだけの秘密基地《ひみつきち》があるのさ。森は、魔物が出るからって、おとなたちは、おっかながって近寄らない。俺たちも、絶対あそこで遊んじゃいけないって言われてる。でも、魔物なんて見たことないぜ。いるかいないかわかんない魔物より、うちのかあちゃんのほうが、ずっとおっかない」

「ガミガミ言われたくない時、みんなでそこに行くんだ」

「悪い点取っちゃった時、隠《かく》したり」

「先生の悪口言いに行ったり」

「秘密基地なんだ」

「ぼくたちの、大事な宝ものなんだよ」

こどもたちが口々に言った。

「よくわかった」ライアンは微笑んだ。「そこには、まだ、何か不思議《ふしぎ》なものがあるのかね」

「あるかもしれない」ミャッケは考え深そうに言った。「ないかもしれない。井戸の底は、うんと入り組んだ迷路《めいろ》みたいになってて、最初ちょっとおっかないけど、道にさえ迷《まよ》わなければ、危ないことなんか何もない。不思議で、神秘的な場所なんだ。汚《けが》しちゃいけないって感じの場所なんだ。俺たちは、もう何カ月も使って、入り口のほうから少しずつ、手分けして探検してた。そのうちに、ちゃんとした地図を作るつもりでね。だけど、ププルってのは、ちょっと……そのう……困《こま》ったやつで、ひとりで、どんどん奥に入ってって、あれを取って来ちまったんだよ。あそこでは何も傷《きず》つけない、何も持ち出さないって決めてたのに、あいつ、仲間との約束《やくそく》を破ったんだ」

少年はキュッと唇《くちびる》を噛《か》んだ。ププルの裏切《うらぎ》りを、今も許《ゆる》せなく思っているらしい。

「おれたち、ついてってやるから、すぐ返して来ようって怒ったんだけど、あいつ、ふくれちまってさ。家がでっかい宿屋で、金持ちで、親が年取ってからやっと生まれたひとりっ子でさ。我慢《がまん》するってのが、ちょっと苦手なやつなんだ。他にも何かあるようなことを言って、みんな、好きなもんを取ればいいじゃないかなんて言うんだ。そういうことじゃないだろう？　おれ、撲《ぶ》ってやろうかと思った」

「うむ」

「そんなことするやつは、もう仲間じゃない。一緒に遊んでなんかやらないぞって言ったら、ププルは泣きだした。夕飯《ゆうはん》の時間が近かった。あいつのお袋さんが迎えに来た。なんかギャアギャアわめいた。俺たちが、あいつをいじめてると思ったかもしれない。俺たち、あわてて、ププルから手を放した。そしたら……」ミヤッケは片手を宙《ちゅう》に飛ばした。「いきなり、すっ飛んじまうんだから、ぶったまげたぜ。ありゃあ、古井戸の呪《のろ》いなんじゃないかって、それ以来、俺たちは誰も、森に行ってない」

少年は黙った。ライアンは少年の肩に手をおいた。

「どうもありがとう。正直に教えてくれて、とても助かった」

「行くんだね」ミャッケはライアンを見上げた。「松明《たいまつ》がいるよ。床が泥《どろ》んこだから、気をつけて」

「わかった」

「ププルを、連れて帰る方法がわかったら、教えてくれ。おれたちにできることがあったら何でも手伝う」

「ありがたい」ライアンはうなずいた。「だが、とりあえず、おれがなんとかしてみるよ」

歩き去りかけた時、誰かが言った。

「ミャッケはププルに、三ゴールド貸しがあるんだよ」

ライアンはゆっくりと振り返って、にやりとした。「親分肌なんだな」

ミャッケは顔を真っ赤にしてもごもご言った。そんなの、関係ないじゃないか、とかなんとか。

ライアンは唇の端を笑わせた。ミャッケに、奇妙な親しみを覚えた。

たぶん、ミャッケは、将来、偉《えら》くなるだろう。ひとの上に立つ人間になるだろう。そして、人知れず、苦労をするだろう。

だが、その苦労の中には、喜びがある。

ライアンはひそかに村を出て、東に向かった。遥《はる》か地平線には、女王国ガーデンブルグとこの地方を隔《へだ》てる山脈《さんみゃく》が、雪を抱《いだ》いて、屏風《びょうぶ》のようにそびえたっている。ほどなくたどりついた森は、まるで喪《も》にでも服しているかのように静かだった。草地のはずれに、ライアンは馬を繋《つな》ぎ、徒歩で踏みこんで行った。

互いに絡《から》まりあった三本の白樺《しらかば》、やどり木がふたつあるくぬぎ、ひときわ大きな樅《もみ》。こどもらの教えてくれた目印をたどって、ライアンは進んだ。

穏《おだ》やかなひざしが、枝々《えだえだ》の間から、枯れ葉の敷《し》き詰《つ》められた地面まで幾筋《いくすじ》も届いている。このあたりは、北方にしては雪が少ないようだ。おそらく、冬に吹く東風は、あの山岳地帯で阻《はば》まれ、そこに孕《はら》んだ雨雪の大半を落としてしまうのだろう。澄《す》んだ大気はすがすがしかった。あたりの風情《ふぜい》に眼を奪《うば》われて、方向感覚をなくしそうになるほどに。森は美しかった。

ライアンは頭を振り、眼を擦《こす》った。

と。木立の間に、何か違和感のあるものが見えた。自然にできたものではない、人間の手によるもの。

ライアンは慎重《しんちょう》に近づいて行った。それは巨大《きょだい》な古い井戸で、骨のように白い樹木になかば隠されている。へりに手をかけてのぞきこんでみると、底は黒い。水は涸《か》れているようだ。手近の石を投げてみると、思っていたよりもすぐに、ぽつりと、泥に埋もれるような音がした。

時に浸食《しんしょく》された石は角《かど》がなく、ところどころ崩《くず》れかけ、一面の苔《こけ》とひびわれに覆《おお》われていた。だが、大勢が、精魂《せいこん》傾けて作ったものに違いなかった。

こんな森のただ中にわざわざ井戸を作ったのは、おそらくは、その昔ガーデンブルグから追われてきたという山賊《さんぞく》どもだろう、とライアンは考えた。『山賊』と、イムルのひとびとは言うが、ほんとうのところはわかったものではない。ひとの財産を掠《かす》めるだけが得意な野蛮《やばん》な種族ならば、わざわざこんな面倒《めんどう》なものを作りはすまいとも思われる。

要するに、よそものは、いつだって、悪者なのだ。

注意深く見回すと、白骨《はっこつ》めいた樹木の根元に、巧妙《こうみょう》に隠した綱《つな》がみつかった。こどもらは、けして無謀《むぼう》ではない。冒険をするからには、ちゃんと、それなりの準備を整える。まして、ミャッケのような親玉がついていれば、万事、そつなくやってのけるのだ。

ライアンは綱を腰に回して、井戸を降りはじめた。口から底までは、彼の身長の四五倍《しごばい》はあるようだ。壁は泥と苔にまみれ、あちこち欠け落ちていたが、おかげで足がかりにもなってくれた。ライアンは慎重に降りた。底が近づくにつれ、壁の一部が隧道《トンネル》のように穿《うが》たれていることと、気味悪い黒い泥の上に、いくつかの板きれが、艀《はしけ》のように浮かべてあることがわかった。

やんちゃ坊主《ぼうず》どもは全く頭がいいわい、と、ライアンは微笑んだ。このように工夫をするのも無理もない。泥だらけになって帰れば、魔物より怖い母親たちに、おしおきをされるに違いないのだから。

板きれはライアンの体重にはいささかこころもとなく、足を乗せた途端《とたん》にずぶずぶと泥にのめりこんだが、ひとよりもいささか長めの手足が役にたった。壁の突起《とっき》を指でつかみ、両足を踏ん張って、なるべく板に重みをかけぬようにしながら、ライアンは綱を放し、井戸の底を回りこみ、勢いをつけておいて横穴に躍《おど》りこんだ。

横穴はひどく暗かったが、多少膝《ひざ》をかがめれば、なんとか立って歩けるほどの高さがあった。いざ出発の前に、ライアンは顔を出して、井戸の口を見上げてみた。空は丸く小さく、青く、遠かった。見つめていると、天地がさかさまになったような奇妙な感じがした。

背にくくりつけておいた松明《たいまつ》に火をつけ、奥に向かってさし入れてみる。火は過不足なく燃《も》えあがった。火が燃えるということは、息ができるということだ。

ライアンは小さく微笑み、勇気を奮い起こして、歩きだした。

こどもたちが先に歩き無事に戻って来た場所であることを、頭では知っているはずだったが、いざこうして踏みこんでみると、どうにも薄気味悪かった。空気は湿《しめ》ってなまあたたかく、壁はところどころ燐光《りんこう》を放ち、地面はぬかるんで、たびたび足が滑《すべ》った。こんなところをわざわざ好んで『探検』するなんて、正気の沙汰《さた》とも思えない。マキルなら、さぞかし、暗い、狭《せま》い、怖い、と甲高《かんだか》い声で泣き騒《さわ》ぐだろう……。

死んだ青年のことを考えようとすると、自然と脳裏《のうり》に浮かぶのは、にくにくしいせりふを吐く時のそれでもなく、最期《さいご》の苦悶《くもん》の表情でもなく、自分のぶっきらぼうな感謝のことばに、はにかむように微笑んだ、あの顔だった。

マキルは、偏狭《へんきょう》ではあったが、善良だった。すべてをわかりあうことのできる友ではなかったが、語りあうに足る友ではあった。

もっと、さまざまなことを語りあいたかったのに。やっと、友を得たのだと、思ったのに。

大勢の仲間を持った少年ミャッケが、ひどく羨《うらや》ましかった。彼が、ああまで幼くさえなかったなら、自分とミャッケは、親友にだってなれたかもしれない、とライアンは考えた。

ひとりきり暗がりにあることが、かたくなな戦士のこころをも弱めたか、ライアンの瞳はうっすらと曇《くも》った。ライアンは鼻から息を吸いこんだ。瞬《まばた》きをして、眼をはっきりさせた。

その時。遠く、せせらぎのような声がした。その音に混じって、かすかなささやきが聞こえた気がした。

「……こっちへおいでよ……」

ライアンは眉をひそめた。こころの隅で、恐怖《きょうふ》がじわじわと膨《ふく》れあがってゆく。

錯覚《さっかく》だ。おれとしたことが。

ライアンは頭を振ってみた。

声はしなくなった。だが、どうやら、どこかを水が流れているのは確からしい。

それはそうだろう。井戸を掘《ほ》ったということは、地下水があるということだ。汲《く》みあげられ、弱まって、あるいは多少流れを変えたかもしれないが、近くに水源があっても、なんの不思議はない。

納得《なっとく》が行くと、恐怖は、急におとなしく収まってゆくのがわかった。

そうだ。恐れるな。こどもたちだって、歩いた道じゃないか。

分岐点《ぶんきてん》に出た。ライアンは右を選んだ。マキルと、あの洞窟《どうくつ》を歩いた時のように。すると、また声がしたのだ。今度は、無視できないほどにはっきりと。

「……そっちじゃないよ……」

「だれだ！」脈《みゃく》打つように恐怖が高まり、ライアンは思わず叫んだ。「出てこい！」

何ものも答えなかった。

ライアンは剣に手をかけた。混乱《こんらん》しかけたが、正気を失うまいとして、必死に頭を働かせた。

ドリンだろうか。またしても？　あるいは、地霊《ちれい》は地霊だけの神秘的な連絡網を持っているのだろうか。川を渡る洞窟のドリンの身に起こったことを、この地のドリンが既《すで》に知っていて、仲間の復讐《ふくしゅう》のために、おれを罠《わな》にはめようというのではないか。

あるいは、大昔のその山賊とやらは魔法の技《わざ》に優《すぐ》れていて、声をもって、道順を示すような、複雑なしかけをほどこしていたのではないか。

だが、いずれにしても、この現象について、ミャッケらが、なにひとつ教えてくれなかったのが奇妙な気がした。今だけ起こっていることなのか。おれの、無意識が、罪悪感《ざいあくかん》のために、ありもしない声を聞かせているのか？

いや。声はした。けして、恐怖や自虐《じぎゃく》のせいではない。実際に、声が、いつでも正しい道筋を教えてくれるのだとしよう。ミャッケたちもそれを聞いたのだ。だが、彼らは、大勢だった。仲間の誰かが呼んでいるのだと思い、疑《うたが》うことがなかった。彼らは声に従《したが》ったろう。彼らは無事だった。

この説明は合理的なような気がした。

だとすれば、声の通りに進むことこそ、安全の道であるはずだ。

「よし。信じるぞ」ライアンは、力強く言った。姿を見せぬ相手を牽制《けんせい》しようとするように。自分にもまた言い聞かせるように。「おまえが何であろうと、おれは信じるからな！　いいな！」

「……こっちへおいでよ……」

声は答えた。皮肉なほど、そっけなく。無頓着《むとんちゃく》に。

道は、曲がりくねって続いた。水路であったにしては、あまりに複雑すぎ、整然ととのいすぎている。注意深くみつめてみると、壁のところどころには、摩耗《まもう》して読めない文字《ルーン》らしきものが刻《きざ》まれていた。しまいに、泥と苔《こけ》に覆《おお》われた宝箱らしいものが並んだ、小部屋としか言いようのない空間までみつかった。

古代のなにがしかが、この道を塹壕《ざんごう》のようなものとして建設し、巧《たく》みに井戸に偽装《ぎそう》しておいたことを、ライアンはなかば確信した。地下深くに、これほどの規模を持つ基地を擁《よう》したのは、いったいどんな文明なのだろうか。わがままププルが持ち去ったという妖《あや》しの靴《くつ》もまた、いにしえの呪法《じゅほう》をほどこされた品であるのかもしれない。それが、なぜ、伝説にもなっていないのだろう。どうして滅《ほろ》びてしまったのだろう。

石段を登り、また下がり、湿った匂いのする闇《やみ》の中をどこまでもさまようちに、ライアンは次第にゆえのない恐怖を覚えなくなり、わくわくと胸を弾《はず》ませた。重大な捜《さが》し物をしに来たことさえも、なかば忘れかけた。この地下の巨大な迷宮《めいきゅう》そのものに、少年のように、すっかり魅了《みりょう》されてしまったのだった。

どれほどの広さがあるのだろう。

昔、ここで、何があったのだろう。

ここにいたのは、どんなひとたちなのか。

まぶたを閉じれば、見知らぬ太古《たいこ》の住人の思いが、息づかいが、今も石に刻まれて残っているような気さえする。

たぶん、ミャッケたちもそうなのだろう。時のかなたに旅するような、この感動。世のひとびとのいまだに知らぬ秘密が、次々に眼の前に現れる、この興奮《こうふん》。

かれらが、ここのことをかたくなに隠しておかずにいられぬ気持ちが、ライアンには痛いほどよくわかった。誰にも知られないよう、守り通しておきたい気持ちが。

おとなたちは、この宝物の、真の価値を理解しないだろう。彼らの手にかかったら、『危険《きけん》な井戸』は固く封印《ふういん》されてしまうかもしれないし、あるいは、すっかり掃除《そうじ》されて、ただの観光地に変えられてしまうかもしれない。

おとなたち。

ライアンは苦笑を洩《も》らした。自分を『おとなたち』の中に含《ふく》んでいないことに気づいて。確かに、自分には、まだどこかしら、夢見がちの、こどものようなところがある。年に不足はなかろうに。王宮の戦士ともあろうものが。

すりへった壁を、ライアンは撫《な》でた。そこに刻まれた文字《ルーン》は、たとえもっとはっきりしていたとしても、彼に読みくだすことのできる言語のものではなかった。だが、埃《ほこり》にまみれた壁を指でたどれば、この複雑な地中通路を作りあげたいにしえの民族の息吹《いぶき》が、その封《ふう》じこめた伝言が、わずかながらも感じられる気がした。ライアンはまぶたを閉じ、じっとそれを味わった。

すると彼は知った。背後に、そろそろと忍《しの》び寄って来るものがあることを。

「なにもの！」

長剣を抜きはなち、振り向きざまに叫んだが、はったとばかりに睨《にら》みつけた視線は少々高すぎた。そこにいたのは、ぷよぷよとした水色の胴体に数十本の足を持った、奇妙窮《きわ》まりない生き物だ。背丈《せたけ》はライアンの膝《ひざ》に届くかどうかというあたり、あっけに取られた戦士の顔を見上げながら、その瞳は無邪気にもキラキラと輝《かがや》いている。

「ぼくホイミン」生き物は言った。「今はホイミスライムだけど、人間になるのが夢なんだ」

「我が名はライアン」面食《めんく》らいながらも、ライアンは問うた。「そなた、なぜそのような妙な夢を持った」

「うん。話せば長いことながら」ホイミンは答えた。「聞けば短いものがたりさ。イムルの村にシリルちゃんってひとがいるでしょ。昔むかし、あのひとと、ぼくは、恋に落ちたの。おおきくなったら、結婚《けっこん》しようねって、ちゃんと約束したの。でも、あのひとは、このごろ、ちっとも森に遊びに来ない。村には、怖いオトナがいるでしょ。石ぶつけられたりするでしょ。ぼく、考えた。人間になったら、村に行ける。もう一度逢《あ》ったら、きっと、シリルちゃん、ぼくのお嫁《よめ》さんになってくれるんじゃないかなって」

「あのシリルが」

いつの時代でもこどもたちはおとなに言えない秘密を持っているもの。

彼女は既《すで》に牢番のペーテスと契《ちぎ》りを交わしている。だが、あれで実は、何もかも、忘れてしまったわけではないのかもしれないな、と、ライアンは考えた。けして戻らぬ幼き日の甘美《かんび》を懐《なつ》かしく思えばこそ、知らず知らずのうちにこどもたちを羨《うらや》んで、ガミガミと呼ばれるような小言をも言ってしまうものかもしれぬな、と。

「ねぇ」生き物は言った。「人間の仲間になったら人間になれるかなぁ」

まさか。どこの世界にそんな奇跡《きせき》があろうか。そう思いながらも、ライアンは口ごもった。相手が化け物であろうとも、落胆《らくたん》する顔を見たくなかった。生き物の瞳の中の何かが、彼にマキルのことを思い出させた。マキルの殺した地霊のことを思い出させた。「さて、どうだろう」

「ぼくを仲間にしてよっ」

慕《した》ってくれたマキル。拒《こば》んでも、ついて来たがったマキル。そんな彼を死なせてしまったのは誰か。それでも俺はまたここで、連れを作ろうというのか。寂《さび》しさのために？ それとも、償《つぐな》いのために？ ただうまく、利用するために？

「空飛ぶ靴のありかを知っているか」むっつりと尋ねる己《おのれ》の声をライアンは聞いた。「この迷路のどこかにあるはずなのだ。その靴のために、イムルの村から、多くのこどもたちがゆくえ不明になった」

「そりゃあ大変だ」

「そうだ。大変だ。だから、助けに行く。知っておるならば、案内しろ」

「がってんだいっ！」ホイミンと名乗ったものは、興奮《こうふん》のあまり、頬《ほお》（？）を赤く火照《ほて》らせながら跳《は》ね回った。「ああっ、他《ほか》でもないイムルのこどもたちのために役にたてるなんて、すっごく嬉《うれ》しいですっ！ わぁい、わぁい。とうとう仲間ができた。ぼくは、ひとりぼっちじゃなくなったんだい」

わざと偉《えら》そうに言ってやったのに、こいつは、いじらしくも喜ぶのだ。

剣を鞘《さや》に収《おさ》めながら、ライアンは胸の疼《うず》きを押し殺した。

「では、行こう。ホイミン」

曲がりくねった道を、ホイミンは先に立って歩いた。目につくみごとな細工や放置された宝箱のある場所では、その来歴《らいれき》やら意味やらを、熱心に語ってくれた。自慢《じまん》の玩具《おもちゃ》をみせびらかすこどものように、いきいきと、瞳を輝かせながら。

「ここに書かれてるのは、『水の教訓《きょうくん》』っていう昔の歌《バラード》なんですよ。お聞かせしましょうか、ライアンさま」

「ああ」

「では、歌います」コホムと小さく咳《せき》ばらいをして、ホイミンは歌いはじめた。

緑の髪のボウシャルマン
王宮づきの曲芸師《かるわざし》
玉のり　棒《ぼう》なげ　綱渡《つなわた》り
剣《つるぎ》の舞いに　火輪《ひわ》くぐり
頓智《とんち》にくわえて色男
皇帝陛下《こうていへいか》のお気にいり

ある時　王は船遊び
白鳥の旗《はた》なびかせて
聖剣騎士《せいけんきし》に道化《どうけ》ども

あまたの美姫《びき》や博士《はかせ》たち
揃《そろ》って海にこぎだせば
水の乙女《おとめ》ら現れん

「捕《と》らえよ！」王はのたまうた
「あれらを我《わ》が池に泳がせたい」
「わしが」と射手《いて》が進みでて
たちまち射《い》かける矢の時雨《しぐれ》
「愚《おろ》か」と笑うは魔法使《まほうつか》い
「殺さず連れねば意味がない」

「おいでなされ　乗りなされ」
詩人《しじん》は竪琴《たてごと》かきならし
甘い響《ひび》きにかきくどく
「我らが城には黄金の
噴水池《ふんすいいけ》がありまする
美酒《びしゅ》も馳走《ちそう》も宝石も

望みのままとなりましょう」

「いえいえ　何もいりませぬ」
水の乙女ら微笑《ほほえ》めば
波はきらめき　さんざめき
「水の底には　いやさかの
竜《りゅう》の都《みやこ》がございます
みなさまこそが　おいであれ」

王はたいそう驚《おどろ》いて
止める間もなく船べりを
ひょいと乗りこえ　躍《おど》りだす
乙女の腕の　その中へ
「竜の都を訪ねれば
百瀬《ももせ》の寿命《じゅみょう》　得《う》るべけれ」
水は渦巻き　高飛沫《たかしぶき》

王を呑《の》みこみ　黙りこみ
あわてふためく　船上の
臣下《しんか》ら　はたと思いつく
「ボウシャルマンよ　そなたなら
王を救いて　戻り得《え》ん」

期待の一刻　不安の二刻
恐怖の三刻　去り過ぎて
ボウシャルマンが　現れた
冠《かんむり》高く　さしあげて
「王はもはや　戻られぬ
かの地のひとと　成り果てん」

「水の都は　面白く
絵にも描《か》けない　美しさ
金銀財宝　うず高く
真の幸福　そこにあり

乞《こ》い願《ねが》わくば　我もまた
留《とど》まりたきを　戻りなん」

涙ながらに　言うをきき
ひとびと　先を争って
みなしも揃《そろ》って水に落つ
ふと気がつけば　船上に
残るは　ただのふたりだけ
ボウシャルマンと　王の姫

かくして名高き曲芸師《かるわざし》
金の玉座《ぎょくざ》を　ひきつがん
白鳥の旗は忘れられ
玉乗り獅子《しし》を　紋章《もんしょう》に
幾年幾月《いくとせいくつき》流れても
船は不吉よ　凶徽《きょうしょう》よ

水を軽《かろ》んず　ことなかれ
海に赴《おもむ》く　ことなかれ
水を軽んず　ことなかれ
その誘《いざな》いに　乗るなかれ……

「……終わりです」歌の余韻《よいん》が消えてゆくと、ホイミンはかすかに息をはずませながら、そっと言った。「それで、ここを作ったひとたちは、地下水を大切に大切にしていたんですって」

ライアンは我に返り、急いで拍手《はくしゅ》をした。

「驚いたな、ホイミン。そなたなんとも達者《たっしゃ》な歌い手ではないか。いかにして覚えたのだ」

「むかしね、ぼくのおじいちゃんに習ったんですよ。むかしは、ここには、うんとうんと大勢のホイミスライムがいて、他の生き物もいっぱいいて、みんな、もっとむかしのことを、よく知ってたもんです」ホイミンは口ごもった。「ナルゴスの使者が来て、みんな、連れていっちゃったけど」

「ナルゴス？　なにものだ」

「ええと」ホイミンはますます顔を赤くすると、多数の脚《あし》の何本かを、くねくねと絡《から》めた。「悪魔の……いいえ、ぼく、よくわかりません……ちっちゃかったから。あんまりちっちゃくって、ぼくは、地下水のただのしずくにしか見えなくて、それで、連れてかれなかったくらいだから」

「ふむ」

こいつ何かを隠しているな、とライアンは思ったが、あえて追及《ついきゅう》はしなかった。そんなに小さかった時から、長い年月を、ずっとひとりぼっちで過ごしたのだろうホイミンの孤独《こどく》を、しみじみ感じた。

あの素晴らしい歌声を、シリルは聞いただろうか。ミヤッケは聞いただろうか。

もしこの不憫《ふびん》な生き物が、このまま老いさらばえて死んでしまったら、いにしえの忘れられつつある国のものがたりを、ひとは永遠《えいえん》に失ってしまうのだ。

「もし、そなたが人間になったなら」ライアンは言った。「吟遊詩人《ぎんゆうしじん》になるがいいな。誰も知らぬものがたりを、たくさん知っておるのだろう？　きっと、当代《とうだい》一の人気者になることだろうよ」

「ほんとですか」はにかみながらも嬉しそうにホイミンは跳ねた。「ええ、ぼく、頭の中にだけしまってる歌が、まだいっぱいいっぱいありますよ。誰かが喜んで聞いてくれるなら、いくらでも歌いたい。聞かせたい。吟遊詩人だなんて、夢みたいですよ。ああ、素敵《すてき》だ！　ね、きっとそうなりますよ。きっと、そうなりますよね、ライアンさま」

通路はますます狭《せば》まり、湿《しめ》り気のために、空気は手で掻きわけられるほどに重たく感じられるようになってきた。

濃い苔《こけ》にびっしりと覆《おお》われた壁は、このあたりではもはや人の手によって建造されたものというよりも、自然の洞窟《どうくつ》をほぼそのまま利用したものらしく思われた。時には天井《てんじょう》からしたたってくる水滴が額《ひたい》を濡《ぬ》らした。長年の浸食にすべすべになるまですり減った石床は、濡《ぬ》れてもいるために、ひどく滑《すべ》り、よく足許《あしもと》に気を配っていないと危《あぶ》なくてしかたがなかった。

一歩一歩に気を配れば、おのずと会話は乏《とぼ》しくなった。互いに無言で進むうちに、ライアンは、鈍く歪《ゆが》んだ声を聞いたような気がして、耳をすませた。遠く、低く、唸《うな》るように歌うように。何者かが、叫び続けているようだ。女の声か、男の声か。この世のものではない怪物《かいぶつ》の声か。

だが、気のせい、幻聴《げんちょう》かもしれない。

それにしては、次第次第に強まっているようでもあるのだが。

ライアンは顔をしかめ、先を行くホイミンの青いからだを子細《しさい》に眺《なが》めた。何も聞こえないのか、あるいはその音が何であるかとうに知っているのか、ホイミンは頓着《とんちゃく》せず、飄々《ひょうひょう》と歩いてゆく。

……罠かもしれない。こいつは、無邪気そうな顔をして、俺を戻ることのできぬ恐ろしい場所に、連れて行こうとしているのかもしれない。

胸の奥に兆《きざ》した疑いに唆《そその》かされて、ライアンはそろそろと剣の柄に手をかけた。いつでも、抜けるように、握っておこうとして。

その途端に、ホイミンが振り返った。

「この先です。あと、二つ曲がったら、終点ですよ」

「そうか」ライアンはあわてて手を離した。「いよいよか」

　壁は突き当たり、まっすぐな廊下《ろうか》に出た。ホイミンについて左に曲がった途端、水の流れる音が聞こえてきた。さわさわと、ひたひたと。なんのことはない、さっきから気にかかっていた不気味な音は、これがどこかに反響したものだったのだろう。ライアンは納得した。

　やっと、地下迷路の果てに到着した。

　そこは城でいえば大広間ほどの空間だった。

　わずかに残った壁伝いの通路以外、床一面を鈍色《にびいろ》の水が覆い、松明《たいまつ》のオレンジ色の光を浴びて、時のかすかな流れそのもののような波紋《はもん》をきらきらとたゆたわせる。それはゆっくりと、しごくゆっくりと流れているのだった。

　うねりの元をたどると、壁そのものの中ほど、ライアンの腰のあたりの高さから、水が横一列に、まるで機織《はたお》り機にかけた縦糸《たていと》のようにきっちりと並んで迸《ほとばし》り出ているのがわかった。あたかも堅固な岩が、水を生み出しているかのように。だが、松明《たいまつ》をかざしてよく見れば、壁はほとんど真横の縞《しま》を成している。なんらかの理由で、断ち切られ、ずれた地層そのものであるらしい。真の水源地に発する水、あるいは天から滲《にじ》みこんだ雨が、固い地層に阻《はば》まれて走り出し、ここに来て自由になるものらしかった。

　通路は壁のこちら側から、滝から見て対岸にあたる方向に、鈎《かぎ》の手に折れ曲がって続き、そこで終わっている。ただし、向こうの壁のほぼ中央から、湛《たた》えられた水のなかほどにかけて、ひとがひとりやっと通ることのできるほどの細い路《みち》が延びていて、その先が少しばかり広くなり、何かが……

たぶん、小さな木の櫃《ひつ》のようなものが置かれてある。

ホイミンはそこに進んだ。ライアンも急ぎ、ついていった。

水上の通路は、乏《とぼ》しい明かりにも真っ白く輝く不思議な材質でできていた。それは石というよりは、むしろ長いこと雨露《あまつゆ》にさらされた骨のようなものだった。ライアンの足許《あしもと》に、波は静かに打ち寄せ、わずかに飛沫《しぶき》をあげては、どこへともなく吸いこまれてゆく。

秘められた地下深い池を、ただ半分だけ渡る橋。それは彼岸《ひがん》に向けて出発を願うひとびとの埠頭《ふとう》のようなものだったかもしれない、と、ライアンは考えた。

ここは、たぶん、異教の神の社《やしろ》のような場所なのだろう。遠い昔、迷宮を作ったひとびとは、この神秘の泉に参っては、なにごとかを願い、あるいは誓ったのかもしれない。

櫃の前でホイミンは振り返り、少しばかりおごそかな声を作って言った。

「靴って、これのことだと思います」

ライアンは膝をつき、櫃をのぞきこんだ。それは朽《く》ち果て、崩れかけている。誰かがこじあけたらしい跡《あと》もあった。胸の高鳴りを堪《こら》えながら、絹のような布をめくると、ひと揃《そろ》いの靴があった。

いや、ひとつがいの生き物がうずくまっていた、というべきか。

「〇〇〇〇〇です」ホイミンが、ライアンには聞きとれぬし、発音することもできない名前を告げた。「普通の状態《じょうたい》では、目にも見えません。これは、この世とあの世のあわいを飛び越える力を持ってるんです……って言うか、もともと、そのあわいに生きてるものなんですよ。だから、こうして、特別の魔法《まほう》で靴にすると、とても便利に使える。人間にはけして開けられない扉を通って、一瞬のうちに遠いところまでつれて行ってくれるんですから」

「こいつは生きているのか。靴になっても?」ライアンが驚くと、

「もちろん」ホイミンがうなずいた。「この次元《じげん》ではこんな形に見えますけど、別の次元では、もとのままなんですからね」

「まったく、魔法ってやつは……!」ライアンは顔をしかめた。「めちゃくちゃもいいところだ。俺にはとうてい理解できん」

「でも、この地下迷宮《めいきゅう》を作ったひとたちは、ちゃんと理解して、使いこなしていたんですよ」

「おおかた、それだからこそ滅《ほろ》びてしまったのだろう」

「そうかなぁ?」

名を呼ぶことのできぬ生き物は、この世の何ものにも似ていなかった。一対《つい》の翅《はね》と、二本の触角《しょっかく》、尾部《びぶ》にも二つの突起物《とっきぶつ》を有し、退化した顎《あご》を持っている。体表は、赤味を帯びた紫色《むらさきいろ》の短い毛皮に覆《おお》われており、その毛皮にかすかに入った斑《ふ》の具合が、左右それぞれ微妙《びみょう》に違っている。

生き物を『履く』だと?

ライアンはゾッとしたが、今は好き嫌《きら》いを言える場合ではない。

「よし」

ライアンは立ちあがった。

「試《ため》してみよう」

「はい」

素直に返事をするホイミンに、ライアンは、ふと、尋ねてみたくなった。

「俺がやってもいいか。そなた、試してみたことはないのか？」

「だって」ホイミンはもじもじとうなだれた。「どの足に履《は》けばいいか、わかんないし……ぼくの足に足りるほどの数、なかったし」

「なるほど。それでは、俺がやってみる」

ライアンが靴の片方に足をいれると、景色《けしき》はゆがみ、からだの中を奇妙な魔法的な感触《かんしょく》が駆け抜けた。予感につかれて、彼は叫んだ。

「俺につかまれ！　早く。しっかりと！」

「はいっ」ホイミンは七つの足をライアンの腕に、ふたつを腰に、ふたつを頸《くび》に巻きつけ、絡みつかせた。「つかまりましたっ」

「ぐぐ、ば、ばか。これでは、ぐわ、息ができない！」

「ごっ、ごめんなさい」

「よし。行くぞ、ホイミン！」

もう片方の靴を履いた。

ライアンはたちまち脳の芯《しん》に鋭《するど》い痛《いた》みを覚えて、思わずまぶたを閉じた。痛みはすぐに消えた。

目を開くと、あたりは一変していた。最初に目に入ったのは、青い空、目映《まばゆ》いひざしに照らされた柔《やわ》らかな草地。地下の闇の中から、ひといきに青空のもとに連れて来られたらしい。だが、肌は陽《よう》光《こう》を直接には感じなかった。

彼らの上には、影《かげ》があった。古めかしい、塔《とう》の、長い影がのしかかるように伸びていたのだ。

4 湖の塔《とう》

塔《とう》は、やや先細《さきぼそ》りの円柱形《えんちゅうけい》をしており、草むしたなだらかな凹地《くぼち》の中央に、ひっそりとそびえたっていた。

あたりは静かで、近くには生き物のいる様子はなかった。ただ、いにしえから長く人里と隔《へだ》てられてきた土地の、静謐《せいひつ》な、侵《おか》しがたい気配が濃厚《のうこう》に漂《ただよ》っている。

ライアンは魔法の靴《くつ》を脱《ぬ》ぎ懐《ふところ》にしまいこみながら、ぐるりと見回してみた。すぐ背後はエメラルド色に静まりかえった湖面《こめん》であり、その際《きわ》から内陸にかけて豊かに広がった森のかなたには、どこかしら見覚えのある野原が広がっているらしいのがわかった。野原の右手、小高くなった丘の中《ちゅう》腹《ふく》にうかがえる、ぽっかりと開《あ》いた空洞《くうどう》は、おそらくバトランドとイムルを結ぶ、かの地霊《ちれい》の洞窟《どうくつ》であろう。

目を凝《こ》らして探しても、船つき場らしいところは見当たらなかった。森を切り拓《ひら》かなければ、湖にもたどりつけない。塔は巧妙《こうみょう》に隠《かく》されている。ここにこのようなものがあることは、鳥たちでもなければ、知り得ないようになっているのだった。

「これはきっと、湖の塔ですよ」ホイミンが言った。ややこしく絡《から》まった脚《あし》をようやく解《ほぐ》して、ライアンの肩《かた》を離れたところだった。

「別の歌に歌われているの。玉乗り獅子《しし》の紋章《もんしょう》を持った王家には、白鳥の旗《はた》のお姫《ひめ》さまを慰《なぐさ》めるために作られた秘密《ひみつ》の離宮塔《りきゅうとう》、『甘《あま》く苦き思い出の城』があったたって。そこは四方を水に囲《かこ》まれていて、船を出さなきゃたどりつけないようになっていたから、ほら、ボウシャルマンの家来《けらい》たちは、みんな水をうんと怖《こわ》がっていたから。お姫さまの許《ゆる》しを得たひとたち以外、誰《だれ》も邪魔《じゃま》をしに来ることができない、隠《かく》れ家《が》みたいな場所だったんだって」

「ゆくえ知れずのこどもたちは、さては、ここに飛んできたのだな」ライアンはうなずいた。「我らと同じ手段《しゅだん》によって。どんなに探しても見つからぬはずだ。だが、なぜいつまでも家に戻らないでいるのだろう。……よほど帰りたくない訳《わけ》でもあるのだろうか」

「靴をなくしちゃったのかもしれませんね」

「それも考えられる。いずれにせよ、空腹《くうふく》で泣《な》いていなければよいのだが」

「入ってみましょう」ホイミンは先に立って、塔の正面に向けてぴょんぴょんと跳《は》ねるように、緩《ゆる》い坂道を下って行った。

どれほど長い時代を経《へ》て来たのだろうか。塔の扉《とびら》は、開け放たれたままなかば風化《ふうか》している。そここに、かすかに火器の形跡や重たい何かをぶつけたような痕《あと》が見出《みいだ》された。無惨《むざん》にも力ずくで抉《こ》じ開けられた名残《なごり》であるらしい。

かつて、いつか、悲運な白鳥の姫の財宝《ざいほう》を狙《ねら》って賊《ぞく》が侵入《しんにゅう》したのだろう、とライアンは考えた。

ここは、水面《すいめん》など少しも恐《おそ》れぬ他所《よそ》の種族《しゅぞく》にとっては、鼻先にぶらさがった美味《びみ》なる獲物《えもの》のようなものだったのかもしれない。

扉を潜《くぐ》ると、大広間に出た。高い天井《てんじょう》から、千切《ちぎ》れてほとんど縄《なわ》のようになって下がっているのは、緞帳《どんちょう》であろう。左右には、剣を掲《かか》げた兵士の彫像《ちょうぞう》が崩《くず》れかけている。床《ゆか》の中央に刻《きざ》まれた紋章は、瓦礫《がれき》になかば覆《おお》われている。いまにも飛び立たんばかりに羽根《はね》を広げた鳥の形であるらしい。

通りすがりに、その鳥の顔をふと眺《なが》めて、ライアンはぎょっとした。それは嘴《くちばし》ではなく、サーベルのような長い牙《きば》を有していた。すり減《へ》ってはいたが、見間違《みまちが》いではない。古代の鳥か、それとも空想上《くうそうじょう》の生き物なのか。いずれ、今はもはや滅《ほろ》びてしまった国のひとびとの珍重《ちんちょう》した生物であったのだろう。

時の残酷《ざんこく》な優《やさ》しさを思って、ライアンが重たい吐息《といき》をついた時。

不意に攻撃《こうげき》がはじまった。射《い》かけられた数多《あまた》の矢《や》を、もんどりうって避《よ》けながら、ライアンは射手《いて》であるこびとたちを見分け、見覚《みおぼ》えがあることに気づいて――マキルを死なせたやつらではないか！ ――我ながら恐ろしいほどの復讐心《ふくしゅうしん》がカッと燃えあがるのを感じた。意識《いしき》の片隅《かたすみ》は何か躊躇《ちゅうちょ》したが、彼の脚は素早《すばや》く距離《きょり》を詰《つ》め、剣は、ひとりでにひるがえって、最初のリリパットの喉《のど》の真ん中を刺《さ》し貫《つらぬ》いた。彼らが、マキルを狙った、まさにその場所を。

剣が肉を切り裂《さ》くや、腐《くさ》った食べ物のような悪臭《あくしゅう》がし、リリパットは聞くものの血を逆流《ぎゃくりゅう》させるような絶叫《ぜっきょう》をあげて絶命《ぜつめい》した。

ライアンはますますいやな気持ちになった。違和感《いわかん》。不安。敵《てき》がリリパットたちであることへの微細《びさい》な抵抗《ていこう》。次の敵に向き直った瞬間《しゅんかん》、戸惑《とまど》いの原因に、ようやく思い当たる。こびとたち。こどもたち。その近さ。あるいは、ゆくえ不明になったこどもらが、なんらかの呪術《じゅじゅつ》にかかってこのような姿に変えられてしまったのではないか。おれは救いに来たはずのこどもたちを、みな殺しにしてしまうのではないか。

「いったい、どうなっているのだ！　なぜ、ここが魔物の巣《す》に？」

眉《まゆ》をしかめ、迷《まよ》っている隙《すき》に、毒矢《どくや》が腿《もも》に突《つ》き刺さった。

ライアンは呻《うめ》いた。衝撃《しょうげき》に遅《おく》れて痛《いた》みが来る。痺《しび》れが来る。驚愕《きょうがく》のためにいっぱいまで見開かれたリリパットの眼《め》。手を伸ばせば届きそうなところにいる敵の瞳《ひとみ》。剣を突きだす。手ごたえはあった。敵の顔がバッと吹《ふ》き出した血に紅蓮《ぐれん》に染《そ》まる。だが、自分もまたざらつく死の舌《した》に掠《かす》められ、闇《やみ》の彼岸《ひがん》に運び去られてゆきそうだ。やられた、不覚《ふかく》。上体が泳いだ。ライアンは苦笑《くしょう》まじりに眼を閉《と》じる。周囲が奇妙《きみょう》にゆったりと動くように見える。それは死の前に訪《おとず》れるというすべてを思い出す永遠の瞬間を想起《そうき》させる。これまでか。こんなところで死ぬのか。これほどあっけなく。あきらめ顔に微笑《ほほえ》んだその耳に、歌うような声が響いた。

「ホイミ〜ッ!!」

ホイミンの声だ。ライアンが思う間もなく、光の種子が爆発《ばくはつ》する。光は手足のすみずみまでを探《さぐ》るように駆《か》けめぐり、毒を受けた腿に達して一瞬熱く燃え、次の瞬間、からだじゅうにあふれんばかりの力となって広がっていった。ライアンは眼を開いた。束《つか》の間《ま》の勝利に油断《ゆだん》して、狂気《きょうき》のように笑う敵の顔を見た。

腕《うで》を振りあげざま、眼の前のリリパットの胴体《どうたい》を切りあげ、手首を返して、すぐ隣でつがえた弓《ゆみ》を下ろしかけていた別のリリパットの腕を飛ばす。振り向きながらさらにもうひとりに対峙《たいじ》し、頭《ず》巾《きん》に覆われたその醜悪《しゅうあく》な頭を、ひねこびた胴体からすぱりと切り離す。敵の血にまみれた剣の柄《つか》が手の中でぬるりと揺《ゆ》らぎ、生命《いのち》あるもののように震《ふる》え脈打《みゃくう》つのをライアンは感じた。剣は目覚《めざ》めた。剣は血に飢《う》えていた。いくさの場にたちあえたことを歓喜《かんき》していた。もっと多くの血を啜《すす》りたがっていた。それはあまりにも軽々と走り、的確《てきかく》に切り裂いた。それはライアンに使われているのではなく、戸惑う彼をより残虐《ざんぎゃく》な殺戮《さつりく》へと駆り立てた。もう止まらない。

リリパットたちは熾烈《しれつ》な反撃にあわてふためき、キィキィと耳障《みみざわ》りな怒号《どごう》をあげながら、互いに互いを盾《たて》にして逃げ惑った。ライアンは憮然《ぶぜん》と唇を結んだまま、剣に導かれるまま、次々に敵の心《しん》臓《ぞう》を貫き、折り重なった胴体をいくつもひとまとめに薙《な》ぎ払って進んだ。リリパットたちは絶望的《ぜつぼうてき》な反撃を繰り返した。行く手を見定めもせずに次から次へと矢を放って、味方を傷《きず》つける者もあった。矢を使い果《は》たし、闇雲《やみくも》に両手でつかみかかって来るものもあった。だが、もはや勝敗は明らかであった。

やがて唐突《とうとつ》に静かになった。リリパットたちの屍《しかばね》が累々《るいるい》と倒《たお》れ伏《ふ》す床に、ライアンは、荒《あら》く息をつきながら立《た》ち尽《つ》くした。矢毒の名残《なごり》に、引き攣《つ》れたように痛む腿から、血を流しながら。

「すごい、すごい、カッコいかったっ‼」ホイミンが物陰《ものかげ》から駆け寄って来た。「ああ、ライアンさまって、強いんですね」

「そなたのおかげだ」額《ひたい》の汗《あせ》を拭《ぬぐ》いながら、ライアンは膝《ひざ》を折ってしゃがみ、こびとのひとり《リリパット》の衣服を使って、剣と柄の血糊《ちのり》を丁寧《ていねい》に拭《ぬぐ》った。「そなたが癒《いや》しの術《じゅつ》を使うてくれなければ、死んでいるところだ」

「あっ、わかってくれました？　えへへっ、よかったっ。ぼく、役にたっちゃったんだなぁっ。ぼくを仲間にして良かったでしょ。でしょ？　えへへへっ」

「感謝《かんしゃ》する」ライアンは言った。めまいをこらえながら。

鞘《さや》に収《おさ》めようとした剣が、不平そうに身じろぎしたのだった。もっと獲物をと、もっと血をと、このホイミンをもついでにやりましょうよと。まるで餌《えさ》を強請《ねだ》って甘《あま》える猛獣《もうじゅう》のように擦《す》り寄って来たのだった。

手が震えているだけかもしれない。こころが、虐殺《ぎゃくさつ》の余韻《よいん》に動揺《どうよう》しているのかもしれない。剣がそれ自体として血を好んでいると感ずるのは、あるいはおれが、自己嫌悪《じこけんお》や罪悪感《ざいあくかん》から逃《のが》れるための方便《ほうべん》なのかもしれぬ。

だが、ライアンは、手にした古い剣の内に、禍々《まがまが》しい生命を、己《おのれ》とは別の意志を感じずにはいられなかった。

それは、かつての養父大臣《ちちだいじん》の形見《かたみ》のひとつであり、十文字になった柄に紫色《むらさきいろ》の宝石《ほうせき》と数多《あまた》の黄金が象嵌《ぞうがん》された、いかにも因縁《いんねん》めいた武器であった。バトランド王宮に備えられたどの剣よりも長く、それゆえに、ひとより多少手足の長いライアンには使い易《やす》く感じられた品であった。

だが、養父はひそやかに語りはしなかったか。これは魔剣《まけん》であると。滅多《めった》な男には使いこなせぬと言われるが、そなたならば、きっと正しく役立ててくれるであろうと。恭《うやうや》しく受け取りながら、ライアンは父のことばを本気にはしていなかった。それほど大事なものを惜《お》しみなく与えてくれた愛をのみ、心に留《と》めた。そして、年寄りの思いこみを、迷信深《めいしんぶか》さを、大時代《おおじだい》な縁起担《えんぎかつ》ぎを、傷つけまいと、あえて口をつぐむ自分の寛容《かんよう》を誇《ほこ》りに思いさえしたのだった。

遠い日の養父の和《なご》やかに微笑みながらすべてを見通していたかのような瞳を思い出しながら、ライアンはかつての己の幼《おさな》さを思い、無知に打たれ、傲慢《ごうまん》を恥《は》じた。青くさい小僧《こぞう》だったころには少しも理解できなかった『魔』の存在を、今彼は、このうえもなくはっきりと知っていたから。

「だいじょうぶですか？　なんだか、顔色が悪いですよ」

「毒のせいだ」心配そうにのぞきこむホイミンに、ライアンは唇の端《はし》だけで笑ってみせた。「案ずるな。毒消しを持っている」

「じゃあ、早く使っちゃってくださいよ。あんなのがどんどん出るんじゃ、こどもたちが心配ですよ」

そのとおりだった。

ライアンは毒消しを使った。毒は消えた。だが、こころの暗雲《あんうん》はなかなか晴れなかった。

ライアンは強かったが、もともといくさを好きではなかった。いくさには、炎《ほのお》がつきものだったから。血が、痛みが、殺生《せっしょう》がつきものだったから。

敵であれ味方であれ、生命あるものが死んでゆくのを見ることに、彼は慣《な》れることはできないと思いこんでいた。山にあったころには、獣《けもの》を狩《か》った経験はもちろん皆無《かいむ》ではない。楽しみのために狩りをするものたちの手伝いをして、暮《く》らしを立てていた時期もあった。だが、彼自身は、憎《にく》しみや恐怖《きょうふ》や快感《かいかん》のために、何ものかの生命を狙い奪《うば》うことを、長いこと、強く嫌悪《けんお》していた。食べるために、皮や牙《きば》を使うために、あるいは殺らなければ殺られる時に限って、正当で公平な戦いを経て倒すことでさえ、避《さ》けられぬ業《ごう》のように感じていたのである。

たとえ化け物であろうとも、どんなにひどくひとびとを害するものであろうとも、ただ滅《めっ》するために殺すことには、胸《むね》が痛む。害獣《がいじゅう》、化け物、とひとことに言うは容易《たやす》いが、ひとは獣に確かに優《まさ》るものであろうか。獣のほうでは獣のほうで、ひとというものこそ、どんな獣よりも残虐《ざんぎゃく》なもの、何より恐ろしい害毒であると、感じているかもしれないではないか。

だが彼は兵士であり、王の軍の重要なひとりであった。彼自身が生き残るために……守るべきものたちを生き残らせるために……そして王の命を果たし、国を守るために。今となっては、戦わぬわけにはいかない。害獣を、化け物どもを、殺さぬわけには、いかないのだ。

いずれにせよ殺すのならば、迷いになど意味はないではないか。

迷路めいて入り組んだ白鳥の姫の塔の階《きざはし》を、こどもらの姿を求めて、下に上にさまよい歩きながら、ライアンは自嘲的《じちょうてき》にそう考えた。

　彼の剣は、出くわした魔物たちを次々に切り裂き、突き、刺し殺した。ダックスビルがおり、ピクシーがおり、ベビーマジシャンがいた。こちらが気づかぬうちに襲《おそ》いかかって来るものもあれば、仰天《ぎょうてん》して茫然《ぼうぜん》と立ち尽くすものもあった。剣は微笑んででもいるかのようにきらめきながら、血を啜《すす》り肉を割《わ》り骨を断《た》った。喰《く》っても喰っても空腹を訴《うった》える赤子《あかご》のように、剣は際限《さいげん》なく獲物を求めた。

　叶《かな》わば、一撃のもとに相手を絶命させてやることが遣《つか》い手《て》の望みであった。貪欲《どんよく》なる剣もそのことにはあえて反対はしなかった。ひとりを素早く殺すことができればできるほど、より多くの餌《えさ》にありつくことができるのだから。

　耳をつんざく悲鳴《ひめい》。死んでゆく化け物の匂《にお》い。はじめ吐《は》き気《け》を伴《ともな》わずにはおれなかったその音も匂いも、やがては意識の外のものとなった。傷を受けた時には、ホイミンがすかさず呪文《じゅもん》を唱《とな》えてくれる。ライアンはなかば剣にあやつられるままに、朦朧《もうろう》としながら、戦い続けた。

　敵は敵。同情をしているふりをしながら振るおうとも、剣は剣。おれの感傷《かんしょう》に、おれの剣は頓《とん》着《ちゃく》しない。魔剣に取り憑《つ》かれて、殺戮機械《さつりくきかい》と化しているのだとするならば、いっそ、そのほうがありがたいではないか。

　罪《つみ》に泣き自己嫌悪に浸《ひた》るのは、任務を果たし、無事《ぶじ》にこどもらを連れ帰り、王のもとに戻ってからでよい。今、大切なのは、できる限り無駄《むだ》にせぬよう努力すること。機会を。時間を。そして、生命を、おろそかに捨《す》てぬことだ。

真一文字《まいちもんじ》に唇を結び、押し殺した胸の痛みに顔をゆがめ、ただ、一刻《いっこく》も早くこの果てしない殺戮の終わる時を乞《こ》い願いながら、ライアンは進んだ。


何度めの出会いか、入り組んだ通路の角《かど》からまたしても現れた不気味な一群《いちぐん》を切り払いながら、ライアンはホイミンの悲鳴を聞いて、我に返った。

「待って。ホイミスライムがいる！　ぼくの仲間がっ！」

「なに？」

ライアンは顔をあげ、今、傷を負わせた大目玉に再び飛びかかりとどめを刺そうとした、己《おの》が欲《よく》深《ぶか》き剣を、必死の力で押し戻した。――ホイミ！　耳馴染《みみなじ》んだ呪文が聞き覚えのない声によって発せられ、怪物《かいぶつ》の潰《つぶ》れかけた目玉がたちまち癒《いや》される。おどおどと大目玉たちの背後に隠れながら、せいいっぱいその呪文を叫んだ、別のホイミスライムの姿を、彼は見た。それはホイミンに似《に》ていた。ややふっくらとしていたが、ほとんどそっくりだった。ふたり並ばれたら、咄嗟《とっさ》には見分けのつかぬほどに。

忘れていた戸惑いがライアンのこころに忍《しの》びこんだ瞬間、大目玉たちがいっせいに身の毛もよだつような凄《すさ》まじい雄叫《おたけ》びをあげた。耳をつんざくその声は、ライアンの脳《のう》を内部から震撼《しんかん》させた。頭蓋《ずがい》は割《わ》れんばかりに沸騰《ふっとう》し、瞳はカッと見開かれ、手は痺《しび》れて剣を取り落とした。ホイミンもまた、苦痛にのたうっている。かすんだ視界《しかい》の中に、ライアンは見た、大目玉が身ぶるいをし、再び叫《さけ》ぼうとするのを。が、今度は同時にライアンも叫んでいた。声を限りに。喉もかれよと。満月に吠《ほ》える狼《おおかみ》のように。その耳は衝撃のために、何も聞きはしなかったが。

主人の気合いに叱咤《しった》されて、魔剣が目覚めた。剣はひとりでのようにたなごころに滑《すべ》りこむと、ライアンの腕《うで》を導いて、大目玉の一匹の眼球《がんきゅう》の中心を貫かせた。大目玉が再び叫ぶのを、ライアンは音ではなく肌《はだ》への振動《しんどう》として感じた。だがその叫びは、もはや攻撃ではなく、断末魔《だんまつま》の悲鳴であったらしい。ライアンは次々に切りかかった。どうと倒れた大目玉らのからだの下敷《したじき》となって、敵のホイミスライムがもがいた。大目玉らの魂《たましい》を啜り取った剣が、嬉々《きき》としてその小さなものに切りかかるのを、ライアンはなんとか止めようとしたが、勢いづいた剣を完全に抑《おさ》えるほどの力をまだ回復していなかった。剣とひとは争い、敵のホイミスライムは傷ついた。脚のほとんどを失って、悲しげに呻《うめ》いた。

この時ホイミを唱《とな》えたのは、ホイミンのほうだった。そして呪文は、ホイミン自身にでも、傷を負ったその同族にでもなく、ライアンに掛《か》かった。ライアンはたちまち音が蘇《よみがえ》るのを感じた。そして、自分がまた生命をとりとめたのを。化け物と呼ばれる生き物に、捨身《すてみ》で援護《えんご》されたのをも。

「ほ、ホイミン……おまえ、ひょっとして、ちびのホイミンじゃないかい……？」

瀕死《ひんし》のホイミスライムがつぶやいている。

「そうだよっ。おばさん、ぼくホイミンだよっ!!」ホイミンがまろびながら駆《か》け寄る。「ああ、待って、いま、呪文を」

「よしなさい」敵であった生き物は、はかなく笑う。「いいの。わたしは、もうだめ。力を無駄《むだ》にしないで」

「でも！　おばさん！」

「いい。ホイミン、おちびさん。よく、聞いて」死神の誘《いざな》いに痙攣《けいれん》しながら、敵であったホイミスライムは気丈《きじょう》に声を張りあげた。「世界のどこかで、地獄《じごく》の帝王《ていおう》が復活させられそうなの。わたしたちの仲間がたくさん、そのために働かされている」

「どうして。どうしてそんな悪いことを！」

「だって、逆《さか》らったら、みんな殺されてしまうもの……仲間たちが……こどもたちも、たくさん、人質《ひとじち》に取られているんだもの……」

「そんな。そんな。あんまりだよ」

泣きじゃくるホイミンを、敵であったホイミスライムは、わずかに残った脚でそっと撫《な》でてやった。

「けれどね……わたしたちは望みを捨てていないの。おまえも知っているはずよ。ほら。あの昔の歌を……予言を」

　ホイミンはハッとしたように顔をあげた。

「『闇の力、いや増《ま》す時、光もまた蘇《よみがえ》る』」

「そう……帝王を滅ぼす勇者が、やっぱり、どこかで育っているはずだわ……悪魔たちは、勇者がまだ幼いこどものうちに見つけだして、葬《ほうむ》り去《さ》るつもりなの」

「それで、こどもたちを手あたり次第にさらったのか？」傍《かたわ》らにひざまずきながらライアンが呟《つぶや》くと、敵であったホイミスライムはこっくりとうなずきながら、残った脚のひとつを、そっと彼の肩に伸ばした。

「そのとおりです。戦士さま。さっきはすみません。他にどうしようもなかったのです」

「わかっている」

「わたしたちは、人間が好きです。特に、こどもたちは、大好きなんです……ほんとです」苦しい息の下、ホイミスライムはいまわの際《きわ》の力のすべてをかけて、ライアンの肩をつかんだ。「う、嘘《うそ》じゃありません。さらわれてきたこどもたちを、せ、せめて、あまり怖《こわ》い目にあわせたくなくて……うう……だから、だから……志願《しがん》してぇっ……こっ、この塔に来て……世話をしたり、遊んだりしていました。みんな、いい子です。辛《つら》くても……ゆう、勇敢《ゆうかん》で……とても、とてもいい子たち……」

「おばさん！　おばさん、しっかりして！」

「はぁっ……き、聞いてホイミン。一階の東の端《はし》の通路の奥《おく》に、大昔のしかけがあるのよ。壁の……ルーン文字で獅子《しし》、と書いてある部分を、お、押すと、秘密《ひみつ》の扉が開くの。おまえなら、どこなのか、わかるわね？　わ、わかるわね？　ね？」

「う、うん、たぶん、わかる、わかるけど、ぼく」

「そこから」と彼女は続けた。「地下の……っおっ……隠し部屋に、はい、入ることができ……る……うう……そこに、そこに、ピサロの手先と、こどもたちがいるからっ……」

「ピサロ?」ライアンは聞きとがめた。「とは何者なのだ、悪魔の王か? 頼む。答えてくれ、ご婦人?」

だが、敵であったホイミスライムはびくんびくんと激《はげ》しく引き攣《つ》り、うなされたように口走るのがせいいっぱいだった。

「どうか、きっと……きっと、こどもたちを……守っ」

彼女はぱたりと脚を落とし、それきり、動かなくなった。

「お……おばさん! おばさんっ!」ホイミンはホイミスライムを揺すった。「しっかりして。死んじゃいやだ。死んじゃいやだよお、おばさんんん!」

ライアンは立ちあがった。死んだホイミスライムがついさっきまで力任せにつかんでいた肩が、じんじんと痛かった。こころの中は、もっと。

だが。

怒《いか》りは悲しみよりも強く、義憤《ぎふん》と使命感《しめいかん》はさらに強かった。それらは苛立《いらだ》ちも感傷も個人的な動揺をも覆《おお》い尽くし、静かな激しさで、彼を鼓舞《こぶ》した。

敵の内に彼女のようなものがいるのならば、なおさら、この戦いは、けしてぐずぐずと長引かせてはならない。そして負けることも許されぬ。恐ろしい悪魔の野望を、けして、叶《かな》えさせてはならないのだ。

「……立て、ホイミン」ライアンは感情を押し殺した声で言った。「彼女は死んだ。地下へ急ぐのだ」

ホイミンは涙《なみだ》を拭《ぬぐ》いながら振り向いた。何か言いたげな、張り詰めた表情で。だが、ライアンの静かに乾《かわ》いた瞳と視線が交《まじ》わると、彼は口をつぐんだ。つぐんだ口がへの字になり、泣きべそを堪《こら》えるようにぶるぶると震えた。ライアンは待った。待ちながらひそかに恐れたが、ホイミンはもう、泣きだしはしなかった。ただ、さかんにまばたきをし、あふれそうに潤《うる》んだ瞳を懸命《けんめい》に開いて、ライアンをにらみ返した。

「行きましょう」彼は言った。「それが、おばさんの願いだった」

ライアンはうなずき、先に立って歩きだした。

彼らがいたのは既《すで》に塔の頂上近くで、地下への扉は、気の遠くなるほどの遥《はる》かなかなたに思われた。通路は上を下へ、右を左に、もつれにもつれて絡まっていたから。だが、ひとたび歩いた道を戻るは、未到《みとう》の場所をおそるおそるうかがい行《ゆ》くよりは、はるかに気遣《きづか》いの楽なこと、かすかにでも見覚えのある場所をたどるは、長《なが》からぬみちのりに錯覚《さっかく》されるものである。たとえ、倒したものたちの屍《しかばね》を踏《ふ》み越《こ》えてゆかなければならないとしても。

ライアンとホイミンは、急ぎ足に進み、早足に進み、しまいには駆けだした。互いに口はきかなかった。曲がり角などで、どちらに進むか判断に迷う時は視線を交わらせたが、それ以外は、合図をすることもなかった。しばらくはなおも敵が現れたが、ライアンが血まみれの剣をもはや鞘《さや》に収めることもなく、出合えば即座《そくざ》に、逡巡《しゅんじゅん》の間もなく切りつけて来る、その狙いがけっして違《たが》わずに急所を突くことを知ると、しつこくまとわりつくのをやめた。万一《まんいち》出くわしても、大半が、大急ぎで逃げだしてしまうありさまである。

このことに気づくと、ライアンは思わず薄《うす》い唇を開いて、皮肉な失笑《しっしょう》を洩《も》らした。その薄ら寂《さび》しい声を鋭《するど》く聞きつけたホイミンは、振り向いて、低く尋《たず》ねた。

「何です。……こんな時に、笑うなんて」非難《ひなん》の響きの内に、かすかな安堵《あんど》があった。久々に、話しかける機会を得たことを喜ぶように。

「おれは莫迦《ばか》だった」ライアンは怒鳴《どな》るように答えた。「ああ、なんと莫迦だったのだろう。おれは、ありもしない希望を盾に、自分で自分を欺《あざむ》いていた。おれが弱さを見せていたからこそ、やつらは我らを襲った。そして、おれはやつらを、あんなに大勢、殺さねばならなかったのだ」

ライアンは足を止めると、狂《くる》ったように笑いだし、剣をつかんだ手を高く掲《かか》げて、さらにいっそう声を張りあげて呼ばわった。

「聞け、化け物ども！　見るがいい。この血塗《ちぬ》られた剣を……!!　おれは敵だ。あなどれない戦士だ。冷血《れいけつ》の殺し屋だ。おれの邪魔《じゃま》をするな。もう、貴様《きさま》らを切ることを、けしてためらいはしない。ほんとうに死にたいやつだけ、かかって来るがよい!!」

よい。よい。よい……。

声は離宮塔《りきゅうとう》の崩《くず》れかけた壁に、長々《ながなが》と谺《こだま》した。答えるものはなかった。周囲は、死んだように静まりかえっていた。

固い沈黙《ちんもく》をつんざいて、ライアンはまたしても高らかに笑った。かと思うと、不意に黙《だま》りこんだ。彼が肩を落とすと、剣も垂れて床に当たり、びぃん、と不平そうに唸《うな》りをあげた。

ホイミンはそっと戻ってきて、脚の一本を静かにライアンの手に触《ふ》れた。ライアンがびくりとすると、ホイミンは脚を引っこめた。

「すまぬ」ライアンは剣を持っていないほうの手を額に当てた。「わかっている。おれはどうかしている……悪かった。先を急ごう」

「ライアンさま」ホイミンは言った。「ごめんなさい」

ライアンは顔をあげた。ホイミンは床を見つめていた。

「なんのことだ」

「ぼく、恥《は》ずかしいです。あんまりお役にたてなくて。仲間になるなんて言って、遠くからびくびくしてるばかりで」

「何を言う」

「だって……だって」ホイミンは上目遣《うわめづか》いにライアンを見つめた。「ぼくは臆病《おくびょう》だ。ぼくは、自分の手を、まだ汚《よご》していない」

ライアンは瞳をすがめた。

彼は驚《おどろ》いていた。己《おの》が魂の内にある葛藤《かっとう》を、出会って間もないホイミンが――ひとではない、魔物と呼ばれることさえある生き物が――、いとも容易《たやす》く理解してくれたことに。その痛みを、分け持ってくれたことに。

ライアンは息を吸《す》い、息を吐いた。ホイミンはおどおどと、また視線を落とした。口をききかけて、ライアンはまた閉じた。今少し油断をしたら、上ずった声を発してしまいそうだった。

王宮の軍の同僚《どうりょう》や部下の内にもけして見出《みいだ》せなかった共感《きょうかん》を、魂の共鳴《きょうめい》を、彼は胸いっぱいに感じていた。乾ききってひびわれた地面に温《あたた》かい慈雨《じう》の降るように、ホイミンの存在が、その部分ではなく全体が、どこまでもこころに滲《し》みわたってゆくのを、はっきりと知った。

が、ライアンは、頭を振って甘い感動を追い払い、言った。

「我らの道はまだなかばだ。行こう」と。

東の通路の突き当たり、壁に彫《ほ》られたいにしえの文字を、ホイミンは脚でたどりながら声にだして読んだ。

「……すべての……水は……めぐり、生命を……潤《うるお》し……また、生命によって、潤される。水……は……凍《こお》り、沸騰《ふっとう》し……雲《くも》となり……、えっと、みなもと……じゃない、はじめ、かな、であり……おわり……で、ある。海は、われら……を生み……われらは……その、流れ……じゃなくって、血、の内に、海……を……いれ……る。われら、獅子王《ししおう》の末裔《まつえい》なる……ん？ 獅子王の。あっ、あった。ここです！ これ！」

ホイミンは背後の戦士を振《ふ》り仰《あお》いだ。ライアンは無言のままに、うなずいた。

ホイミンは壁に向き直り、しかるべき場所にそっと三本、脚を当てた。

「行きますよ」

「ああ」

ライアンは呼吸を静め、剣を構え直した。

ホイミンは文字を押し、ぱっと跳《と》び退《すさ》った。と。

「うわぁっ、たったっ。……な、なんだぁっ？」

くぐもった音をたて、ちょうど彼の立ったあたりの床一面が、するするとずれて行くではないか！

あとにはぽっかりと、落とし穴《あな》のような空間が開いてゆく。

「きゃっ、きゃっきゃっきゃっ！」

ホイミンはあわてて後退《あとじさ》りしたが、なにしろ脚が多すぎてもつれそうになる。間に合わない。

「わぁん、落ちちゃう!!」

「つかまれ！」

急ぎ腕《うで》を伸ばしたライアンを見て、ホイミンは思い切って跳んだ。手あたり次第、いくつもの脚で、ひしとしがみついた。あんまりあわてて飛びついたので、何本かが勢いあまって、ライアンの眼のあたりを撲《う》った。

「ぐがっ！」

「あっ。ライアンさま、ライアンさま、だいじょうぶ？」

「こ、こら、いいから。もがくな、もがくなと言うに」

「あ～ん、どうしよう。三つ編《あ》みになっちゃった」

ふらつきながら、ふたりは床に倒れた。凝視《ぎょうし》する鼻先に、闇《やみ》色の空間が迫《せま》ってくる。ライアンの左腕が、そして肩が、宙に浮いた。耳に風が当たる。地下から吹きあげる、湿《しめ》った冷たい風が。

やがて頭の下が無《む》になるだろう。落ちる。ライアンは奥歯を喰《く》い縛《しば》り、からだを固くして身構えた。

と。ぎい。振動《しんどう》が止まった。床が止まった。

間一髪《かんいっぱつ》。

ふたりは瞳を交《か》わした。どちらからともなく、重々しいため息が洩《も》れる。

「おばさんったら、もー。床が開くって、ひとこと注意してくれれば良かったのに……お茶目《ちゃめ》なんだから」

「あの状態で貴重《きちょう》な情報をもらたしてくれたひとに文句《もんく》を言うもんじゃない」

「だってさぁ」

「いいから、早くおれの上から降りろ。重い」

「はいはい。ちょっと待ってくださいね……えーっと、これが六本目で……こいつは右のほうのやつで……と」

なんとかかんとか絡《から》まった脚を解すと、ホイミンは、ぴょこん、と跳《と》び退《すさ》った。

床が消えていった時、なぜその跳躍力《ちょうやくりょく》を利用しなかったのか。ライアンは疑問《ぎもん》に思ったが、口には出さなかった。あわてた時というのは、何が起こるかわからないものだ。肘《ひじ》をついてゆっくりと起きあがる。

「ライアンさま、見て見て、階段《かいだん》がありますよ！」はしゃいだ声で振り返ったホイミンが、一瞬《いっしゅん》あっけにとられ、次にプッと吹きだした。

「なんだ」

「だって、ライアンさまの目ったら……くすくす……」

ライアンは盾《たて》を鏡《かがみ》がわりにのぞきこんで、憮然《ぶぜん》とした。そこはホイミンの脚の幅で、横一文字に真っ黒くなっていた。あまり良い化粧《けしょう》だとはいえなかった。

「ホ、ホイミをかけておきましょうね……くくく」ホイミンは笑いを堪《こら》えながら言った。「この中で、何とかいう、おっかない敵に遭《あ》うかもしれないんだし」

「よろしく頼む」

5 地下

岩をそのまま刻《きざ》んで作ったらしい地下への階段《かいだん》は、急で、不規則《ふきそく》で、薄暗《うすぐら》く、おまけにひどく狭《せま》かった。身をかがめ、息をひそめて進むうちに、何ものかの声が聞こえてきた。岩棚《いわだな》に谺《こだま》するので、ひどく聞き取りにくい。ふたりは立ち止まり、耳をすませてみた。

「……さても憎々《にくにく》しき小僧《こぞう》ども」と、声は言っているようだ。

ライアンは、尊大《そんだい》な怪物《かいぶつ》の、苛立《いらだ》たしげな表情を想像《そうぞう》した。

「さしも忍耐強《にんたいづよ》いあたしだけども、そろそろ痺《しび》れが切れてきたよ。今日という今日は、絶対《ぜったい》にはっきりさせるからね！　今一度、問《と》うによって、はきはきと答えよ。質問はこうじゃ。きさまらの中に、勇者《ゆうしゃ》がおるか、おりはせぬか。……さぁ……！」

勇者……！

ライアンとホイミンは顔を見合わせ、うなずきあうと、足音を忍ばせてそろそろとまた階段を降《お》りだした。

「さぁ、さぁ！　どうじゃ!?」

声は間を置いたが、何者も返事はしなかった。

「ふん。ウジムシめ。ひねたガキめ。横着者《おうちゃくもの》どもめ！」声は吠《ほ》える。「ええい、誰《だれ》ぞ、早《はよ》う答えぬかえ……！」

声はわんわんと反響《はんきょう》して、いまや間近《まぢか》に近づきつつあるライアンやホイミンの耳をも激《はげ》しく打った。階段が終わって、床《ゆか》はかすかに傾斜《けいしゃ》した粘土質《ねんどしつ》の土になり、その尽《つ》きる果《は》てに灯《あか》りがあった。ゆらめく松明《たいまつ》が、立ちつくした多くのものたちのゆがんだ影を投《と》じている。

「そうか。そういう所存《しょぞん》か。ならばよい。……おやり」

影たちがざわざわと落ちつかなげにどよめき、そこここで押し殺した悲鳴《ひめい》があがった。ライアンとホイミンは、壁の途切《とぎ》れるあたりから、そっと頭を出してみた。

たちまち、むっとする熱《あつ》い風が吹《ふ》きつけ、眼が痛《いた》んだ。

ひどい匂《にお》いのする松明《たいまつ》から、もうもうと立ちこめた煙《けむり》が、空気の流れをそのままに、あるいは渦《うず》を巻き、あるいは落ちかかり、眼前《がんぜん》の光景《こうけい》をも悪夢《あくむ》の内のもののように朦朧《もうろう》となかば隠《かく》していた。

ライアンは手をかざし、細めた瞳《ひとみ》を凝《こ》らしてみた。

やがて、地下室は、意外に広く、天井《てんじょう》が高くできているらしいのがわかった。床からひとの背《せ》丈《たけ》ほどまでは、不必要なのではないかと思われるほどに明るかったが、その上には重たげな闇《やみ》が、黒々とわだかまっている。まるで樹上から獲物《えもの》を狙《ねら》う大猫《おおねこ》のように。

その闇の中から垂《た》れさがった何本もの黒鉄《くろがね》の鎖《くさり》が、ぎしぎしと軋《きし》んだ音をたてながら、巻きあげられていくところだ。じっと見据《みす》えているうちに、鎖の下端《かたん》で、揺《ゆ》れながらもがいているのが、みな、人間のこどもたちであることがわかり、ライアンは思わず呻《うめ》き声を洩《も》らした。

しまった、と一瞬冷《いっしゅんひ》や汗《あせ》が吹きだしたが、もっと大きな騒《ざわ》めきが地下室いっぱいに走ったため、その小さな嘆息《たんそく》ごときはかき消えてしまった。

地底の空気をどよもす声は、床から起こった。下っ端《したば》らしいものたちが苛立《いらだ》たしげに足を踏《ふ》みならし、弓矢《ゆみや》や棒《ぼう》で掃《は》くようにすると、床はたちまち、ざわざわと蠢《うごめ》いた。濡《ぬ》れたように輝《かがや》いているのが、はじめ、水でも流れているのかと思われたが、よく見れば、ぷよぷよと半透明《はんとうめい》なスライムたちではないか。青いスライム、赤いスライム。足のあるスライム。僅《わず》かながら、金属的な光沢《こうたく》を持ったスライムや、半分潰《つぶ》れかかったような形をしたスライムもいる。スライムたちで、床はほとんど埋《う》め尽《つ》くされている。

幾百匹《いくひゃくひき》のスライムたちは、力ずくで追いたてられて、押しあいへしあい急《いそ》いだが、どうにも間に合わず、互いに重なりあって潰しあい潰されあって悲鳴をあげる。

ホイミンは、ライアンの肩《かた》をつかんだ。あの、ちょうど死んだホイミスライムのつかんだ部分を。

鎖が止まり、こどもたちは高く吊《つ》るされた。

「よしよし」

と、ほくそ笑《え》んだものは、部屋《へや》の中央奥《おく》にいた。それは、紅《べに》色の杖《つえ》をつき、巨大《きょだい》な黒真珠《くろしんじゅ》の頸飾《くびかざ》りをつけ、灰《はい》色のローブの裾《すそ》を長々とひいた、恐《おそ》ろしく醜《みにく》い化け物だった。ちぢこまったような瞳と長く突き出した鼻を有《ゆう》したその頭部は、わずかに豚《ぶた》に似《に》ていたが、はるかに邪《よこしま》で、比べようもないほど醜悪《しゅうあく》である。数段《すうだん》の階《きざはし》の上の黒曜石《こくようせき》の玉座《ぎょくざ》に、化け物は短く太い脚《あし》を投げだすようにして偉《えら》そうに座《すわ》っており、だらりと肘《ひじ》かけに乗せた片方の手で、長い柄《え》のきせるを弄《もてあそ》んでいた。

ピサロの手先、アシペンサであった。

「それでは、もう一度聞こうかの」アシペンサは嬉《うれ》しげに言う。「今度はひとりずつだよ。……おい。その赤い髪《かみ》の」

名指《なざ》された少年はハッととびあがり、そのあまり、鎖が回り、ねじれて、ぐるぐると回転した。

「おまえは、勇者かえ」ゆっくりと、低く、ほとんど、優《やさ》しげなほどの声色《こわいろ》を作って、アシペンサは問《と》うた。

「ち、ち、ちなう……違《ちが》……」少年はぶんぶん頭を振り、震《ふる》え声で言った「にないあすっ！ ゆ、ユーシャなんて、ひり、ひ、し、知りあせん……ほん、ほんと！」

「さようか」

アシペンサはまつげをしばたたいて、うっとりときせるを吸《す》いこんだ。

「ならば、証拠《しょうこ》を出せ」

「しょ、しょうこ……？ しょこ？ しょう……」回りながら、少年は迷《まよ》い、視線を落とした。だが、床一面《ゆかいちめん》のスライムたちが、固唾《かたず》を呑《の》んで見守っているのを見ると、不意に力づけられたかのようにに顔をあげ、きっぱりと言った。「そっ……そんなの、どこにもあるもんか。お、おまえこそっ、ぼ、ぼ、ぼくがユーシャだって言うんなら、ユーシャだっていう証拠を出せよっ！」

「ほーっほほほほ！」アシペンサは笑った。「口の減《へ》らぬガキだこと。……落とせ」

壁際《かべぎわ》に控《ひか》えていたピクシーが、にたり、と笑って、なにかを操作《そうさ》した。

「わ……わぁぁぁっっ!!」

たちまち鎖が解《ほど》け、少年はバタバタと足掻《あが》きながら落ちた。スライムたちの、絨緞《じゅうたん》の上に。騒めき。呻《うめ》き。悲鳴。甲高《かんだか》い笑い声。そして。

「……ああっ！……」ホイミンは思わず眼を閉じた。

ライアンはまばたきを止めて、カッと眼を開き、すべてを見届けた。それから静かに「ホイミン」と呼んだ。

「あんまりだ。……こんな……こんなのって、ひどすぎるよ！」細《こま》かく震えるホイミンのからだを、ライアンはぎゅっとつかんだ。

「肩に乗れ。できるだけ、おれの顔を隠《かく》すように。急げ」

「か、肩に？　どうして？」

「いいから、早く」

やがて、再びするするとあがっていった赤毛の少年のからだじゅうから、半透明なものが、重たいしずくのようにぽたぽたと落ちた。少年は顔を真っ赤にして、泣きじゃくっていた。ごめんよ、ごめんよ、と。その小さな痩《や》せた尻《しり》には、つぶされたスライムの青いからだがぺしゃんこになってしばらくまとわりついていたが、やがて、それも落ちた。

そんなかすかな音が響きわたるほどに、地下室は、しんと静まりかえっていたのだった。

「さぁて、わかったかな」沈黙《ちんもく》が充分《じゅうぶん》に続いたと見ると、アシペンサは、含《ふく》み笑いをしながら言った。「こどもは素直《すなお》が一番。言うことをきかなければ、痛い目を見るのだよ。おまえたちの大好きなスライムも一緒《いっしょ》にねぇ、おほほほほ」

床と中空《ちゅうくう》とからくぐもった非難《ひなん》の呻きがあがったが、アシペンサはかえっていかにも嬉《うれ》しそうに肩をすくめて、きせるを叩《たた》いた。あたりの床にいたスライムたちが、あちあち、と悲鳴をあげた。即座《そくざ》に、リリパットのひとりが近づいてきて、新しい煙草《たばこ》を詰《つ》めてやる。

「もう一度、聞くよ」アシペンサは旨《うま》そうに煙草《たばこ》を吸《す》い、長々と煙を吐《は》き出した。「自分が勇者だと思う子は、立候補《りっこうほ》しなさい。他薦《たせん》もありね。あるいは、勇者のことについて、何かちょっとでも知っていることがあったら、率先《そっせん》して発言するのよ。元気よく、はいと言って手をあげなさい……っと、だめか。縛《しば》ってあるんだものね。しかたないわね、足をあげなさい」

たちまちこどもらの何人かが、ハッとした。次の瞬間《しゅんかん》、蹴《け》り飛《と》ばされたいくつもの靴《くつ》をばらばらと頭にうけ、アシペンサは真っ赤になった。

「お……おのれ」アシペンサはきせるを床に投げ捨《す》てた。「ええい。誰か、鞭《むち》を持っておいで！　槍《やり》も。松明《たいまつ》も！　早く！」

怒鳴《どな》りつけられて、手下たちは、いっせいに散《ち》った。だが、なにしろ床は足の踏《ふ》み場《ば》もないほどスライムで埋《う》まっているので、ころんでしまうものあり、ぶつかってしまうものあり。みな、あまりきびきびと動けぬものだから。

「くくっ……どいつもこいつも役にたたないね！」

アシペンサの苛立ちはいっそう募《つの》った。

抱《かか》えた槍の長さと、スライムたちの絨緞にころびそうになりながら懸命《けんめい》に走っていたピクシーは、不意にからだが浮《う》いたので、驚愕《きょうがく》して振り向いた。背後から槍をつかんだ相手を見て、いっそう仰天《ぎょうてん》する。

「な、なんだおまえは」

「へぇ、あしながスライム一号で」と、そいつは言った。「最近できたばっかの新種なんですよ。以後よろしく」

「ぶ、不気味《ぶきみ》なやつ」ピクシーは呻いた。「スライム一族も、ほんとーに、次から次へといろんなのが誕生《たんじょう》するようだが……おまえほどアホらしくて、みっともなくて、気の毒《きのどく》なのは、見たことがないぞ」

「どーも、どーも」そいつはピクシーを、そっと床に下ろすと、くねくねぺこぺこと脚（腕《うで》？）を振り、頭を下げた。「そんでも、こんな長いもん運ぶなぁ、おいらのほーがよーがしょう」

「それはそうだな。では、頼《たの》む」

身を畳《たた》むほど深々と会釈《えしゃく》をしたリリパットから、ようよう松明《たいまつ》を受け取ったアシペンサは、凄《すさ》まじい笑みを見せて立ちあがった。

「さぁてと。……どの坊《ぼう》やからあぶろうかね」

黒い裳裾《もすそ》を引きずりながら、芝居《しばい》っ気《け》たっぷりにゆるゆると階段を降りてゆく。

「どおれ。一番、美味《おい》しそうなのは、どの子かな?」

吊るされたこどもたちは真っ青になったが、誰ひとり、声をあげなかった。はらはらと見上げているスライムたちに、かえって、力づけるような笑顔を見せる根性《こんじょう》のある少年さえあった。

それを見とがめて、憎々しげに顔をしかめた拍子《ひょうし》に、アシペンサはうっかり長すぎる裾《すそ》に蹴《け》つまづいた。そのずんぐりした腕が宙を掻《か》き、松明《たいまつ》がすっぽ抜け、たまたま、長鞭《ちょうべん》を掲《かか》げて駆け寄ってきていたダックスビルのあえぐ大口の中に飛びこんだ。ダックスビルは声にならぬ絶叫《ぜっきょう》をあげながら、ぴょんぴょんと跳《と》んだ。踏《ふ》みしだかれそうになったスライムたちが、大あわてで逃《に》げ惑《まど》う。

「ほほほほ。……ほほほほ……」床に倒れていたアシペンサは、両手をついて立ちあがった。その顔はいまや、赤紫《あかむらさき》色に燃えている。「あたしはねぇ。怒《おこ》ったよ。ねぇ、坊やたち。もうまどろっこしいお遊びは止《や》めにしようかと思う。おまえたちを全部まとめて、ピサロさまの朝ごはんにしてやるからねぇっ……!」

アシペンサは不意に顔をひきしめると、なにごとか怪《あや》しげな呪文《じゅもん》を唱《とな》えながら両手を挙《あ》げた。その頭上の闇に、たちまちどろどろと雷鳴《らいめい》が轟《とどろ》き、稲妻《いなずま》が走る。

と、そこに。

長槍を携《たずさ》えて走って来る珍妙《ちんみょう》な姿の手下がある。もはや、そんなものはいらぬ。邪魔《じゃま》をするな。気が散るではないか……！　言いかけて、視線を下ろし、アシペンサは、息を呑《の》んだ。珍妙な姿のものの頭から、ホイミスライムが飛び降りる。走って来るのは人間の男、長槍の穂先《ほさき》がきらりと光る、水の中の魚のように。

「……でぇぇぇぇぇぇいっ!!」

貫《つらぬ》いた！

と思った瞬間、長槍を伝って電撃《でんげき》が走った。ライアンは絶叫して、槍を取り落とし、床に倒れた。両手が真っ黒に焼《や》け焦《こ》げて、ぶすぶすと燻《くすぶ》る。鼻と耳と目から、血糸《ちいと》が流れだした。どてっ腹《ばら》を槍に貫き通されたアシペンサもまた、魂《たましい》も凍《こお》るような叫《さけ》びをあげて、どうと仰向《あおむ》けになっている。

今がチャンスなのに！　ライアンは呻いた。

「ホイミーッ!!」ホイミンは叫んだ。ライアンがぴくりとする。だが、傷が重すぎ、まだ充分《じゅうぶん》に治らない。奥歯《おくば》を喰《く》い縛《しば》っても、立ちあがることができない。

「ホッ、ホイ……」ホイミンは再び、叫ぼうとした。だが、大ミミズが毒牙《どくが》を剝《む》いて跳びかかってくる。ホイミンは思わず脚を振りあげた。大ミミズがその脚を嚙《か》んだ。

「ああ〜っ！」

ホイミンは悲鳴をあげた。爆発的《ばくはつてき》な痛みがからだを貫く。それでも、ホイミンは逃げなかった。他の脚で大ミミズの頸《くび》を巻き、渾身《こんしん》の力をこめてそれを捩《ね》じ切る。大ミミズは倒《たお》れた。もう動かない。ホイミンはほっとした。ほっとするあまり、涙がこぼれた。だが、なんだか朦朧《もうろう》としてきている。毒が回りだしているのだ。

どうしよう？ ホイミンは涙を拭《ぬぐ》った。必死に意識を集中して、カッと見開いた目の前に、誰《だれ》かの落とした短剣があった。これだ。ホイミンは短剣を取った。大ミミズに噛《か》まれた脚をめがけて、思い切り短剣を振り下ろす。「……わ、わぁん、しまった！ 隣の脚切っちゃったぁ‼」

ようやく正しい脚を切った時には、もはやホイミンは意識をなくしかかっていた。

その時である。

ホイミ！ ホイミ！

自分のからだに降《ふ》り注《そそ》ぐ、暖《あたた》かい雨のようなものを感じて、ホイミンは薄《うす》く目を開けた。

「ホイミンちゃん、ホイミンちゃん。しっかりして」

「み…ミンミンおねえちゃん！」そこにいたのは、幼《おさな》なじみのミンミン。真っ赤なドレスのよく似合う、村一番の美人スライムベスである。「ああ、ミンミン。こんなところで……こんな時に逢《あ》うなんて！」

ホイミンとミンミンは固く抱《だ》きあった。青いからだと赤いからだが混《ま》じりあいそうになるほど。

「あたしだけじゃない、インミンもリンミンもいるのよ」

「ほ、ほんとぉ！」

「みんな、ほんとうは魔族の仲間になんてなりたくなかったの。なんとかして、逃《に》げだしたいと思ってた。でも、お互いに言いつけられちゃうんじゃないかって怖《こわ》くって、誰もそんなこと言えなかったの」

見回せば、幾十匹《いくじゅっぴき》ものスライムたちが、ふたりを囲《かこ》んでいる。どの顔も、スライムに可能な限りせいいっぱい勇ましくひきしまっている。彼らは、口々に言うのだ。

「ありがとうホイミン。きみは、捨身《すてみ》の勇気《ゆうき》を見せてくれた」

「おかげで、みんな、目が覚めたのよ」

「儂《わし》らを救いに来てくれた、解放《かいほう》してくれた、勇者、ホイミンよ。そなたは、スライム一族の誇《ほこ》りじゃ。天使じゃ。英雄《えいゆう》じゃ」

「み……みんな」

ホイミンは潤《うる》んできた目を脚で擦《こす》った。

「ありがとう。でも、……ちょっと誤解《ごかい》のような気もするんだけど……」

「さぁ、ホイミン。手伝うわ。こどもたちを助けてあげなきゃ！」

「う……うん！　そうだね。急ごう！」

「……人間め……」じくじくと何かのにじみだす腹を押さえながら、アシペンサはよろめき、立ちあがった。「よくもやってくれたね……ちきしょう……油断《ゆだん》をしたよ。……だが、そこまでじゃ！この程度では、あたしは死にはしないよ。ほほほほほ、地上のウジムシが、我ら魔族にかなうわけがないのじゃ！」

近づいてくる高笑いの声をライアンは聞いた。その指がそろそろと動いた。

剣《けん》を。剣を取らなければ。

だが、力が入らない。手が動かない。腰《こし》の剣は、ひどく遠かった。

アシペンサのひづめのある爪先《つまさき》が、ライアンの頬《ほお》を軽く蹴りあげた。横向きになった頬に、すかさず伸《の》しかかる凄まじい体重に、ライアンは呻き、カッと目を開いた。だが、どうすることもできない。

「ふん、他愛《たわい》のない」

血に染《そ》まった視界の中、アシペンサが笑うのが、遠く近く、ゆがんで映《うつ》る。アシペンサは、ぐりぐりと容赦《ようしゃ》なく足を押しつけてくる。その小山ほどもある体重を伸しかけてくる。

このまま、この化け物に踏み砕《くだ》かれるのか。ライアンは唇を噛《か》みしめた。

だが。

「さて、どうしたものかね」アシペンサが呟くのが聞こえた。「ひと思いに殺してしまおうか、こってりいたぶってウサを晴らさせてもらうか。……ひょっとして、ピサロさまが、おん直々《じきじき》にお調べなさりたいかねぇ」

ピサロ。

またその名前だ、とライアンは考えた。

どうやらこいつよりも、さらに恐ろしい魔物であるらしい。あるいは魔族の王のようなものかもしれぬ。

こんな下っ端にさえ、こうも手こずっているのに、敵の中には、もっと強い者がいるのか。

ああ、我らに、勝機《しょうき》はあるのだろうか。

勇者とやらは、いったい、どこにおられるのだ……！


アシペンサが考えこんでいる間に、ホイミンたちは、ひそかに反撃《はんげき》を開始した。

魔族の手下どもを、転ばせて、みんなで乗ってとじこめる。足を持ちあげて運んでは、敵と敵とを頭突《ずつ》きさせる。何もない空中に床のふりをして伸びては、逃げて来る敵の足許《あしもと》で、サッと消える。

「やだー。うっそー。あたいたち、つよいじゃん」

「そうだとも。みんなで力を合わせれば、悪魔だって怖くない！」

「よおし、次はあいつだ」

「おーっ!!」

何しろスライムは数が多い。千切《ちぎ》っても払っても脅《おど》してもすかしても、次から次へとあらわれる。

最初ホイミンたちを莫迦《ばか》にしていた悪魔の手下らだったが、あっちでひとりやられ、こっちでひとり倒れ、だんだん数が少なくなるのを見て、ついに、泣きながら降参《こうさん》しはじめた。

「わははは。ざまみろ。弱いやつらほど簡単に日和《ひよ》るぜっ」

「……あんまりひとのことは、言えないけど」

別の一団は、壁際に駆け寄って、逃げだそうとしたピクシーに飛びつき、覆《おお》い被《かぶ》さって窒息《ちっそく》させ、鎖《くさり》のしかけを探した。

「えっとお……あ〜あ、困ったなぁ〜。どこが、なんなのか、ぜーんぜん、わかんないよぉ」

「きぃっ！　ぐずぐずしないざます！　急ぐざます！」

「でもぉ〜、おれ、こーゆー性格なんだよぉ〜〜」

「いいよ、もう、適当にいじっちゃえ‼」

「あっ、そっちじゃないよ、こっちだよ」

「違《ちが》うよ、ほらね、こっちだよ」

大勢のスライムが、ありとあらゆるしかけを押したり引いたりしたので、こどもたちを吊るした鎖は、巻きあがったり解《ほど》けたり。

こどもたちも、その下にいたスライムたちも、ひどい騒ぎを繰《く》り広げたが、そのうちになんとかみんな、床に降りた（中には落ちたのもあったけれども）。すぐさま、メタルスライムなどの硬《かた》い種族がとびついて、鎖をごしごし擦《こす》りだした。

助けだされたこどもたちは、スライムたちと一緒になって戦いはじめた。

「よおしっ！」ホイミンは上気した頰《ほお》をあげて、にっこりと微笑み、唐突《とうとつ》に、思い出した。

「ら……ライアンさまが……！」


「ピサロさまに言いつける。ピサロさまに言いつけない。ピサロさまに言いつける。ピサロさまに言いつけない……」

アシペンサは占《うらな》いをはじめた。こともあろうに、ライアンの、もともとあまり豊かとはいえない髪《かみ》を、ひとつかみずつ、むしり取りながら。

「ピサロさまに言いつけ……あら、どっちだったかしら。ない、かしら。る、かしら」

あんまりだ。ライアンは奥歯を嚙みしめた。これほどの屈辱《くつじょく》を受けながら、惨《みじ》めに死んでゆくのか。

「ええい、もう一回はじめから。ピサロさまに言いつける。ピサロさまに言いつけない……」

だが、なんということだろう。

ライアンは拳《こぶし》を固めた。そう、からだが、動くようになっていたのだ！ 髪をむしられる痛みのあまりに。

「言いつける。言いつけない……」

夢中《むちゅう》のアシペンサに気づかれぬよう、そろそろと、ライアンは手を動かした。指が服に触《ふ》れる。腰にたどりつく。剣の柄《つか》にかかる。

「言いつけ……ぎゃっ！」

ライアンは渾身の力でアシペンサを振り払い、床を転がりながら剣を抜いた。ようようその手を得ることのできた魔剣《まけん》が喜びのあまりのように、びぃんと鍔《つば》なりする。

「死ね、化け物!!」

ライアンは突進《とっしん》し、床に尻餅《しりもち》をついたままもがいているアシペンサの心臓めがけて、剣を突き立てようとした。だが、まだ脚がふらついていたために、狙《ねら》いが狂った。腕を刺されたアシペンサは、狂ったような叫び声をあげると、何十という火の玉を放った。

ライアンは剣で薙《な》ぎ払うようにして懸命《けんめい》に避《よ》けたが、ひとつふたつが、鎧《よろい》の内側に入ってしまった。

「ああっ！」

ライアンは思わず頼《たよ》りの剣を放り出した。ごろごろと床を転がって炎をなんとか消しとめる。だが、その隙《すき》を見逃《みのが》すようなアシペンサではない。投げつけられた稲妻に、ライアンは四肢《しし》をこわばらせて痙攣《けいれん》した。

「おーほほほ、踊《おど》れ踊れ！」アシペンサは笑う。「もっと踊ってみせておくれ！」

だが、その時。

「ホイミ！」

「ホイミ!!」

四方八方《しほうはっぽう》から、いくつもの声があがった。

ライアンは目をぱちくりさせた。意識がしゃんとしている。傷《きず》が治っている。焼けただれていた掌《てのひら》も。倒れた拍子に打った胸も。頭のてっぺんの哀《あわ》れなそれも。みんな、すっかり治ってしまっている。

ライアンは走った。剣を取りに。

「な、なんじゃ……何が起こったのじゃ？」

アシペンサはようやく気がついた。床一面のスライムたちのうち、癒《いや》しの呪文《じゅもん》を知るものたちが、声をからして叫んでいることに。

魔法の使えぬものや、助け出されたばかりの人間の少年たちもまた、

「おじさん、しっかり！」

「がんばってっ」

「ぼくたち、味方だよっ!!」

「あとでサイン頂戴《ちょうだい》っ」

せいいっぱいの応援《おうえん》を送るのだった。

「かたじけない」ライアンは微笑み、つかんだ剣を両手で構え、じりじりと、アシペンサに詰《つ》め寄ってゆく。

「観念《かんねん》しろ、化け物。多勢《たぜい》に無勢《ぶぜい》、そなたの負けだ」

「ええい、お、おまえたちっ……寝返《ねがえ》ったか！」アシペンサはあえいだ。「こ、この、罰当《ばちあ》たりども。裏切り者どもめが！　我らに逆《さか》らったら、どんな目に合うのか、まだわからんか！　思い知るがいい、目を覚ますがいい、……かぁぁぁぁっ！」

アシペンサは火炎《かえん》を吐き出した。

ライアンは腕を掲《かか》げてやり過ごした。こどもたちは互いに抱きあい、しゃがんでこらえた。さまざまな声色《こわいろ》のホイミの声が飛ぶ。スライムたちの何十かは犠牲《ぎせい》になった。一瞬のうちに蒸発《じょうはつ》し、あるいは大火傷《おおやけど》を負って悲鳴をあげた。だが、そのまわりに控《ひか》えていたものたちが、また、じりじりと輪《わ》を狭《せば》めてくる。

スライムたちは言った。

「逆らったって、逆らわなくったって、結局いじめるんじゃないか」

「もう沢山《たくさん》だもん。悪魔のために、ずーっと、ずーっと働かされるくらいなら、さっさと死んじゃったほうがマシだもん！」

「焼けよ。燃やせよ。さぁ、ひと思いに」

「なっ、なまいきな……なまいきなっ……！」

アシペンサは憎々しげに叫んだが、スライムたちの気迫に押されて、その足はじりじりと後退しはじめている。

またしても裾を踏んで、彼女は転んだ。ライアンの瞳がぎらりと光るのを彼女は見た。ああ、切られる！　彼女は目を閉じた。

だか、ライアンは、そうしなかった。

「立て」彼は言った。「女であるらしいおぬしを切るだけでも、いい加減《かげん》うんざりだ。そんなふうに哀《あわ》れになられたのでは、困る。立て」

「……おお。旦那《だんな》さま、お優しい旦那さま」アシペンサは平身低頭した。「あたしが悪うございました。改心《かいしん》しますから、どうぞ生命ばかりは」

「では聞く」ライアンは剣を突きつけたまま、尋《たず》ねた。「ピサロとは何者か」

「ピ、ピ、ピサロさまですか。はい、ピサロさまは魔族の皇子《おうじ》、現王ニュイイさまの御《おん》ひとり子。魔界でも最も力ある御方《おかた》さまであらせられます」

「何を企《たくら》んでいるのか。どこにいるのか」

「それは、あのう……エス、タークさまの……ごほんごほん」

「なにか？　よく聞こえぬ」

「ああ、すみません。……もう、息が……苦しうて、あまり、声が……あっ痛《つ》う」

アシペンサは胸元を押さえながら、ふらふらとよろめいた。ライアンは眉《まゆ》をしかめ、僅《わず》かに剣のきっ先を震わせた。

その刹那《せつな》。隠《かく》し持っていた短剣を、アシペンサはつかんだ。服の袖内《そでうち》にぎりぎりまで巧みに隠し、ライアンめがけて投げようとした。ライアンは気づかなかった。だが、ホイミンは見た。きらめいた、刃《やいば》の輝きを。

「危ないーっ!!」

眼前《がんぜん》に跳躍《ちょうやく》したホイミンのからだはアシペンサの放った短剣を受けとめ、びくん、と震えた。抱きとめる間もなく、ホイミンは落ちた。しゅうっ。ライアンの唇から声にならぬ叫びが洩《も》れる。養《よう》父《ふ》の剣の宝石の飾《かざ》られた柄《つか》を握《にぎ》った手に、この時、生まれてはじめてといっていいほどの力が籠《こも》った。その途端《とたん》、剣からライアンに、この世のものとは思えぬほどの、憎《にく》しみと悲しみが、怒りが、そして甘くせつない喜びが——復讐《ふくしゅう》の歓喜《かんき》が——脈《みゃく》打ちながら流れこんできた。

満身の力を込めた一撃《いちげき》が、恐怖《きょうふ》のあまりにかえって笑ったような顔になったアシペンサの脳天《のうてん》に落ち、そのからだを苦もなく切り裂きながら、ついに床に達して、がぁん、と鈍《にぶ》い音をたてた。振動《しんどう》を感じると、ライアンは無雑作《むぞうさ》に剣を投げ捨てた。剣はからからと音をたてながら、床を転がっていった。

屠《ほふ》った敵に背を向けて、ライアンは、ホイミンに駆《か》け寄った。取り囲んでいたスライムたちが、無言で道を開ける中を。

既《すで》に短剣は抜かれていたが、ホイミンはぐったりとして、起きあがることはできないようだった。

「……ら、ライアンさま」それでも、ホイミンは微笑んだ。「やったね。か、勝ったね。よかった」

「しっかりしろ」

「うん。だいじょうぶ……だいじょぶ」差し出されたライアンの手に向けて、ホイミンは脚を一本あげようとした。だが、できなかった。

「だ、だいじょうぶさっ……！　ぼく、し、死なないよ。だ、だって、ぼく……に、人間になるんだから」

「ああ」ライアンは言った。「そうだ。おまえは、人間になる。きっと、この世で一番の、吟遊詩《ぎんゆうし》人《じん》に」

「うん。なるねっ」ホイミンは、眼を閉じ、そしてそのまま、動かなくなった。

ライアンは口を開いた。ことばは出なかった。彼は、唇を結び直し、ホイミンのからだに、震える手を伸ばしかけた。

その手を……年かさらしいスライムの一匹が、横からそっと押しとどめた。ライアンと眼が合うと、彼は、ゆっくり頭を振った。

「立ち去りなされ、戦士どの」老いたスライムは言った。

「この子の面倒《めんどう》は、わしらがみる。そなたは……」

老スライムの指し示す先に、ゆくえ不明になっていたこどもたちの姿があった。

ライアンはうなずき、立ちあがった。

無言のまま、スライムたちに、頭をさげる。向き直って、ひたとこどもたちを見つめ、両腕を広げた。

スライムたちに押しやられて、こどもたちは、おずおずと集《あつま》ってきた。最初のふたりは、ライアンの手をしっかりと握りしめた。力づけ、元気づけてくれるように。口にすることもできぬほどの痛みを、少しでも分かちあおうとするかのように。

やがて歩きだしたライアンたちの目の前に、スライムの乙女《おとめ》たちがそっと立ち塞《ふさ》がって、無言のまま、部屋の隅《すみ》の壁に巧妙《こうみょう》に隠された櫃《ひつ》のもとに案内した。その中には、空飛ぶ靴《くつ》がいくつか、きちんと並べてあった。

こどもたちは靴を分け持った。何人かは壁に掛かっていた松明《たいまつ》を持った。

こどもたちに手を引かれて、ライアンは歩きだした。

階段を。地上へ。

そして、故郷《こきょう》へ。

6 旅立ち

「ああ、ありがとうございました、戦士さま。これで安心して暮《く》らせますわ」

「もうこどもを外に出しても大丈夫《だいじょうぶ》ですよね。ありがとうございました」

「わーいわーい。おにいちゃんが帰って来たぁっ！」

「明日から、また一緒《いっしょ》に遊べるんだよーっ！」

「このひとが助けてくれたんだって？」

「ああ、ありがたや。ありがたや」

「おじさん、あのね、ぼくも大きくなったら、お城にいって、戦士になるの」

「ありがとうございました。あなたさまのおかげです」

「ありがとうございました」

「ほんとうに、ありがとうございました……」


宿屋のププルが戻ってきたと聞いて、ミャッケはさっそく逢《あ》いに行った。ププルは熱《ねつ》を出して寝《ね》こんでいた。

ミャッケはしばらく迷《まよ》ったが、思い切って宿屋の裏庭の桃《もも》の木に登り、枝《えだ》を伝って、ププルの部屋の窓から中をのぞきこんでみた。

ププルは眠《ねむ》っているようだった。

少し窶《やつ》れて、ひどくおとなびた顔に見えた。

ミャッケは枝に跨《また》がったまま、足をぶらぶらさせ、唇《くちびる》をとがらせて、このまま戻ろうかと考えた。どんな冒険をしたのか、好奇心がうずうずしていたが、今はどうも長い話ができそうではない。ププルが、また、学校に出て来ることができるくらい元気になってから、聞けばいいや。ミャッケは、肩をすくめ、枝を降りようとした。

だが、

「ミャッケ」

見ると、ベッドの上で、ププルが薄目を開けている。

「何だい？　なにか、用？」

ミャッケはふん、と鼻を啜《すす》り、言った。

「ああ。……おいらの貸した三ゴールド、早く返せよ」

ププルはあんぐり口を開け、頰《ほお》をふくらませ、怒鳴《どな》った。「……ケチ！」

枕《まくら》が飛んできた。

吸《す》い呑《の》みが、読みかけの本が、ぬいぐるみが、飛んできた。

ミャッケはけらけらと笑いながら、弾《はず》みをつけて、枝を飛び降り、とっとと逃げだした。

ポケットに手をつっこみ、口笛《くちぶえ》を吹きながら歩いて行くと、ひょろ長い影《かげ》が道に落ちている。ミャッケは顔をあげた。ライアンが、やぁ、と言うように片手を挙《あ》げた。

「ああ、おじさん」ミャッケも片手を挙げて、通り過ぎようとしたが、思い直して足を止め、ライアンのところまで戻ると、にやりとして、肩をすくめ、言った。「ありがとう。ご苦労さん。おじさん、英雄《えいゆう》になったね」

ライアンは、頭を振って、ミャッケの茶化《ちゃか》しを聞き流した。

「ミャッケ」長い脚《あし》をぎくしゃくと折り畳《たた》むようにして、しゃがみこむ。ミャッケの顔と同じ高さに、自分の顔が来るように。

「きみを男と見込んで、ひとつ、頼《たの》みたいことがあるんだが」

「な、なんだよ？」

「むう……」

ライアンは視線を落として、少し迷ったが、言った。

「古井戸の奥の、あの靴《くつ》のあった場所に。……時々でいいから、きれいな花を、手向《たむ》けてやってくれないかな」

「どうして？」ミャッケの胸はどきりとした。「誰《だれ》か……死んだの？」

「ああ」ライアンはうなずき、困ったように笑いながら、じっとミャッケを見つめた。そして、言った。

「おれの、ともだちが、死んだんだ」

その途端《とたん》、ライアンの右の瞳《ひとみ》から、とても大きな涙《なみだ》のつぶがひとつ、ぽろりと落ちて、地面に滲《し》みこんだ。

ライアンは、ずっと笑ったままだった。目も、きっぱりと開いて、ミャッケを見つめたままだった。

だが、ミャッケは思った。こんな悲しそうな顔は、見たことがないと。

おとなの男が、目の前で泣いたというのに、莫迦《ばか》にする気持ちにはならなかった。

「……わかった」

ミャッケはポケットから手を出し、ズボンに擦《こす》りつけておいて、ライアンの手を取ると、がっちりと握《にぎ》りしめた。

「花は欠かさない。任せてくれ。約束《やくそく》する」

「ありがとう」

ライアンは力強くミャッケの手を握り返すと、立ちあがり、歩きだした。道の傍《かたわ》らに止めてあった馬に跨り、去った。

ミャッケは、ライアンが、見えなくなるまで、黙ってそのまま、見送った。

遠くで、教会の鐘の音がした。

村外れを通りがかると、シリルとペーテスの結婚式が華々《はなばな》しく行われていた。

いなくなっていたこどもたちが戻ったので、ようやくおめでたいこともできるようになったのだった。

ひとびとは、ライアンにも、ぜひ参列《さんれつ》してくれ、御馳走《ごちそう》を食べていってくれと声をかけたが、ライアンはすまなそうに首を振り、もうバトランドに戻らなければならないことを詫《わ》び、花嫁花婿《はなよめはなむこ》に祝福《しゅくふく》を伝えてくれと言って、急ぎ足に立ち去った。

結婚式はそれから三日三晩続いた。

参列者の中でひときわ派手《はで》な服を着ている女性を、みな、どこかで見たことがあるような気がしたが、誰ひとりちゃんと知っているものはなかった。

彼女の正体は、旅の尼《あま》さんだった。

かくて、魔王ナルゴスによって統一された魔族たちが、地上の人間たちにもたらした一番目の災《さい》悪《あく》は、潰《つい》え去った。

ピサロの手下アシペンサは死に、その名を知られることもなかった幾多《いくた》の化け物たちも、残虐《ざんぎゃく》非道《ひどう》な行いをその生命で贖《あがな》うはめになった。

王はご機嫌《きげん》だった。龍退治の折にもまさるとも劣らぬ宴《うたげ》を開き、城下のひとびとを多数招いた。こどもたちを救ってくれた英雄をひと目見ようと、男も女も喜んで集まってきた。中でも若い娘《むすめ》たちと、その母親が多かった。英雄が独身《ひとりみ》であることを知った娘たちは、みな艶《あで》やかに着飾り、花や菓子を携《たずさ》えて殺到したのだった。王宮の戦士たちのうち、特にはしっこいものたちは、自分が彼の仲間であり友人であることをだしにして、なかなかよろしい目を見たのだった。

だが、ライアン自身の胸は晴れなかった。

その肩は重かった。任務を全《まっと》うしたことも、何の救いにもならなかった。

「どうした。退屈しておるのではないか、ライアン」

華やかな宴の途中、王は英雄の暗い表情に気づいて、声をかけた。

「そなたのための今宵《こよい》じゃというに。ほんに困った朴念仁《ぼくねんじん》よの。じゃが、それ、見るがよい。あの娘御らを。そなたが右を向き、左を向くたびに、うっとりしたりがっかりしたり。恥《は》じろうて、頬《ほお》を染めておるではないか。うん？　どれ、どの娘が好みじゃ。言うてみい、ここに呼んで話でもしてみんか」

「陛下《へいか》」ライアンは顔をあげ、言った。「実は……ひとつ、是非《ぜひ》に聞いていただきたいお願いがございます」

「おお。なんなりと言うがよいぞ」王はにこやかに答えた。「そなたの願いならば、万難《ばんなん》を排《はい》しても叶《かな》えてやろう」

「感謝します」

だが、次に、戦士の口から出たことばは、王の予測したものではなかった。

「旅に出たいと？」王は眉をひそめた。「勇者を探すだと？　じゃが、ライアン、なにもそなたが……」

言いかけて、王は口ごもった。寡黙《かもく》な男の瞳の中に、けして覆《くつがえ》すことのできぬ決意が漲《みなぎ》っているのが見えたので。

「天命だと思うのです」ライアンは言った。「大恩ある陛下のおん許《もと》を離れたいわけではありません。けれども、わたくしは……うぬぼれかもしれませんが……どうしても……！」

「あいわかった」王はライアンの手を押さえた。「それ以上言わんでよい。大臣をこれへ！」

娘らのひとりと複雑なダンスを得意気に踊って喝采《かっさい》を浴《あ》びていた大臣は、伝令を聞いて、大あわてで飛んできた。

王座の肘《ひじ》かけにもたれかかりながら、王は気《け》だるげに言った。

「ライアンが出かけるそうじゃ」

「ええっ？」

「騒ぎにならぬよう、そっと連れ出し、急ぎ、必要なものを手配せよ。馬、食糧、路銀。なんでもじゃ。このものが欲しいという倍ずつ持たせてやるがよかろう」

「はい。こころえました」

感謝して、戦士が去ると、王はそっと吐息を洩らした。

「寂《さび》しくなるのう」

ライアンは出発した。あの栗毛の馬の鞍《くら》に、王賜《おうし》の荷をいっぱいに括《くく》りつけて。

城の丘陵《きゅうりょう》を駆け降りた時、ライアンは激しい既視感《きしかん》を覚えた。編《あ》みこまれた馬のたてがみが揺れ、冬外套《マント》が風をはらんでバサバサと鳴る。木立《こだち》の向こうから、華奢《きゃしゃ》な牝《めす》の黒馬がいまにも姿を現しそうだ。

ライアンは笑った。喉《のど》をのけぞらして。月明かりに狼《おおかみ》の吠《ほ》えるように。

もしも幽霊《ゆうれい》というものがいるのならば。

空を見上げたまま、ライアンは考えた。

どうかそばにいてくれ。共に行こう。

暗い空から、暖かな雨が降りてきた。雨はライアンの外套《マント》に当たり、仰向《あおむ》いた顔に当たり、唇と頬を濡らした。

雨は、森と馬と戦士とを、優しく包んだ。まるで、この闇夜から、この運命から、今だけでも、守り隔《へだ》てようとするかのように。

どこか遠くで雷《かみなり》が轟《とどろ》く。稲妻が空の端を照らすと、馬はいなないて、逡巡《しゅんじゅん》した。

ライアンは頭を振って前に向き直ると外套《マント》のフードを深々と下ろし、励ますように馬の首を叩《たた》いてやった。

行く手の地平線に光の線が生《しょう》じはじめている。

夜明けまで、幾時《いくとき》もなかった。

7 魔界

ひとり馬に乗って荒野《こうや》を駆《か》けてゆく痩《や》せた男の姿をありありと描《えが》きだした水晶玉を、ピサロは、無言のまま、見つめていた。

黒天鵞絨《ビロード》を張り巡《めぐ》らせた小部屋には灯《あか》りはなく、その恐《おそ》ろしくも美しい貌《かお》は、ただ水晶の描きだす地上の昼間の空の色によって、鈍《にぶ》い青に輝《かがや》いていた。

やがて、ピサロは肩をすくめ、微笑《ほほえ》んだ。

水晶はたちまち、光を失い、沈黙《ちんもく》した。ピサロは闇《やみ》に溶《と》けた。

「……なるほど。彼女は、失敗したわけだ」彼は言った。「どうやらわれわれの思惑《おもわく》は、すでに読まれていたようだ。勇者とやらは、既《すで》に、なんらかの力によって、しっかりと守られ、隠されていたのであろう」

「有り得《う》ることです」闇の中で、何かが答えた。

「いまだ現れざる勇者よりも」ピサロは立ちあがり、ぱちりと指を鳴らした。天鵞絨《ビロード》がサッと左右に開く。「まずは、黄金《おうごん》の腕輪《うでわ》を探せ」

「こころえました」

ピサロは衣《ころも》をなびかせながら、足音高く退出した。

頭《かぶり》を床《ゆか》に擦《こす》りつけて畏《かしこ》まっていたものは、そっと顔をあげ、振り向かず遠ざかってゆく新しい主人の背を見ると、くすりと皮肉な笑いを浮かべた。それは、進化の秘法《ひほう》を知るもの、天空《てんくう》の城より追放《ついほう》されしもの、ジャコーシュであった。

第二章　おてんば姫の冒険

昔《むかし》むかしの　またむかし
サントハイムのアリーナさまは
薔薇《ばら》の頬紅《ほおべに》　すみれの瞳《ひとみ》
亜麻《あま》色巻毛に　白い肌《はだ》
見目《みめ》うるわしき　姫《ひめ》なれど
なぜか　こころは益荒男《ますらお》よ

可愛《かわい》い熊《くま》の　ぬいぐるみ
手足もがれて　ぼろのよう
ままごと茶碗《ちゃわん》は　遠投げて
皿《さら》は弓矢《ゆみや》に　砕《くだ》け散る
何より大事な宝とは
蛇《へび》に　かえるに　かぶと虫

こっそり　城をのがれては
誰《だれ》かれかまわず　技《わざ》いどみ
剣術《けんじゅつ》　棒術《ぼうじゅつ》　とっくみあい
遠乗り　木登り　川くだり
ちから自慢《じまん》の　腕《うで》自慢
しまいにゃ天下の　ガキ大将

親は　鏡を握らせて
絹《きぬ》のリボンに　首飾《くびかざ》り
しゃなりと歩けと　教えたが
生まれついての　おてんばは
十五の年に　なったとて
いっかな少しも　直《なお》りゃせぬ

『吟遊詩人《ぎんゆうしじん》の唄より』

1 サントハイム

よく晴れたある日のこと。

サントハイムのアリーナ姫《ひめ》は、いつものように城の屋上に登って、のんびりとうたた寝をしていた。爽《さわ》やかな風が頬《ほお》を撫《な》でる。太陽はぽかぽかと照りつける。どこからともなく、咲《さ》き初《そ》めのりんごの花の、よい香《かお》りがしてくる。傍《かたわ》らでは年とった猫のミーちゃんもまた、だらしなく四肢《しし》を放り出してまどろんでいる。……なんともうららかな昼さがりだった。

だが、そんな快適な初夏の午睡《ごすい》の合間にも、アリーナはやはり、いくさの夢《ゆめ》を見ているのだ。

「う〜ん。……なにくそっ。負けるもんか……えいやっ、とおっ！」

夢の怪物《かいぶつ》に打ちかかると、アリーナの手は偶然《ぐうぜん》に、猫の小さな前足の内側の柔《やわ》らかな部分にパタリと落ちた、猫は驚《おどろ》き、とっさにもうひとつの前足を載《の》せて、はっしと王女の手を押さえながら、針《はり》の虹彩《こうさい》を持ったまん丸い眼《め》をいっぱいに開いた。

アリーナも目を覚《さ》ました。猫と向かいあい、互《たが》いに手と手を取りあった恰好《かっこう》になっていることに気づくと、姫は、ぱちぱちとまばたきをし、次に、豪快《ごうかい》な声をあげて笑いだした。

「あーっははは。なーんだ。そうかミーちゃん、あれは、おまえだったのか。どうりで、やけに手強《てごわ》い敵だと思ったよ、あっはははは」

寝惚《ねぼ》けた猫を抱《だ》きしめて、はしゃぎながらバタバタと振るった足が、雨樋《あまどい》を越えて、にゅっと空に突《つ》きだされた。

城の廊下《ろうか》をそわそわと歩き回っていたクリフトは、天から降ってきた笑い声にぎょっとして振り返った。窓の外で、ぶらぶら危《あぶ》なげに垂《た》れさがった靴《くつ》の宝石細工《ほうせきざいく》の止め金が、まばゆい陽光にキラリと光る。姫のものに違いないと考えた途端《とたん》、クリフトの背筋《せすじ》が冷たくなった。

「……ひ、姫さまっ……！」

神官帽子《しんかんぼうし》がずれるほどの勢いで駆《か》け寄ったので、クリフトは、もう少しでそのまま窓から外に、遥《はる》か下の庭に、転がり落ちてしまうところだった。たちまち、くらくらとめまいを起こしかかったが、気絶などしている場合ではない。つとめて下を見ないようにしながら、しっかりと木枠《きわく》をつかんで、もう一度、おそるおそる、頭を突きだした。

「姫さまっ！」

「おや、クリフト」

屋上では、アリーナがきょとんと目を見張りながら、猫を解放《かいほう》してやったところだった。土わらしのひとを莫迦《ばか》にしたような顔を象《かたど》った破風《はふ》にもたれて、いまにもずるりと落ちそうな恰好だが、本人はまるで安楽椅子《あんらくいす》にでも座《すわ》っているかのように落ち着いている。

「山もまどろむいい天気だっていうのに、なに辛気臭《しんきくさ》い顔をしてるのさ。ボクに、何か、用？」

「用ですとも、アリーナさま！　こんなところにおられたのですか。ずっとずっと、お探ししておりましたのにっ」

「なんで」

アリーナはからだを起こした。あぐらをかき、シャツの襟元《えりもと》から腕《うで》を突っこんで、あたりかまわずぼりぼりと掻《か》く。昼寝のせいで、軽く汗《あせ》ばんでしまっているのだ。

無雑作《むぞうさ》にシャツをはだけたその肌《はだ》は、たくましく陽灼《ひや》けて、ひきしまっている。とはいえ、喉《のど》から鎖骨《さこつ》にかけての華奢《きゃしゃ》でありながらまろやかな線は、やはり若い娘《むすめ》のそれ。クリフトはぽうっと顔を赤らめながら、あわてて目をそらした。

「きっ、昨日《きのう》、とくと申しましたではありませんかっ!」ことさらに、怒《おこ》ったような声で言う。「間もなくエンドールより、ご使者が来られます。姫さまにも、ご列席いただかねばなりませぬ。なのにまだ、そのようなムサ苦しいなりをなさっておいでだとは! どうぞ、すぐにも、お召《め》し替《か》えを!」

「あ~あ、それか。思い出したよ。……面倒《めんどう》だなぁ。いいよ、このまんまで行くよ。王子だってことにすれば、何も不都合《ふつごう》は」

「お戯《たわむ》れをおっしゃいますな」クリフトは表情をひきしめた。「どうか、このわたくしめに免《めん》じてお聞き分けを」

「おまえに頭なんか下げられたってさ」

プイと横を向く姫を、下から睨《にら》みあげるようにして、クリフトは続けた。

「下げますよ。下げさせていただけるのも、今のうちかもしれませんからね。……今日は、遠来《えんらい》のお客さまをおもてなしする大切な日。このような大事のおりに、またしても姫さまに、言い負かされ、たぶらかされ、逃《に》げられたとあっては、このクリフト、お父上さまに、いよいよ申《もう》し訳《わけ》が立ちません。わがまま勝手な姫さまに、なめられっぱなし、してやられっぱなしの役たたず、おもりの大任《たいにん》にはまるでふさわしくないと、どこぞ遠くに放り出されてしまえば、もう、こうして面と向かって文句《もんく》を言わせていただくことだってできませんからね。え〜え、今のうちに、たっぷり言わせていただきますとも！」

アリーナは下唇《したくちびる》を突きだしたが、言い返しはしなかった。

乳兄妹《ちきょうだい》のクリフトは、幼《おさな》いころから、アリーナの一番の遊び相手であり、腹心《ふくしん》の部下でもあった。確かに少々気弱で頼《たよ》りないが、頭はいい。アリーナの好むことといやがることも、よく心得ている。どうしても譲《ゆず》れぬ時以外は、彼女の身勝手を、父王やその他の重鎮《じゅうちん》から、むしろ懸命《けんめい》に庇《かば》ってくれる。

クリフトの第一の身分は今のところまだアリーナのそば仕《つか》えだが、その聡明《そうめい》さを評価されて、神官としての修業《しゅぎょう》をも積んできている。気ままな王女に、いいように振り回されて、くたくたにくたびれながらも、眠る間を惜《お》しんでコツコツと努力を続け、もうこの城で学び得《う》るだけのことは学んでしまった。さらなる勉学を求め、聖地《せいち》への巡礼《じゅんれい》の旅に出てゆかないのは、ただ自分が手放したがらないから、『行ってくれるな』と無言の願いを発しているからだと、アリーナ自身も心得てはいる。

だが、クリフトは十七、アリーナは十五。

男まさりのおてんばでも、娘は娘、年頃《としごろ》の乙女《おとめ》だ。肉親でもない男と睦《むつ》まじくしていては、あらぬ誤解《ごかい》を招《まね》きかねない。父王はそろそろ、このふたりを引き離さなければならないと、真剣に考えはじめているふしがある。娘がまともに育ってさえいれば、もう五年も前に、そうしておかなければならなかったはずなのだ。

クリフトが面目《めんぼく》を失えば、王はそれをいい機会として、さっさと彼を追いやってしまうだろう。そうなれば、すぐさま、アリーナの周りには、作法にうるさい女官《じょかん》やら、すぐ気絶してみせる貴《き》族《ぞく》の娘やら、面白《おもしろ》みのない女たちばかりが、集められてくるだろう。女たちは、裁縫《さいほう》だの化粧《けしょう》だの恋占《こいうらな》いだのといった、愚《ぐ》にもつかないことがらをせっせと教えてくれるはずだ。アリーナをも、殿方《とのがた》ごのみの、人形のような姫に仕立てあげるために。そして、いつの日か、どこぞの国から、しかじかの婿《むこ》どのがやってきて、花と絹《きぬ》とで築《きず》かれた城の高みの牢獄《ろうごく》に半永久的《はんえいきゅうてき》に追いやられ、赤《あか》ん坊《ぼう》の世話でもさせられるはめになるに違いないのだ。

「わかったよ」アリーナは不承不承《ふしょうぶしょう》立ち上がった。「そこを退《ど》け、クリフト」

「え？　は？　あっ、ああ～～っ!!」

王女は無雑作に片手をついて、屋根から躍《おど》りだした。遥か下方の芝生《しばふ》まで何ひとつ妨《さまた》げるもののない宙《ちゅう》に、ぽっかりとひとり浮かんだ王女の姿が、クリフトの網膜《もうまく》に焼きつく。

と、次の瞬間《しゅんかん》、アリーナは身をひるがえし、窓枠《まどわく》から廊下に飛びこんできた。硬直《こうちょく》したクリフトの顔を、力いっぱい蹴《け》りつけながら。

「だから、退けと言ったじゃないか」

王女はにやりと笑いながら、すたすた歩み去る。

床《ゆか》にしゃがんだクリフトは、呻《うめ》き声で応《こた》えた。痛《いた》めた顎《あご》を押さえながら、今見た、空中のアリーナの姿を思い出す。それは、彼には、たくましくも憎《にく》らしくも見えなかった。

今この瞬間の自由をせいいっぱいにはばたく、はかないさだめの小鳥のように、このうえもなく可憐《かれん》で、いたいけで、愛《いと》しいものに、見えたのだった。


歓迎《かんげい》のファンファーレが鳴《な》り響《ひび》くと、サントハイム城下のひとびとは我先《われさき》に飛び出した。庭に集まり、窓に駆け寄り、沿道《えんどう》に鈴《すず》なりになって、手を振り、声をかけ、花や色紙を散らして、遠来の客を出迎《でむか》える。

エンドールよりの使者は、立派《りっぱ》な六頭だての馬車を仕立ててやって来た。王家のしるしの真紅《しんく》の馬具をつけた大柄《おおがら》な馬が二騎《にき》、しずしずと先導《せんどう》を務《つと》める。廷臣《ていしん》らの甲冑《かっちゅう》はみな勇壮《ゆうそう》に輝《かがや》き、鞘《さや》のままの長槍《ながやり》の先に飾った吹《ふ》き流しは、おりからの柔風《やわかぜ》を受けて、そよそよとなびいた。馬車の中には、使者である大臣らしい太った男がいて、慇懃《いんぎん》な顔つきで、ひとびとの注目や歓呼《かんこ》に応えるのだった。

「すごい馬だこと。ほら、見て、あのピカピカの鎧《よろい》。エンドールって、お金持ちの国らしいわねえ」

「いったい何のご用事だろ……ひょっとして」

「うちのお姫さまに、ご縁談《えんだん》？」

軒下《のきした》でささやき交《か》わしていた城下町のおかみさんたちは、そっとため息をついた。

「うまくいきゃ、いいけど」

「なにしろ姫さまは、ああだからねぇ」

行列《ぎょうれつ》が、街《まち》の目抜《めぬ》き通りに入って来た。城壁《じょうへき》の際《きわ》まで迎えに出ていたサントハイムの隊長が、片手をあげて合図をすると、門の鋼鉄《はがね》の格子《こうし》がするすると上がった。ファンファーレがいっそう高まった。


「ダンケス侯《こう》ロミリオ・ニヒヘブス卿《きょう》」

「光栄にございます」

「ルーンパットのシュニフィー翁《おう》、ハニッパ山の龍退治《りゅうたいじ》の英雄《えいゆう》であられます」

「ご健勝《けんしょう》にあらせられますな」

「マッキャンハンのレディ・エルミーニュ・ドーソン」

「おお。なんとお美しくいらっしゃることだ」

城の広間にずらりと居並んだ名士・豪族《ごうぞく》・土地の長《おさ》、それに往年《おうねん》の勇士《ゆうし》らに、使者は次々に引き合わされ、延々《えんえん》と挨拶《あいさつ》を繰り返した。

父王の隣《となり》の黄金《おうごん》の玉座《ぎょくざ》の前に立ちながら、アリーナは退屈《たいくつ》と窮屈《きゅうくつ》のあまり、そろそろ気が遠くなりかけていた。

萌《も》えいづる草花をびっしりと刺繍《ししゅう》した豪奢《ごうしゃ》な絹のドレスは胴がきつく、きちんと背筋を伸ばしていないと、肋骨《ろっこつ》に喰《く》いこんで息もできない。髪《かみ》もまた、塔《とう》のごとく高々と結《ゆ》い上げられ、宝石飾りをじゃらじゃら添《そ》えられているので、重さと引き攣《つ》れのために顔の皮膚《ひふ》がつっぱり、満足にまぶたを閉じることもできない。靴《くつ》は踵《かかと》が高く、拷問道具《ごうもんどうぐ》のように小さく、まっすぐに立っているだけでもジンジンと痛む。

くそったれ。早く終わらないかな。

アリーナが吐息《といき》を洩《も》らしたのを、父王は嗅《か》ぎつけ、そっとたしなめた。

「娘や、何を不貞腐《ふてくさ》れておる。もうちいと、愛想《あいそ》よう笑わんか」

「笑いますよ、あのクソ野郎《やろう》がここまで来やがったら」アリーナは語気鋭《するど》くささやき返した。「ちゃ～んとにっこり笑いますとも。お国のため、父上のためにね！　でも、お辞儀《じぎ》はできるかどうか知りませんよ。傾《かたむ》いた途端に、ぶっ倒れちまいそうだ」

「口はきくなよ」父王は眉《まゆ》をしかめた。「ただ、にこやかに、つつましう、しておればよいのだぞ」

アリーナはチッと舌《した》を鳴らした。「あいよ、父上」

ようやく使者が玉座の際《きわ》までたどりついた。

「おお！　これはこれは、大帝陛下《たいていへいか》であらせられまするか。我《われ》は、エンドール国太守にして南海の覇者《はしゃ》ダンケルスクの末裔《すえ》エルドナンのマルゲニークのミャウケンペスのブルガリンであるハルモニーク三世の使い、ウンナンのスミソフキンであり、メキススのサンパンボームであるマルグの大臣、ソリアナルめにございます。かくもにぎにぎしくお出迎えいただき、また陛下おんみずからにお目通りをいただくことのできたこの栄華《えいが》、子々孫々《ししそんそん》にまで伝えはべるべく、ああ感謝感激雨《かんしゃかんげきあめ》あられ、この身の献身《けんしん》をあらあらかしこ、誓《ちか》う所存《しょぞん》にございながら、ただ深く深く敬服《けいふく》いたしたてまつっておりまするぅ……」

「うむ。大儀《たいぎ》」長々しい口上にうんざりしたサントハイム王は、いとも短く返事をした。

使者は少々拍子抜《ひょうしぬ》けをした様子だったが、気を取り直して王の足許《あしもと》にひざまずき、ことさらに時間をかけてうやうやしく礼をした。そして、どうにも拭《ぬぐ》いようもなく憮然《ぶぜん》としたままのアリーナに向き直ると、おおげさに両手を開いて驚きを表す。

「おお。これはこれは、なんと、お若い、お美しいお妃《きさき》さまでしょうか！ いやいや、まったく生憎《あいにく》でございましたなぁ。今少し、こなたサントハイムと我《わ》がエンドールが近ければ、どうぞ我が王女さまとご親交を、と、願いたてまつれますところを。我がお仕《つか》え申し上げる王女、白百合《しらゆり》のモニカさまもまた、このうえなく愛《あい》くるしい姫であらせられますのでねぇ。ハート型のお顔、いつも伏《ふ》し目《め》がちな長いまつげ。瞳《ひとみ》は琥珀《こはく》、淡雪《あわゆき》の肌。そのお声は生まれたての小鳥のごとく、そのお振るまいは春の雨にも似ていとも優《やさ》しうあられます。胸こがし窓辺《まどべ》に来たって、せめてその花の御《おん》かんばせ、見せてくだされますようにと生命《いのち》までも投げ出して懇願《こんがん》する若者は、雨にも負けず風にも負けず、ひきもきらず。吟遊詩人《ぎんゆうしじん》らもこぞって申しまするには『エンドールの宝石』『この世の奇跡《きせき》』『世界一の美姫《びき》』、ととことん熱狂的《ねっきょうてき》に歌い伝えられますところの一例をばご披露《ひろう》すれば……」

「うぉっほん」

しわぶきの声を洩らしたのは、玉座の片脇《かたわき》に重鎮らと共に控《ひか》えていた、魔法使いのブライ。アリーナの斜《なな》め後ろに、警護の衛兵《えいへい》らに並んで立っていたクリフトもまた、むっとした顔のまま、ゆっくりとその手を長剣の柄《つか》にかけてみせた。

「は？　あっ。ああ〜。あっ。これはしたり。いや、失礼をばいたしました。わたくしめは、どうも少々口が軽《かる》うございまして」

使者はあわてて揉《も》み手《て》をしながら畏《かしこ》まった。

「けしてけして、お妃さまを侮辱《ぶじょく》したのではございませぬぞ。なにしろ、我が王女さまは、いまだ婿《むこ》どのを選んでおられませぬので、何かと世間が騒ぐのでございますよ。……ああ、願わくば、我が王女にも、お妃さまのごとき良縁《りょうえん》がありますように。この汚《けが》れし身では、畏《おそ》れおおいかとは存じまするが、お妃さまが我が恭順《きょうじゅん》の接吻《せっぷん》をお召《め》しくださり、その御幸福を、いま少し我が国にも分け与えてくださいますように」

アリーナはこわばった笑顔のまま、片手を差しだした。わずかそれだけの動作でも、とにかく、からだを動かすことができるのが嬉《うれ》しくてたまらなかったので。

「妃《ひ》ではない。娘じゃ」と、サントハイム王。「余《よ》のひとり子アリーナじゃ。わが妃は、これを生んだおりに、はかなくなったのでな。ちなみにうちの娘もまだ、いいなずけを決めておらぬ」

「おお、なんという悲劇《ひげき》！ まるで歌に聞こゆるハルニャンサンのダンペペのシャグリーン姫と英雄ゴルヴァン卿のものがたりのよう、ご存じにあられますか、それはさもケムルンのセルニッパルのシノドニュウムの……」

「おいでの理由をうかがおうか」

王はさえぎって、玉座に腰をおろした。アリーナも喜んで真似《まね》をした。

「は。では」

使者はまだ何か言いたそうだったが、おとなしく従者《じゅうしゃ》から巻き物を受け取ると、朗々《ろうろう》と読みあげはじめた。

エンドール宮廷《きゅうてい》の作法に従ってか、この男の個人的な好みの問題なのか、文は季節の挨拶やら美辞麗句《びじれいく》やらをたっぷり取り入れて意味不明、なかなか本題に入らない。アリーナは服の内側に隠れ、靴先でふくらはぎを掻《か》きながら、あくびを噛《か》み殺していたが、ふと、耳に入ったことばに顔をあげた。

「……きたる風月《かぜつき》つごもりに、城内にて、武術《ぶじゅつ》大会を催《もよお》さんと欲《ほっ》す。ついては諸国諸般《しょこくしょはん》の戦士武人を数多御招待《あまたごしょうたい》いたす所存。日頃鍛《ひごろきた》えた腕と技《わざ》、こぞって来たり競《きそ》わんことを願う……」

武術大会だって！

思わずからだを起こすと、コルセットがあばらに喰いこんだ。アリーナは呻《うめ》いた。狭《せま》い絹の内側で、心臓《しんぞう》が激しく脈打《みゃくう》つ。

風月の晦日《みそか》といえば、次の次の満月のころ。エンドールには、近隣《きんりん》じゅうから、強い者勇《いさ》ましい者たちが、みな集まって来るわけだ。きっと、手あわせをしたこともないほどのつわものたちがそろっているに違いない。見知らぬ武器や他国の流儀《りゅうぎ》を見聞きすることができるに違いない。

ああ、行きたい！　行って、戦ってみたい！

玉座の肘《ひじ》かけを強くつかむと、袖口《そでぐち》が二の腕に喰いこんで、真珠《しんじゅ》の飾りボタンがプチリと飛んだ。

使者の口上は延々と続いていたが、王は、気配に振り向き、急にらんらんと瞳を輝かせはじめた娘の様子を横目で見てとって顔をしかめた。

うっそりと佇《たたず》んだブライ、顎《あご》に痣《あざ》持つクリフトもまた、それぞれに眉をひそめた。姫の頭の中に、どんな無茶な計画が練《ね》られはじめているか、彼らはみな、はっきりと想像できたのだった。


城では夜中まで賑《にぎ》やかな宴《うたげ》が繰り広げられた。はるばるエンドールからやって来た使者をもてなすために、みごとな料理が出、達者な楽隊や愉快《ゆかい》な芸人たちが多数呼ばれた。みながたっぷりと満足し、酔《よ》いつぶれかけるころ、アリーナはそっと席を抜け出し、足音を忍《しの》ばせて自室に戻ろうとした。

「おやすみでございますか、姫さま」

廊下の端《はし》に、飾りもののように立っていた鎧《よろい》がささやいた。

「不寝番《ふしんばん》か」

「今宵《こよい》は他国者《よそもの》が、大勢おりますので」

「ご苦労」

見ればなるほど、そこかしこにさりげなく従者らが散って、何喰《なにく》わぬ顔つきで周囲に目を配っている。敵対しているわけではない国から客を迎えたためだけにしては、いやに厳重《げんじゅう》な警戒《けいかい》だ。

これは、自分に対する禁足《きんそく》だ。ちぇっ。父上もあなどれないおひとだよ！

アリーナは唇を噛《か》んだ。男の服に着替え、さりげなく散歩に出て、そのまま馬を奪《うば》って出かけられないかと考えていたのだが、これではとてもだめだ。

アリーナはわざと眠そうな顔をしながら、堂々と部屋に戻り、女官たちに言いつけて着替えを手伝わせた。待ちかねたように寝床《ねどこ》に入り、さっさと寝入ったような息をたてると、女たちはしずしずと下がった。

アリーナは目を開いた。もちろん、少しも眠くなどないのだ。しばらく様子をうかがう。誰《だれ》も残っていない。誰も戻ってこないようだ。

やれやれと息をついて、アリーナは天井《てんじょう》を向き、考えはじめた。

昼間のうちに、こっそり馬を隠《かく》しておかなきゃならなかったな。食糧《しょくりょう》や金も用意しておいたほうがよかった。

いっそ、父上に、正面きって頼んだら。大会を見物させて欲しいとでも言って。

モニカ姫とかいうひとに書状を送ったら。遠国の姫から名指《なざ》しで招待されたならば、まさか断れとは言われないだろう。そこで、こっそり、ゆくえをくらまし、選手として出場するならば……。

「くそっ」アリーナは寝返りを打った。

なぜ男に生まれなかったんだろう。さもなければ、なぜ、死んだ母がそうだったというように、たおやかで控え目な性分《しょうぶん》に生まれつかなかったんだろう。

母の顔を、アリーナは城の回廊《かいろう》に飾られた若かりし日の肖像画《しょうぞうが》でしか知らなかったが、そのひとが絶世《ぜっせい》の傾城《けいせい》のと呼ばれるほどの美女であること、そして、自分が、娘ざかりの年頃に近づけば近づくほど、はっきりとそのひとに似てきていることは、よく心得ていた。

男子の跡継《あとつ》ぎを得られなかったにもかかわらず、父王が後添《のちぞ》いを娶《めと》らぬことは、亡《な》き妃に対するその深い愛情を語っていると思われる。父は自分に母の面影《おもかげ》を見たいと望み、同時に、あまり見るのは辛《つら》いと感じてもいるだろう。そして、アリーナ自身もまた、母そのひとの生まれ代わりらしい娘になりたいものだと思いながら、けして同一にはなれぬのならば、いっそ全く違う生き方をしたいとも考えずにいられないのだった。

じっとしていられない。

掛《か》け物《もの》を跳《は》ねのけて、アリーナは床《ゆか》に降り立った。音をたてぬように、旅支度《たびじたく》を身につける。

時がたてばたつほど、機会は失われるに違いない。よそものの相手に、多少とも忙殺《ぼうさつ》されている今日のほうが、まだ望みがある。

見ろ。女官たちは、あんな何喰わぬ顔をしながら、扉《とびら》にも、窓にもちゃんと錠《じょう》をかって行ったではないか。

幸い、こうりの中には、短剣と薬草が備えてある。さっき身につけさせられていた宝石の中から、翠玉《エメラルド》の指輪をひとつ手の中に握りこんで隠しておいた。

どこぞで、金に替えることができるだろう。

問題は、どうやってここを出るかだ。

アリーナは壁を調べてみた。城は古く、緞帳《どんちょう》を張りめぐらせておかなければ、隙間風《すきまかぜ》が絶《た》えなかったので。東の壁の窓脇《まどわく》の埃《ほこり》っぽい布をめくってみると、はっきりと頬に夜風があたった。花崗岩《かこうがん》の細工のところどころ、漆喰《しっくい》がぼろぼろになって、隙間を作っている。押してみると、岩のひとつがかすかに揺らいだ。

アリーナはにっと笑った。静かに床に腰を落とすと、短剣の先を使って、漆喰を掻き出しはじめた。

「姫さまが、お部屋の壁を破っておいでです。間もなく、ひとの通るほどの穴《あな》が開きましょう」

「大儀じゃ」

王は手を振って、間者《かんじゃ》を下がらせた。王そのひとしか顔を知らぬ、極めつけの兵である。ひっそりと灯《あか》りを落とした寝室には、王と、年老《としお》いた魔法使いのみが残された。

「のう、ブライ。どうして、あれは、ああ聞き分けがないのだろう」王は椅子《いす》の背にもたれて、重苦しく息をついた。「行きたがるのは無理もないが、なぜ、まず余に、ことをわけて頼んでみようとせぬのだ。可愛《かわい》げのない」

「ほっほ。若さ、でございますな」ブライは肩をすくめた。「陛下の許しを得たのでは、金銀細工の輿《こし》に乗せられ、数多《あまた》の従者を引き連れて、くだくだしく、のろくさい、退屈な旅となりましょう。エンドールにても、賓客《ひんきゃく》として、下にもおかずもてなされましょう。姫さまの望みは、そのようなところにはありますまいよ」

「そなたがいかん」王は眉をしかめた。「教育係であるはずのそなたがそうでは、あれが素直《すなお》になるわけがない！」

「冤罪《えんざい》でございます」ブライは頭を振った。「姫さまの御性格はこれすべて、血のなせるわざ。あの頑固《がんこ》も、ひと筋なわでゆかぬところも、陛下ご自身にクリソツでございますわい。おまけに亡くなったお妃さまも、いともしとやかながら、あれで、なかなか情《じょう》のこわいおかたでいらっしゃいましたしのう……いや、儂《わし》など、あのおかたの優しう微笑《ほほえ》みながらの鋭いひとことに、なんどグッサリ急所を貫《つらぬ》かれましたことか」

「少し口を慎《つつし》もうという気にはならぬものか。余は老《お》いたるそなたを敬《うやも》うとるに。そなたはいささか無礼《ぶれい》ではないか」

「ひとはみな真実には縛《しば》られるもの。真実の前には、無礼も非礼もありませぬ」

王は肘《ひじ》かけにもたれ拳《こぶし》でこめかみを支えるようにしながら、目をそらした。

「もうよい。行け」

「しからば」

「あれを、頼むぞ」そっぽを向いたまま、王は小声でささやいた。

ブライは頬をゆがめるようにしてにやりと笑うと、会釈《えしゃく》をし、出て行った。

老魔法使いは急ぎ足に廊下を進んで行ったが、角《かど》の濃《こ》い陰《かげ》の中から、ささやき声に呼びとめられた。「老師《ろうし》どの。どちらへ？」

ブライは振り返り、蒼白《そうはく》な顔つきに瞳ばかりを油断なく燃やした若者を認めて、白髭《しろひげ》の口許《くちもと》を緩《ゆる》めた。

「おひとりでお出しするわけにはまいらんでな」

「やはりですか」クリフトはうなずいた。「では、およばずながら、このわたくしめも、是非《ぜひ》とも、お伴《とも》をさせていただきます」

「ああ～？」ブライは頭を振った。「遠慮《えんりょ》せぇ。年寄りの愉《たの》しみを邪魔《じゃま》するな」

「愉しみ？」

「美しい姫御前《ひめごぜん》の伴じゃ。気ままで自由な、ふたりっきりの旅じゃ。ほほほ、愉しみ以外の何ものか」

「そっ、そのような覚悟でおいでになるのですかっ」クリフトは耳を赤くした。「城塞《じょうさい》周辺はいざ知らず、山越えともなれば、必ずや魔物《まもの》が出るに違いない。わたくしならば、この身を盾《たて》にしてもきっと姫さまをお守りします。なのに、あなたは、あなたはっ……！」

「青いのう」ブライは眉尻《まゆじり》を下げた。「おまえのほうが守られるのが関の山じゃと思うが」

ようやく壁に穴が開いた。月は半分だったが、よく晴れた明るい晩《ばん》だったので、足場に迷《まよ》うことはなかった。アリーナは壁伝いに屋根に出て、降り口を探した。通りすがりに厩《うまや》の様子をうかがってみると、番兵《ばんぺい》が三人も立っている。

顔をしかめた途端、背後に忍び寄って来る気配に気づいて振り返る。

「にゃーん」

「……脅《おど》かすなよ」アリーナはミーちゃんを抱き上げ、撫《な》でてやった。「そうだ。おまえならば道を知っているだろう。教えておくれ」

尻を叩《たた》いて下ろす。猫は一瞬《いっしゅん》不服そうな顔をしたが、アリーナが睨《にら》むと、尻尾《しっぽ》を掲《かか》げて、とたとたと歩き出した。急ぎ、追う。

宝物蔵《ほうもつぐら》の裏手に、猫は飛んだ。下は湿《しめ》った土。傾斜《けいしゃ》からみても、ここならばなるほど、あまり大きな音をたてず、怪我《けが》をもせずに降りることができそうだった。アリーナは腹這《はらば》いになり、廂《ひさし》の彫刻《ちょうこく》を手がかりにさだめ、両手でぶら下がった。

「お助けしましょうかな」

のんびりした声にギョッとして顔を向けると、後ろに手を組んで、ブライが立っている。傍《かたわ》らではクリフトが猫を撫でているではないか。

「止めるな、じい！」飛び降りざま、アリーナは短剣を抜いて、ふたりに向き直った。「クリフト、おまえもだ。たとえ力ずくでも、ボクは行くからな！」

だが、言いながら彼女は見た。男たちが、しっかりと旅装束《たびしょうぞく》を纏《まと》っていることを。

「……まさか」アリーナは、迷子になったこどものような、情けない顔をした。「おまえたち、ボクにつきまとうつもりじゃあ」

「はい、左様《さよう》で」ブライが微笑んだ。

2 テンペ

宿場についたのは夜中だった。

旅籠《はたご》の食堂は、居酒屋《いざかや》をも兼《か》ねているらしい。三人が宿の者に案内されて遅《おそ》い夕食の席についた時、あたりは一日の仕事を終えた男女でいっぱいだった。だが大勢の人間が集まっているにしては、ここは奇妙《きみょう》に寂《さび》れている。

壁には松明《たいまつ》が何本か燻《くすぶ》り、卓ひとつひとつには、ちびた蠟燭《ろうそく》が灯《とも》っている。床《ゆか》はところどころに穴《あな》が開き、掃除《そうじ》も行き届いていない。そこらじゅうに古い葡萄酒《ワイン》袋《ぶくろ》や欠《か》けた器《うつわ》が転《ころ》がっているうえ、隅《すみ》では酔《よ》いつぶれたものが伸びているありさま。残りのひとびとは背を丸め、うなだれるようにして、汚《きたな》い腰掛けにひっそりと座っている。中にはひそひそ声で話をしているものもあったが、多くはただ無言だった。

「なんだか暗いな」クリフトは蠟燭の具合を確かめたが、もちろん、少しも明るくはならなかった。

「飲めば陽気になるものばかりじゃないさ。このへんの人間の性分《しょうぶん》なんだろう」

アリーナは肩をすくめ、さっそく出されたものにパクつきはじめた。

「よろしいか、我《われ》らがおるはここ」

ブライはテーブルに粗末《そまつ》な地図を広げた。

「テンペという山村でございます。これより山を越えて北に向かい、フレノールを経《へ》て南下、このあたりで東の大陸に渡ります。めざすエンドールはこちら」

「遠いなぁ」アリーナはバターのついた指をねぶった。「もう半分くらいは来たかと思ったのに、まだそんなにあんの？　やれやれ……ボクひとりなら、もうちょっと早く行けるのに」

「ご一緒《いっしょ》して、ほんとうに、ようございました」ブライは取りあわない。「姫《ひめ》さまは、地理などなんにもご存じないではありませんか。あのまま、ただ闇雲《やみくも》にガムシャラに、いと険《けわ》しきキャストミント山脈《さんみゃく》に踏《ふ》み惑《まど》われていたならば、今頃は間違いなく、餓死《がし》、凍死《とうし》、転落死《てんらくし》、あるいは山中の化け物どもに喰《く》らわれて、おかくれあそばしておられるはず」

「ちぇっ。ボクだけなら、あんな山ごとき、へーきのへーざで越えられたね。それにさ、なんだい、じゃあ、海を行くって手だってあったんじゃないか。ほら、ここらから船を出せば、どんどん東に行けたろ。足を棒《ぼう》にして歩くほう選んだのはなんでなのさ。どうせ、ブライは、旅費をケチろうと考えたんだろう」

「はっ。海のことなど、何もご存じないくせに」

ブライは嗤《わら》いながら地図をしまった。

「王家で召《め》し抱《かか》えるような船を想像なさってはなりませぬぞ。このあたりで手に入るようなのは、どうせ、海賊《かいぞく》めいた漁師《りょうし》どものあやしげな舟。ちょっと海が荒れればバラバラになりかねませぬし。うら若い娘御を見れば、よこしまな考えを起こすものもありましょう。大海原《おおうなばら》のただなかで、荒《あら》くれ船員らと渡りあえるとお思いか?」

「女だなんて思われなきゃあいいんだよ」アリーナは、葡萄酒《ワイン》を啜《すす》りながら、どかりと片足をもう一方の腿《もも》に載《の》せてみせた。「いっちょう揉《も》んでやりゃあ、ナメられやしないさ。……おうっ、オヤジぃっ。酒だ酒だ。酒くれよ! なくなっちまったい」

ブライとクリフトは目配せをしあい、そっとため息をついた。

みすぼらしい服も、革鎧《かわよろい》も、アリーナの若々しい肉体を隠《かく》すというよりは、むしろ妖《あや》しく際立《きわだ》たせてしまう。化粧《けしょう》もせず、髪《かみ》もろくに梳《す》かなくとも、眉《まゆ》濃《こ》く、生き生きと瞳《ひとみ》輝《かがや》く凛々《りり》しい顔だちは、どうにもごまかしようがない。何もせずにこれほどであれば、まともに装《よそお》えばどんなにか美しくなるだろうと、かえって他人の期待をそそってしまう。口調は必要以上に荒いが、その声も、喋《しゃべ》りかたも、どんなに作っても、男のそれとは違っている。

行く先々で、通りすがりのものたちに、あの男装《だんそう》の美少女は何者だろうと興味津々《きょうみしんしん》ささやき交わされていることに、彼女はほんとうに少しも気づいていないのだろうか。それとも、ただ、知らぬふりをしているだけなのだろうか。

今も、そこらじゅうから、警戒《けいかい》とも憎《にく》しみとも好奇《こうき》ともつかぬ視線が、アリーナひとりに集まっているというのに、まるで頓着《とんちゃく》していないようだ。店じゅうの注目を意識していないはずはない、それを跳《は》ね返そうとして、わざと、ことさらに乱暴《らんぼう》に無作法《ぶさほう》に振るまっているのかもしれない。

もう少し頭を使ってくれれば、と、ブライもクリフトも考えていた。

いっそのこと、剣など持ったこともない、おとなしい娘のふりをしていてくれたほうがよほど安全というもの。戦いかたなどろくに知らないような顔をすれば、相手は油断する、万一争いになった時には、そこにつけこんで勝つという方法だってあるものを。長旅の中途に、あえてイザコザを求めるなど、愚《おろ》かもいいところなのだが。

アリーナは聞く耳を持たない。「ボクを卑怯者《ひきょうもの》にしたいのか！」と、ムキになるか「だって、退屈なんだもん。喧嘩《けんか》ぐらいいいじゃないか。腕《うで》だめし、腕だめし」無邪気《むじゃき》に笑って言いくるめようとするか、どちらかばかり。ここに来るまでにも、道端《みちばた》で出合った化け物どもを、ことごとく、なまじ気楽に叩《たた》きのめしてしまったものだから、その高い鼻はなかなか折れそうにない。

長楊子《ながようじ》をはすに咥《くわ》え、テーブルを叩いて傲慢《ごうまん》そうに亭主《ていしゅ》を呼んでいる、当人が自覚しているよりもずいぶんとあどけない顔を見れば、老魔法使いも神官も、ただただ、ため息ばかりが洩《も》れてしまう。

彼らには手にとるようにわかる。姫は、しかし、不安なのだ。この場が気にいらないのだ。はやっている店にもかかわらず、妙《みょう》に重苦しい沈黙《ちんもく》が落ちている不気味《ぶきみ》さに、たまらず、大声など出してみせている。

姫は、化け物どもを相手にしているほうが、人間とかかわりあうよりも得意なようなところがある。だが、亭主は忙《いそが》しく走り回っていて、なかなか酒はやって来ない。

「おいおい。オヤジぃ。早くしてくれよ。待ちくたびれちまわあっ‼」

あたりかまわず罵《ののし》る娘に呆《あき》れて、とうとう近くの席にいた頬髭《ほおひげ》の男が呟《つぶや》いた。

「うるせぇガキだ」

「なんだと」アリーナは気色《けしき》ばんだ。待ちかねたように。「誰《だれ》か何か言ったか」

「姫さまっ」

「これ！」

クリフトもブライも、あわててテーブルの下で取り押さえようとしたが、互《たが》いに互いの手をひしとつかんでしまっただけ。アリーナは芝居《しばい》がかった仕種《しぐさ》で立ち上がり、呟き声を洩《も》らした男のそばに行って、その顔を見下ろしながら、腰の短剣にさりげなく手をかけた。

「何か言ったのは、あんたかい？」

男は不承不承《ぶしょうぶしょう》目をあげ、唇《くちびる》をねじまげながら、ああ、と暗い声で答えた。

「気にさわったらすまねぇ。面倒《めんどう》を起こす気はなかった。ただ、俺《おれ》たちは静かに飲みてえんだ。わかってくれ」

「静かに！」アリーナは嗤《わら》った。「そうかい。そりゃ、わるかったな。ボクにとっては、ここはあんまり静かすぎて、なんだか通夜《つや》みたいだものだから。なぁ、少しばかり朗《ほが》らかにやろうって気はないのか」

「通夜、か」男は目をそらし、皮肉《ひにく》な微笑《びしょう》を浮かべた。「そうとも。テンペは通夜だ。一年じゅうな。ここは呪《のろ》われた村なのだ」

アリーナは表情を変えた。「どういうことだ」

男は答えない。アリーナは部屋じゅうを見回した。村の男女は、みなさっと目を伏《ふ》せ、顔をそむけるばかりだ。アリーナは眉をしかめ、問いかけるように、ブライとクリフトに向き直った。ブライは肩をすくめた。

そこに、亭主が、おずおずと酒を持ってやって来た。

アリーナは無言のまま席につき、強い視線で亭主を見た。

亭主は頭を振り、小声で言った。「後ほど……お部屋にうかがいます」

宿の壁には古びた立派《りっぱ》な絵があったが、埃《ほこり》まみれで、大きく傾《かし》いでいる。窓のカーテンは豪奢《ごうしゃ》な緞子《どんす》だったが、いかにも投げやりに半端《はんぱ》な位置に片寄せられていた。建物や家具が、どれもこれも趣味《しゅみ》の高さと金回りの良さを表しているだけに、この荒《すさ》んだ様子は、いっそう哀《あわ》れに見えた。

「経営者でも代わったのかな」額縁《がくぶち》のゆがみを直しながら、クリフトが呟いた。

「墓《はか》があるのう」窓から外を見ていたブライが言った。「小さな村にしては、ずいぶんたくさんの墓石《ぼせき》が立っておる。それも、みな、やけに新しそうじゃ」

アリーナは無言でブライのそばに立った。クリフトも続く。

月光に照らされて、鏡のようにきらめく墓石の間を、大勢の村人たちがさまよい歩いている。ひとつひとつに、美しい花や食べ物を添え、たびたび足をとめて祈《いの》りながら。

「やけに熱心だね」アリーナは言った。「まるで、村のどの部分をおざなりにしても、あそこだけは、きれいにしておこうとしているみたいだ。……なぜ？」

三人は顔を見合わせた。

そこに、ノックの音がした。宿の亭主が、ふたりの男を伴《ともな》ってやって来たのだった。

「道具屋のご主人のアルハンさん、それに村長のペールさんです」

手短な紹介《しょうかい》が済むと、沈黙が落ちた。村の男たちは、そっと目まぜをしあったが、誰ひとり何をどう切りだしていいものか、判断がつかないらしい。

「ペールどの」ブライが口を開いた。「そなたには以前、逢《お》うたことがあるの」

「あ、やはりそうですか」村長は、救われたように顔をあげた。「なんだか、私もそのような気がしていたのですが……特にそちらの、娘さんのお顔には、確かに見覚えがあるんだが。どちらでお逢《あ》いしましたかねぇ」

村長があまりにじろじろとアリーナを見るので、クリフトは思わず立ち上がった。

「ひかえい、ひかえおろう！」胸元から薬草入れを取りだし、「えい、この紋《もん》どころが目に入らぬか。このおかたこそ、サントハイムの王女殿下《でんか》、アリーナ姫さまにあらせられるっ！ええい、頭《ず》が、頭が高ぁいっ‼」

「よせ、莫迦《ばか》」アリーナは真っ赤になって止めたが、遅かった。

「ははぁ～～っ！」

村人たちはあわてて床《ゆか》に這《は》いつくばった。

クリフトは得意そうに鼻の穴を膨《ふく》らませたが、アリーナに睨《にら》まれて、こそこそと薬草入れをしまいこんだ。

「これこれ。まぁまぁ。お楽に、お楽に」ブライがしゃがみこんで、みなの頭をあげさせた。「隠《おん》密《みっ》の旅じゃ。気は使わんでよい。それよりも、なんぞ心配ごとがあるのならば、この機会に申し出られよ。力になってやれるかもしれぬでの」

「それでは、恐《おそ》れながら、この際《さい》正直に申し上げます」村長が言った。「実は、いつのころからか、村の北の森に怪物《かいぶつ》が棲《す》みつくようになりまして。満月の夜ごとにひとり、若い娘を生贄《いけにえ》に出さぬと、村ごと襲《おそ》ってしまうと言うのでございます」

「最初は抵抗《ていこう》したのですが」と、亭主。「とてものことにかないませんで。娘たちは、これ以上父や兄が殺されるよりはと、進んで籤《くじ》を引いてくれまして、もう九人、森に入ったきり戻ってまいりません。たぶん、みな、怪物に……喰《く》らわれたのかと……」

「もったいない」とクリフト。

「だらしない」とアリーナ。

ブライはふたりの呟きを無視して、髭をひねりながらうなずいた。

「なるほど。それで、村じゅうがああも打ちひしがれておったのか」

「はい。明日《あす》はまた満月がやって来ます。今度は、うちの娘のニーナの番です」

「村長どのの娘御が？」

「わたくしの娘にもなるはずでした」と商人。「実は、ニーナはうちの息子《むすこ》のアントンと結婚《けっこん》するはずだったのです。アントンは、ニーナを連れて逃げようと計画しておりました。わたくしどもは、知っておりましたが、見て見ぬふりをしていたのです。愛しあうものたちが引き離されるなんて……あんまり可哀想《かわいそう》ですから」

「ですが、娘が首を縦に振らんのです。残される我らの身に何が起こるかを考えると、そんな身勝手な真似《まね》は、とてもできぬと」

「ああ、ニーナ。なんていい娘さんだろう。うちのアントンになどもったいない」

「以前はそんな気もしたが、少なくとも怪物のエサになっちまうよりゃあマシってもんだ。ああ、反対なんかしないで、さっさと所帯《しょたい》を持たせちまえば良かった」

「そうとも、あんたが渋ってるからいけない」

「おまえだって、持参金がどうのこうのって、さんざんゴネてたじゃねぇかい」

ふたりの父は、罵《ののし》りあいながらも抱きあって、よよと泣《な》き崩《くず》れた。

アリーナは腕組みをしたまま、じっと男たちを見下ろした。その頬は怒《いか》りのために赤く燃え上がっていた。

怪物も怪物だが、こいつらもこいつらだ、とアリーナは思った。九人もの若い娘が犠牲《ぎせい》になっているというのに、ただ暗く飲んだくれ、墓を磨《みが》き、抱きあって泣いていればいいとでもいうのか。ましてやそのアントンとかいう若者は、好きな女が殺されに行くというのに、逃げることしか考えつかぬのか!?

腰抜《こしぬ》けどもめ……！

「ボクが行く」アリーナは呟き、自分の声に勇気づけられるように声を高めた。「そうだ。それがいい。ボクがそのニーナの代わりに、行ってやる！」

「ひっ、姫っ！」クリフトは青ざめた。「そんな無茶な」

「止めても無駄《むだ》だ」アリーナはますます声を荒げた。「ボクにだって勇気がある。この村の娘たちにあるように！　そしてボクには、腕がある。そう心配するな、クリフト。きっとそいつをたたっ切って、汁《しる》の実にして喰ってやる！」

「……いやな予感がしたんだよ……」クリフトは両手で顔を覆《おお》いながら、寝台に頽《くずお》れた。「ああ、こんなことなら、名乗りなんてあげなきゃよかった」

「おお！」村長は、アリーナの足許《あしもと》にひれ伏《ふ》した。「これは奇跡《きせき》じゃ！　神のお計《はか》らいじゃ。どこかに怪物を退治《たいじ》してくれるような強いおかたがおられぬものかと、ずっと考えておりました。それで、旅をなさっておいでのあなたがたに、心当たりをうかがおうかとそろって参った次第《しだい》なのですが」

「姫ぎみおんみずからが征伐《せいばつ》してくださるとは！」

「我らの祈りが天に通じたのだ！　ああ、ありがたや、ありがたや」

商人も亭主も、口々に言いながらアリーナの靴《くつ》に接吻《せっぷん》し、床に頭を擦《こす》りつける。

アリーナは心底《しんそこ》うんざりした。

おまえたちのために行くのではない、気高《けだか》い娘たちのためにだ。そう言って、一二発殴《いちにはつなぐ》ってやりたいほどだったが、唇を結んでこらえた。娘たちは無言で犠牲になった。そのけなげな振るまいに、負けたくはなかったのだった。

翌晩《よくばん》の手筈《てはず》を打ち合わせて、男たちは帰って行った。

「怖《こわ》く、ありませんか?」ブライは言った。微笑《ほほえ》みを浮かべて。

「ああ」仏頂面《ぶっちょうづら》でうなずいてから、アリーナは、いぶかしげに顔をあげた。「止めないのか」

「はい。無駄なことはしません」ブライは肩をすくめた。「姫さまは、一度口に出したことばを引っこめるようなかたではありませぬからな。旅はまだまだ長《なが》うございます。最初に、少し痛い目におあいになったほうがよろしい」

「痛い目」アリーナは少しばかりドキッとしたが、あえて微笑んだ。「ボクが死ぬかもしれないとは思わないのか」

「思いませぬな。これは手強《てごわ》い、殺されそうだとお思いになったら、逃げるぐらいの智恵《ちえ》はおありのはず。また、もし、儂《わし》が真実、懸念《けねん》しておるならば、口で諫《いさ》めるなどという半端な方法は取りませぬよ。黙《だま》って賛成《さんせい》しているふりをして、油断していただき、おやすみの間に姫さまをぐるぐる巻きにでもして、満月が過ぎるまでどこぞに閉じこめます。ほっほっほっ。どうぞ、ぐっすり、おやすみなさいませ」

鼻白《はなじろ》むアリーナに笑いかけると、ブライは手を振って、出て行った。

扉の閉まる音を聞くと、クリフトは弾《はじ》かれたように立ち上がった。

「アリーナさま」思い詰めたように言う。「やめてくださいとお頼みしても、聞いてはくださいますまいね？」

「もちろんだ」

「私が、さらに姫さまの代わりになる、っていうのもダメですか」

「ひとに恥《はじ》をかかせる気か」

「で、で、では……っ……ではっ」クリフトは真っ赤になって震《ふる》えながら、アリーナに詰め寄った。「さ、さ、最後の手段です、お許しを！」

いきなり手を取られて、アリーナは平衡《へいこう》を崩《くず》した。クリフトに覆いかぶさられるままに、寝台に倒れこんだ。さしも身軽なアリーナも、面喰《めんく》らい、頭に血が昇《のぼ》ってしまって、まともに抵抗《ていこう》もできない。だいたい、瘦《や》せっぽちで弱虫で、筋肉のかけらもなく見えたクリフトが、なんと重く、なんと力強いことか。

「な、なにをする。莫迦。無礼者。離せ、離さんか」喉《のど》に絡《から》まる声で、弱々しく叱咤《しった》することができるのみ。

「ああ、姫さま」クリフトは熱っぽくささやいた。「乙女《おとめ》でなければ生贄にはなれますまい。どうか、今宵《こよい》、この際、このまま、わたくしと……ガッ！」

突然クリフトがひっくり返った。アリーナは急ぎ身をひるがえし、戸口に立っているブライを見た。ブライが杖《つえ》を投げつけて、クリフトの後頭部を打ったのだった。

「ゆめゆめ、油断なさらぬことです」白目を剥《む》いたクリフトを引きずりながら、ブライは嗤《わら》った。「窮鼠《きゅうそ》、猫を噛《か》むと申します。どんな相手でも、あなどってかかれば強敵となります。激情《げきじょう》にかられたものはなおのこと。ほっほっ、儂も若いころは、それでずいぶん苦労しましたですじゃ。のぼせあがった娘っこっちゅーもんは、まったく、この世の何よりも恐るべき敵でございますでなぁ」

「よく、わかった」アリーナは蒼白《そうはく》な顔をうなずかせた。「気をつける。ありがとう、ブライ」

扉が閉まった。アリーナは走り寄って錠《じょう》を下ろした。月明かりのさしこむ窓も閉じて、かけがねを下ろすと、部屋は急に真っ暗になった。

今度こそ、ひとりきりになった。

手探《てさぐ》りで寝台を見つけ、潜《もぐ》りこむ。敷布《シーツ》は氷のように冷たかった。アリーナは身震いした。

クリフトは男だ。自分はそうではない。だが、そんなことは、わかりきった話だし、いまさら気にしてもしかたのないことではないか。しかたないことだというのに。

ちきしょう。あの莫迦。

今度あんなことしたら、タマを蹴《け》ってやるから……！

そう決心はしたものの、胸にわだかまる面妖《めんよう》な感触《かんしょく》に、アリーナはもう一度、ぞくりと小さく肩を震わせるのだった。

あんなによい天気だったのに、午後になると奇妙な雲が出て空一面を覆い隠した。いやに赤い太陽が、その雲を怪我人《けがにん》の繃帯《ほうたい》に滲《にじ》み出した血のように染《そ》めていく夕暮れ時、村はずれの教会に、どこからともなく生贄の籠《かご》が届いた。

「さぁ」骸骨《がいこつ》のように痩せこけた神父《しんぷ》が言った。「あの籠の中へ」

神に仕《つか》える身でありながら、このような役目を行わねばならぬとは、どんな気持ちのするものか。おそらく、既に幾度《いくど》もこころの中で戦いがあり、それにも、もはや疲れ果てたのだろう。神父の声には、喜びも悲しみも、何もなかった。ただ、しなければならないことを遂行《すいこう》するものの、几帳《きちょう》面《めん》で事務的な調子があった。

商人と村長が籠の蓋《ふた》を開けて、さし招くような顔をした。

白いベールを頭から被《かぶ》った娘は、無言でうなずくと、進み出て、豪華《ごうか》なクッションを敷《し》き詰めた籠の中に、丹念《たんねん》に裾《すそ》を整えながら横座りになった。

ニーナではない。ニーナの衣服を借りて羽織《はお》ってはいるが、これはもちろん、アリーナである。

座りごこちを直しながら、アリーナはもう一度あたりを見回してみた。ブライもクリフトも、つい先ほどまでそばにいたはずなのに、どこに行ったか、気配もない。おそらく、とても見ていられないので、どこか離れたところで待っていることにでもしたのだろう、とアリーナは考えた。心細くなど感じるものか。他の娘たちも、みなひとりでここに来たはずだ。

もっとも、その娘たちは、二度と戻っては来なかったが。

「このご恩《おん》は一生忘れません」

「なにとぞ、お気をつけて」

ささやきながら、男たちが蓋を閉める。真っ暗になった。

「神のごカゴがありますように」

「神父さん、シャレを言ってる場合じゃありませんよ」

「むう、そうであったな」

籠藁《かごわら》の隙間《すきま》から洩《も》れ聞こえてくる声は、なんともウキウキと呑気《のんき》そうだ。アリーナが約束通りやって来た時、彼らはみな、うっかりホッと安心したように微笑んだ。彼女が睨むと、あわてて悲痛な、申し訳なさそうな表情を作ったが。

いい気なもんだ。

アリーナはそっと舌打《したう》ちをし、懐《ふところ》の、長いものを握りしめた。王宮伝統《おうきゅうでんとう》の護身道具《ごしんどうぐ》、いばらの鞭《むち》の柄《え》であった。黄金を張った柄には、サントハイム王家の紋章《もんしょう》が彫刻《ちょうこく》されており、その真ん中に、アリーナのものであることを示す翠玉《エメラルド》の貴石《きせき》が象嵌《ぞうがん》してある。頼もしい、手になじんだ感触《かんしょく》。

落ち着け。落ち着け。これがあれば、だいじょうぶだ。

アリーナは自分に言い聞かせた。

やがて男たちの足音が遠退《とおの》き、扉が閉まる音がした。

アリーナは暗闇《くらやみ》の中で瞳を開いたまま、耳をすまして、待った。

心臓がどきどきと激しく打ち、意識は、ここかしこに、また、奥へ奥へとさまよう。父王の顔が浮かび、母の肖像《しょうぞう》が見えた。沈鬱《ちんうつ》でありながら熱く燃え上がっていた、ゆうべのクリフトのあの瞳。そして、……『痛い目』……ブライの飄々《ひょうひょう》とした言い方が蘇《よみがえ》った時、急にゆとりが戻ってきて、アリーナは、薔薇《ばら》色の唇にかすかな微笑《びしょう》を浮かべた。

老師どのは、今でこそ、生まれた時から老人だったような顔をして、枯淡《こたん》の境地に達しておられるようだが、その昔《むかし》は、ずいぶんとお盛《さか》んだったらしい。あれで若いころは、けっこう美男子《びなんし》だったのかもしれない。おもしろおかしいことがらを、まだ多数隠しているに違いない。今度、じっくり聞いてみよう。

今度。

生きて戻れたならば。

アリーナはゾクッと震えたが、不安の中に期待があった。恐ろしさの中に、歓喜《かんき》があった。鼓動《こどう》の高鳴りも、今はいくさの予感に備えたもの。

アリーナは戦いが好きだった。戦う自分が好きだった。何も迷《まよ》うことはないではないか、と彼女は思った。ただ倒せばいいのだ。憎《にく》い怪物を。全力をあげて。

鞭の宝石細工の柄を、アリーナは痛いほど握りしめた。翠玉《エメラルド》を経《へ》て、その昔恐ろしい怪物どもを何匹も屠《ほふ》ったとされる遠い祖先の誰かれから、無限ともいうべき誇《ほこ》らしい血の力が、脈々《みゃくみゃく》と伝えられてくるのを感じた。

と。からだが浮き上がった。

籠が持ち上げられ、運ばれはじめたのだ。

アリーナは唇を噛みしめた。丹念に広げておいた裾の中で片膝《かたひざ》を立て、いつでも飛び出せるようにして、待った。


ふわりと籠が降り、何ものかの手で蓋が跳《は》ねのけられた。

しばらく暗い中にいたために、アリーナの目は、とっさにあたりを見ることができなかった。森の匂《にお》いがした。そして腐《くさ》ってゆく肉のようないやな匂いも。

「来たな、来たな、子猫ちゃんや」金属を擦《こす》りあわせるような声が近づいて来ると、腐ったような悪臭《あくしゅう》がますますひどくなった。

「待っておったぞよ。どおれ。どおれ。出ておいで。いい子ちゃんだね、顔をおみせ」

何かの手が、ベールをはいだ。アリーナはまばたきをした。どうにか見えるようになっている。

目の前にいるのは、巨大《きょだい》な爬虫類《はちゅうるい》の顔だった。カサついた皮膚《ひふ》になかば覆われた眼が左右に大きく飛び出して、左右別々にきょときょとと落ち着きなく動いている。大きく裂《さ》けた口の中に、長い舌《した》がぬめぬめと蠢《うごめ》いている。

顔は大きいが、老婆《ろうば》のように腰をかがめた背丈《せたけ》は、せいぜいアリーナの腰ほどの高さ、青味を帯びた金属製の錫杖《しゃくじょう》を突き、神官《しんかん》のようなかぶりものをしている。ありていに言って、人間の老人のからだに冗談《じょうだん》のように大きなカメレオンの頭部をつけ、上下から押しつぶしたごとき姿をしている。その頭ばかりがあまりに異様なので、あるいは、精巧《せいこう》な仮面ではないか、とアリーナは考えた。と、どこからか蠅《はえ》が一匹飛んで来た。眼球の動きがぴたりと止まったかと思うと、化け物の舌は信じられないほどの速さで宙《ちゅう》高く飛び出し、一瞬のうちに蠅を捕《と》らえて、また口の中に戻った。では、ほんものなのだ。アリーナが思わず顔をしかめると、化け物は鋸《のこぎり》を引くような声で笑った。

「怖《こわ》いかえ。かわい子ちゃんや。震えておるのかえ。おいで、おいで。手をお取り。ごちそうしよう」

化け物は、錫杖を持っていないほうの手を伸ばして、さし招いた。輝く緑の鱗《うろこ》と鋭い爪《つめ》を持った手だ。アリーナは迷ったが、しばらくは様子をみようと、素直《すなお》に手を預けた。その手はひんやりとしていて、見かけどおり、金属の手触《てざわ》りがした。籠から出る。

あたりは深い森だった。どの樹《き》もみな天に突き刺さらんばかりに高々とそびえていたが、振り返ると、思っていたよりも近いところに、教会の屋根らしいものがうかがえた。

籠が置かれていたのは、白い石の建造物《けんぞうぶつ》の下。カメレオンマンはアリーナの手を引いて、石段《いしだん》を昇《のぼ》らせた。杖《つえ》の頭に環《わ》がかけてあるので、それは、一歩ごとに、しゃらん、しゃらん、と鳴った。同時に、その帽子の中で、何かがカラカラと乾《かわ》いた音をたてるのだった。

ぐるりを円柱が囲み、小高くなった上に、食卓《しょくたく》らしいものが用意されていた。四方に松明《たいまつ》が燃えており、食卓の両側には燃える黄金のたてがみの獅子《しし》のようなものがいて、うつろな瞳でじろじろとアリーナを見つめた。

「暴《あば》れ狛犬《こまいぬ》じゃ」アリーナの視線を追いかけて、カメレオンマンが言った。「余《よ》の僕《しもべ》じゃ。恐れることはない。余が命じねば、飛びかかりはしない」

カメレオンマンは礼儀《れいぎ》正しく椅子《いす》を引いて、アリーナを席につかせ、自分は向かい側に腰をおろした。食卓の上には、真っ黒でクリームのように泡《あわ》だった飲み物があり、見たことのない茸《きのこ》の料理が湯気をたてていた。アリーナのほうにだけ、盃《さかずき》と皿《さら》があり、カメレオンマンのほうには、何もない。

「さぁさ、おあがり。子猫ちゃんや。たんとおあがり」カメレオンマンは歌うように言う。「杯を取って、飲み物をお飲み。泡の消えんうちがええ」

「喉なんて渇《かわ》いてないわ」アリーナは小さな声で言った。できるだけ、少女らしく。

「飲みなされ」ゾッとするほど優しく、なだめるように、カメレオンマンは言う。

「いやよ」

「飲まぬと後悔《こうかい》するぞよ。たんと飲んで喰えば、ぼうっとして、いい気持ちになって、夢見ごこちのうちに、すべてが終わる」

では、これらは眠り薬のようなものなのだ。

娘たちはどうしただろう。アリーナは考えた。奇妙《きみょう》に親切なこの化け物の言うことを素直にきいて、痛い思いをせずに喰われたのだろうか。それとも、最後まで、抵抗《ていこう》を試《こころ》みただろうか。

カメレオンマンはずる賢《がしこ》そうに両目をきょろきょろさせながら、こちらの一挙手一投足《いっきょしゅいっとうそく》を残らず見守っている様子だ。

アリーナは舌で唇を湿《しめ》し、相手の瞳を見据《みす》えながらそろそろと手を伸ばし、盃を取った。顔に近づける。つん、と刺激的《しげきてき》な匂いがするが、不味《まず》そうではない。

アリーナは盃に唇を寄せた。

「いい子じゃ」カメレオンマンが満足そうにうなずいた。

……今だ！

アリーナは杯を投げつけた。カメレオンマンはハッとして、思わず舌を伸ばした。その半端《はんぱ》に開いた顎《あご》をめがけ、アリーナは食卓を蹴《け》あげ、全力で押しつけ、押し倒した。カメレオンマンが呻《うめ》いた。卓の下から、長々と床に伸びた舌がびくんびくんと跳ねた。アリーナは卓に飛び乗って、敵の躯《からだ》をぎゅうぎゅうと踏みつけにし、鞭を振るい、鋼鉄《はがね》の棘《とげ》で敵の舌を断《た》ち切った。

カメレオンマンが声にならぬ声を発すると、たちまち、暴れ狛犬たちが動き出した。一匹は前から、一匹は後ろから。躍《おど》りかかってくる前の一匹を見た瞬間、アリーナは本能的に頭を下げ、鞭を唸《うな》らせて、ほんの少し前まで自分の頸《くび》のあった空《くう》を薙《な》ぎ払った。革鞭が狛犬の剝《む》き出しの牙《きば》に絡まり、がつんと鈍《にぶ》い振動《しんどう》を伝えたが、アリーナは持ち堪《こた》え、そのまま棘《とげ》を使って喉元まで切り裂《さ》いた。血塗《ちまみ》れになった化け物は勢いあまって、前から来た相棒《あいぼう》に、もんどり打ってぶつかった。ぎゃん、と悲鳴、めきり、と骨の折れる音がし、黄金の獣《けもの》たちはくぐもった呻きを洩らしながら縺《もつ》れあってどさりと落ちた。

「なんだ、口ほどにもない」アリーナは哄笑《こうしょう》した。その途端《とたん》、左の肩口に痛みが走った。どちらかの狛犬の爪で、傷を負っていたのだ。

裂けた衣《ころも》の間から、鮮血《せんけつ》が噴《ふ》き出す。アリーナは思わず傷を押さえた。しゃらん、と鳴る音に振り向くと、カメレオンマンがいつの間に食卓を抜け出したか、こちらに錫杖を振り下ろすところだ。いばらの鞭の柄で、すんでのところで受け止めたが、おかげで肩の傷がひどく疼《うず》いた。アリーナは声こそあげなかったが、衝撃《しょうげき》のために膝《ひざ》をついてしまった。

「……いきのいい《いひのいい》、子猫ちゃんだ《ほえほひゃんや》」カメレオンマンは舌のない口から粘《ねば》る液体《えきたい》をしとど洩らしながら、ふしゅふしゅと嗤《わら》い、凄《すさ》まじい力で押してきた。「煮ても焼いても《ひへもはひへも》、美味かろう《うまかほほ》、ほ、ほ。ほうほう」

死んだかと思った狛犬たちも、よろめきながら、立ち上がりかけている。黄金のたてがみを振るって、意識をはっきりさせようとしているのが見える。じき、駆けつけてくるに違いない。『痛い目』はもう見たよ、ブライ。アリーナは思った。

あとは、勝つだけ。どうしよう?

だがカメレオンマンは、小柄《こがら》な体躯《たいく》からは信じられないほどの怪力《かいりき》を持っているらしい。不自然な恰好《かっこう》でぎりぎりと錫杖を押さえつけながら、にじり寄って来る。虫をピンで止めるように、アリーナを地面に固定したまま。

アリーナは全身をばねにして鞭を支えているが、両手の筋肉がわなわなと震《ふる》えだしている、もう持ち堪えられそうにない。なんとかきっかけを見つけて、体勢を変えなければ。

ふっ、と頭を過《よぎ》った。そういえば、ゆうべも似たようなことがあったな、という考えが。あの時は、驚いたし、相手がクリフトだったから、思わず反撃をしそこなったが。この相手ならば……今度こんなことがあったら……。

アリーナは、目をしばたたいた。勝ち誇ったようなカメレオンマンの顔が、すぐそばにあった。粘る液体をびしゃびしゃとアリーナの衣服にしたたらせながら。

「どうした《ろおひは》、子猫ちゃん《ほえほひゃん》」舌のない唇が、びちゃびちゃと喋《しゃべ》った。

「おねがいです」彼女はささやいた。「やっぱり、あの、飲み物を」

「それ見たこと《ほえいははほほ》……」

カメレオンマンは言い終わることができなかった。薄笑《うすらわら》いに相手の気がそれた瞬間、シュッ！　唇から気合いを迸《ほとばし》らせながら、アリーナは鞭を跳ねあげ、足を飛ばした。丈夫《じょうぶ》なブーツの、硬《かた》い革のつま先を、迅速《じんそく》に思い切り蹴り上げたのだ。

身の毛のよだつような叫び声をあげて、カメレオンマンは飛び退《すさ》った。

アリーナは、素早《すばや》く跳《と》び起きた。反転しながら、うっかり左手を突いてしまったので、傷に激痛が走った。だが、それでかえって意識が鮮明《せんめい》になった。よたつきながら走って来る暴れ狛犬どもの動きが、倍以上にゆっくりと見える。アリーナは鞭を撓《たわ》ませて、一匹目の脳髄《のうずい》を引き裂き、からだを返しざま、片手を手刀《しゅとう》にして、もう一匹の心臓を抉《えぐ》りだした。カメレオンマンが錫杖を槍《やり》のように構えて突進してくる。杖の先が突き出され、腹に喰いこむ直前、アリーナは松明《たいまつ》を取ってそれを跳ねとばし、倒れこみながら、鞭を唸《うな》らせて敵の腱《けん》を引き切った。どうと倒れたカメレオンマンの頭から、帽子が飛んだ。巨大な帽子の中から、真っ白い球《たま》のようなものが、いくつもいくつも転がりだした。それらはちょうど起き上がろうとしていたカメレオンマンの足をさらった。カメレオンマンは無様《ぶざま》にすっ転んで、頭を撲《う》った。転がったものは、髑髏《どくろ》だった。丹念に磨《みが》き上げられ、真っ白くつるつるな、あまり大きくない頭蓋骨《ずがいこつ》。それらは九つあった。カメレオンマンはあわててそれらを腕の内に囲《かこ》いこむ。いかにも大事な宝であるというように。

よじれた愛。

アリーナは吐《は》き気《け》を覚えた。

石の床に、放り出されたままの化け物の杖があった。アリーナはそれを拾った。

カメレオンマンは、血の跡《あと》を引いて這《は》いずり、髑髏を集めようとしている。アリーナがゆっくりと近づいてゆくと（錫杖が、しゃらん、しゃらんと鳴った）、カメレオンマンは振り向き、金属的な声でキイキイと啜《すす》り泣《な》いた。

「黒いものを飲むか？」アリーナは唇の端をゆがめて微笑んだ。「茸が欲しいか？」

「ああ……ピサロさま《いはおはは》……ピサロさま《いはおはは》……お助けください《おはふへふははひ》……へへほへほ」

「なにを言っているのかわからない」アリーナは、錫杖を振り下ろした。無雑作《むぞうさ》に。骨も砕《くだ》けよとばかりに。九度。

松明《たいまつ》を使って、狛犬二匹とカメレオンマンと、その錫杖を焼いた。

白いベールに九つの髑髏を包《つつ》み、肩に担《かつ》いで、森をたどった。

不吉な雲はいつの間にかどこぞに吹《ふ》き払われ、満月光があかあかと道を照らしてくれていたので、迷うことはなかった。

夜半、アリーナは教会にたどりついた。ブライとクリフトが待っていた。狛犬の爪に抉《えぐ》られた肩口を見ると、クリフトは貧血《ひんけつ》を起こしそうになったが、すぐに薬草を用意し、治療《ちりょう》をはじめた。

「ために、なりましたかな」傷を洗って手伝いながら、ブライが言った。

「なった」アリーナは顔をしかめた。「……ボクは……ボクは、世間知らずの未熟者《みじゅくもの》だった。こんな深手を負わされたのは、はじめてだ。世の中には強いやつがいるものだな」

男たちは目配せを交わしあった。姫ぎみもこれに懲りて、少しはおとなしくなってくれるか！　と。

だが、アリーナは、傷ついたほうの手を開いたり閉じたりしながら、遠くを見るような瞳で、低く呟く。

「まだまだ修業《しゅぎょう》が足りない。武器も防具もイマイチよくなかった。いくさは一撃必殺だ。最初の一手で確実に殺してしまわなければだめだ。複数の敵を相手にする時は、特に」

老魔法使いと神官は、みるみる情けない顔になった。

「……あのう……」

「それだけですか？」

「うん」アリーナは視線を戻し、ふたりに微笑みかけた。「そういえば、勝てたのはクリフト、おまえのおかげだ。感謝する」

「え？　そうなんですか」

クリフトはどぎまぎして、薬草を取り落とした。

「ああ。女の武器ってのは、実はけっこう有効かもしれないなってこともわかった。これからは、も少し、女ぶりっこの研究もしてみるつもりだ。協力しろよ、なっ！」

魔法使いと神官は、肩を落とし、深々とため息をついた。

「こんな大怪我《おおけが》をなさっても、ちっとも反省なさってないみたいですね。むしろ、逆効果《ぎゃくこうか》だったのでは」

「……むう。失敗じゃったな。考えてみれば、もっともじゃ。どんなに苦しい戦いだとて、勝てば少しも懲りはせんものじゃ。……やれやれ」

「なに、ブツブツ言ってんだよ」アリーナは両手を腰に当てた。「さっ、行くぞっ」

「えっ……あの、少し、お休みにならなくっていいんでしょうか」

「行く。フレノールでゆっくり休もう。村長たちに、もう逢《あ》いたくないんだ。北に抜ける道なら、見つけてある。行こう」

アリーナはすたすたと歩き出す。教会の床に、ベールの包みを残して。

なんだろう。丸いものがいくつかはいっているみたいだけど。クリフトは疑問《ぎもん》に思い、触《さわ》ろうとしたが、ブライが止めた。

「たぶん、おまえは、見ぬほうがいい」

「どうして」

「いや、じゃから、その、それは」

ブライがもごもご言い澱《よど》んでいると、アリーナが遠くから振り向いて声をかけた。

「来ないなら、ふたりとも置いてくぞ！」

「姫ぇ。行きますよ。待ってくださいよぉ」

クリフトはあわてて自分の荷を担《かつ》いで駆け出した。

だから、彼は見なかった。ブライがベールの包みに両手をあわせたことを。


そして、誰も知らなかった。

「アリーナ姫、か」

遠い異界の魔物の城で、その若き主人が呟いた声を。

「ひとの子には、いとも稀《まれ》なる花よ」

石膏像《せっこうぞう》のごとく硬質《こうしつ》な肌《はだ》。凍《い》てついた滝《たき》のごとく腰まで届く銀髪《ぎんぱつ》。美女にも見まがうほっそりとした顔には、切れ長でかすかに吊《つ》り上がった瞳が並び、遠見の水晶玉に浮かんだ地上の月明かりを映《うつ》して、皮肉そうに微笑んでいる。邪魔《じゃま》にならぬように肩のところで折り返した外套《マント》の裏地が鮮《あざ》やかな緋《ひ》色である以外、その装束《しょうぞく》はすべて、周囲の闇《やみ》に溶《と》けこむ、ぬばたまの黒。

とがった耳朶《じだ》に、爪月《つめづき》を象《かたど》った皇子《おうじ》の耳飾《ピアス》りが揺れる。髪が落ちかからぬように止めあげているのは、この世ならぬ金属——青味を帯びた銀色から燃える薔薇《ばら》色まで、めまぐるしく色を変えるもの——でできた額環《サークレット》。長い指には数多《あまた》の指輪《ゆびわ》が飾られている。

その手を振るうと、水晶玉の映像が消えた。妖魔《ようま》は両手を顎《あご》の下で組み合わせながら、ゆったりと玉座《ぎょくざ》にかけ直し、呟いた。

「花はもとより手折《たお》られるべきものだが、開花も待たずに、どぶに捨てることはあるまい」

それが、今は黄泉《よみ》の国に旅だったカメレオンマンの最期《さいご》の懇願《こんがん》への、答えであった。

「ピサロさま」帳《とばり》の外から声がかかった。「仮面の用意が、できましてございます。ジャコーシュどのが、今しがた届けて参りました」

「どれ。見せろ」

闇の内に、ひねこびた手が現れて、天鵞絨《ビロード》の台に載った仮面をうやうやしく差しだした。

それは黒鉄《くろがね》と黒い羽根《はね》と黒い宝石でできていた。濡《ぬ》れたように輝き、この上なき美と、恐ろしい死と、甘い復讐《ふくしゅう》の匂いをまといつかせている。狼《おおかみ》にも、梟《ふくろう》にも、外套《マント》を広げて嵐《あらし》を呼ぼうとする魔女の立ち姿にも見える造形《ぞうけい》であった。

妖魔の皇子はしばらく眺《なが》めた後、額環《サークレット》をはずすと、仮面を取り上げて、顔に当てた。それは第二の肌のように、彼の貌《かお》にぴたりと吸いついた。

「気に入った」皇子は北風の声で言った。「みなに伝えよ。今より後、我《わ》が名をデスピサロと改めると。この黒鉄の仮面こそ、余の貌《かお》と思えと」

「デスピサロさま……承知いたしました」

手の主が音もなく去った。

仮面の男はひとり闇の中に残った。

この仮面をはずす時は、と、彼は考えた。

新しい世界のはじまる時だ。

驕《おご》り高ぶり、地にはびこったむしけらども。この世を傷《いた》め、その財宝をただ無駄《むだ》に喰いつぶす、あの潰瘍《かいよう》のごとき人間どもを根絶《ねだ》やしにしてくれねば、真の調和は訪《おとず》れはしない。我ら魔族の夜明けは来ない。地上に安定は訪れない。

この仮面をはずすことができるようになった時。その時こそ。

俺《おれ》はまた、ひとりの若者に戻って、ロザリーと一緒になろう。

妖魔の瞳に炎《ほのお》が生じた。炎は燃え上がり、したたらんばかりに光ったが、仮面は涙を流さなかった。天の裏切者ジャコーシュの作った仮面には、その機能が、なかったのだった。

３　フレノール

休息のための野営《やえい》を経《へ》て半日、カメレオンマンにやられた肩口《かたぐち》の傷《きず》がうっすらと治りかけるころ、アリーナたちは、北の最果《さいは》て、フレノールの町にたどりついた。

フレノールは大陸の北の海、氷結海《ひょうけっかい》にほど近かったが、険《けわ》しい山々に囲まれているため、港は持っていない。晴れた日に丘にあがれば、波のかなた、ずいぶん近くに、もうひとつの大陸が、他国の町が、見えた。

古くはサントハイム王家の避暑地《ひしょち》であったとも言われている。山の作物とすがすがしい空気、それに、純朴《じゅんぼく》なひとびとが、北方地方の観光客《かんこうきゃく》らに愛される町であった。

終始薄《うす》ら暗い雰囲気《ふんいき》であったテンペと違《ちが》い、ここは町じゅうに花など飾《かざ》って賑《にぎ》わっている。角々には市も立ち、売り子たちの威勢《いせい》のいい呼び声が飛びかう。しごく小さな町だが、ひと通りは多い。狭《せま》い道にあふれんばかりのひとがひしめきあっている。

「すごい人出だなぁ」

「なんだかお祭りみたいですね」

「うむ。御城下でも、これほどの混雑《こんざつ》は滅多《めった》にみられぬなぁ」

男たちは堤燈《ちょうちん》の並んだ店先に椅子《いす》を出して昼酒をあおり、おかみさんたちは買物籠《かいものかご》を下げたまま甲高《かんだか》い声で立ち話に興《きょう》じ、こどもらは駄菓子《だがし》を片手に、はしゃいだ歓声《かんせい》をあげて駆《か》け回る。どことなく、町じゅうが興奮《こうふん》した様子だ。

「この賑わいでは、宿が取れますかどうか。いささか懸念《けねん》にございますな」

三人は、少々圧倒されぎみに、身を寄せあい、こそこそとささやき交わしながら歩いた。よそものを見ても、町のひとびとは特に珍《めずら》しがる様子もない。目が合えば屈託《くったく》なく笑いかけるし、果物《くだもの》や土産品《みやげひん》を勧《すす》めもする。

宿を探してゆくうちに、ひと際《きわ》大きな歓声が聞こえてきた。

「バンザーイ。姫《ひめ》さま、バンザーイ！」

「サントハイム王国、バンザーイ!!」

クリフトはアリーナを見た。アリーナはブライを見た。ブライはもしゃもしゃした眉《まゆ》をぴくつかせながら、声のしたほうを眺《なが》めやった。

その間にも、声はいっそう高まる。大勢のひとびとが、口々にサントハイムの姫を讃《たた》えている声が！

「お出ましか！」

「はじまったのねっ」

周囲がざわめく。男たちは酒代を置いて立ち上がり、おかみさんたちは血相《けっそう》を変えて駆けてゆく。

「もし」中のひとり、前かけに捏《こ》ねかけのパンの塊《かたまり》をくっつけたまま走り出した娘《むすめ》を、クリフトが呼び止めた。「いったい、なにごとですか」

「あーら、知らないの。この町に今、サントハイムのお姫さまが来てるの！」娘は言った。「離してよっ、早く、見に行かなくっちゃ!!」

その間にも、ひとびとは道いっぱいにあふれながら、押し寄せて来る。

人波にあらがうのをやめると、三人も自然と、声のほうに追いやられた。やがて、道は広場に出た。

木造の立派《りっぱ》な旅籠《はたご》の二階のテラス、広場の中心の噴水《ふんすい》を見下ろす場所に、金と赤の布が飾られてあり、そこに、ぴかぴかの王冠《おうかん》を頂《いただ》き、水色のふわふわした衣裳《いしょう》の若い娘が立っている。両脇《りょうわき》に白髭《しらひげ》の老人と、武装した騎士《きし》を従《したが》えて。ひとびとが声を嗄《か》らして王家と姫を讃えると、娘は、片手をあげて応《こた》えた。いとも優雅《ゆうが》な微笑《びしょう》を浮かべて。

「ああ、お姫さまとお近づきになりたい！」

すぐ耳元で、髪に花を飾った娘が、さかんに投げキッスを送りながら感極《かんきわ》まったような声をあげるので、アリーナはくしゃみでも我慢《がまん》しているような顔になった。

「ふーん。お姫さまっていうからどんなにきれいだろうって思ったけど、たいしたことないんだねえ」緑色の帽子《ぼうし》をはすかいに被《かぶ》った若者が言い、そばのアリーナの肩を無雑作《むぞうさ》に抱き寄せる。

「なぁ、ねえちゃん、あんたのほうが、よっぽどいいぜ。今晩どおお？」

「ぶ……」

無礼者《ぶれいもの》！

叫《さけ》びそうになったアリーナの口をクリフトとブライがあわてて押さえる。

「むー！　むー！」

「すみません、すみません」

「出してください。田舎者《いなかもの》だものですから、ひと酔《よ》いをしたのです。どうぞ通してください」言いながらブライは、肘《ひじ》でアリーナを小突《こづ》き、その耳にささやいた。「辛抱《しんぼう》なさいませ。こんなところで騒ぎを起こしてはなりませんぞ」

　アリーナは不貞腐《ふてくさ》れたが、瞳で、わかったわかったとうなずいた。ふたりは口からは手を離したが、両側からしっかりとアリーナを捕《つか》まえたまま歩き出した。

　泥よごれにまみれたままの男、こどもを肩ぐるました若い父親、ほとんど腰二重《こしふたえ》なる老婆《ろうば》と、よちよち歩きの孫娘など、さまざまな町のひとびとが、おしあいへしあい、広場を埋《う》めつくしている。中には、街灯《がいとう》に登って高みの見物を決めこんでいる利口者《りこうもの》もある。ひと目でも『姫ぎみ』を見ようと、さらにどんどんひとがやって来るので、なかなか抜《ぬ》け出すことができない。

「お姫さまたち、この町になんの用かしらねぇ」

「あれだよ。ほら。きっと、諸国漫遊《まんゆう》の旅ってやつ」

　好き勝手な噂《うわさ》が、耳をかすめる。

「ああ～。あたしもお姫さまになりたい。いつか、白い馬に乗った王子さまが迎《むか》えに来てくれるんじゃないかしら」

「んだんだ。まったくだ。おれっちも、白い馬に乗った王女さまさ、迎えに来てもらいてぇだ！」

「コロー。どこ行っちゃったんだよ。コロー」

「ええー、おせんにキャラメル。お姫さまの手形色紙《しきし》はいりませんか」

「サントハイム名物スライムの卵《たまご》。コップに入れて、水を加えて、三日間。誰《だれ》でも簡単に飼《か》えます、どんどん殖《ふ》やせます。あんまり大きくなりません」

「宿屋のご主人は、たいそう丁重《ていちょう》にもてなしておるそうじゃの。わしも少しばかりの貯《たくわ》えを差しだそうかのう」

「なんだい、おまえさん。そんなへソクリ、どこに隠《かく》していなさったかね！」

「コローやぁい。ねぇ、誰か。ぼくの犬、どこに行ったか知らない？」

「……ふう」

ようやく広場の端《はし》から、ひと通りの少ない脇道《わきみち》に抜け出した時には、三人とも、くたくたのボロボロであった。

「スライムの卵、なんてありましたっけ？」

「ボクは、手形なんて取られた覚えはないぞ」

「……初歩的な詐欺《さぎ》、でございますなぁ」ブライは乱れた白髪《しらが》を手で撫《な》でつけながら、可笑《おか》しそうに言った。「あのものら、いったい、どんなつもりで身分を詐称《さしょう》しておるやら、さほど根の深い企《たくら》みとも思えませぬが。よろしゅうございましたな、アリーナさま。サントハイムの姫ぎみの、絶大なる人気のほどを測《はか》ることができて」

くったって」

「ふん」アリーナは鼻に皺《しわ》を寄せた。「要するに、みんな誰だっていいんじゃないか。ボクじゃな

「放ってはおけませんよ。あれらが問題を起こさぬうちに、捕まえて、なんとか懲《こ》らしめてやらなきゃ」クリフトは街角の看板《かんばん》のつややかな表面を鏡にし、自分を映して、神官帽子《しんかんぼうし》の傾《かたむ》きを直していたが、ふと、その看板の文字に目を止めた。「あ、薬草店だ。ちょうどいい、少し買い足しておきたかったのです。寄りますよ」

「おるかの。見物に出ておるかもしれんぞ」

ブライは懸念したが、扉《とびら》を叩《たた》いてみると、いらえがあった。クリフトは扉を開けた。

「ごめんくださぃ」

「はいはい、ちょっと待ってくださいよ」

店の中は洞窟《どうくつ》のように薄暗《うすぐら》かった。木床《きゆか》は足を下ろすと低く呻《うめ》き、空気はひっそりと冷たかった。灯芯草《とうしんそう》のとぼしい灯《あか》りに目が慣れると、素朴《そぼく》な調度、粗い手織《てお》りの壁掛《かべか》け、筵《むしろ》を敷《し》いた褥《しとね》が、そして、小さな卓《たく》に向かいあって将棋《しょうぎ》に興じているふたりのホビットが、見えた。

「すみませんね。いま、いいところなんで」赤い帽子のホビットが言った。「ええと……この手が、こう来て、こう打つと……」

「早くしな、兄弟。たまのお客さんだろ」

もう一方は青い帽子を被っていたが、違うのはそこだけで、あとはふたりは、互《たが》いにみごとにそっくりであった。

長い鈎鼻《かぎばな》、飛び出した耳。瞳はこどものように大きくきょときょとよく動くが、皮膚《ひふ》は皺だらけで老人めいている。肩の肉がもりあがり、胸も厚く、上半身はたくましいのだが、脚《あし》はちぢこまって細く、高からぬ椅子にかけていても床まで充分《じゅうぶん》に届かない。靴《くつ》ばかりが、いやに大きくて、不恰好《ぶかっこう》だ。

その莫迦《ばか》でかい靴をぶらぶらさせながらじっと考えこんでいた赤帽子が、とうとう駒《こま》を動かした。

「……よしっ。これでどうだ！」

「へっへっへ。もらった！」と青。

「わぁ、しまった！　待った、待った」

「待ってもいいが、もうおめえの負けと決まってるぞ。さっさとお客さんの相手をしてきな」

赤帽子はブツクサ言いながら、椅子を飛び降りた。重そうな靴をぱたんぱたんと鳴らしながら、愛想《あいそう》のいい顔を作って、三人のほうにやって来た。

「へいへい、お待たせしました。なんでがしょう？」

「怪我《けが》や疲労《ひろう》に効《き》く薬草を処方《しょほう》してくれるか」クリフトは聞いた。「束《たば》で欲しい。値にもよるが」

「へいへい。勉強しときやすです」

ホビットは踏《ふ》み台を運んで、薬戸棚《くすりとだな》の前に置き、腰《こし》から鎖《くさり》につないだ鍵束《かぎたば》を取り出して、次々に引き出しを開け、干《ほ》し草《くさ》や乾燥果実《かんそうかじつ》、穂《ほ》や根っこなどを選んだ。

「キーダ・ブーケ、鎮痛《ちんつう》と化膿止《かのうど》めはこいつでようがしょう。アナマンの実も加えれば回復が早い」

「そこに見えた香草《こうそう》は、エイコックじゃないか？　汚《けが》れをはらい、血のめぐりをよくするという」

「おっと、お客さん、素人《しろうと》じゃないね」ホビットは耳をぴくぴく動かした。「エイコックを知っておられるとは驚《おどろ》いた。こうなりゃ、おまけだ。ちっとだが、ジョゼッポの粉末《ふんまつ》もつけちゃう。値打ちもんでがすぜ。バトランドって遠国の天然もんでね、刀傷《かたなきず》にゃあ、この上はないって妙薬《みょうやく》なんだが、滅多《めった》に手に入らないんでさぁ」

「ありがたい。それで、幾《いく》らになるね」

「五の、七の……十八ゴールドのところだが、十五にまけときやしょう」

「さっき戻したピナナスとブローニュを足して二十にしてくれないかな」

「えーっ、参っちゃったなぁ、見てたんですかい？　でも、ありゃ、もうあと十はもらわないとあわねぇよ」

「そうか」クリフトは片目をつぶった。「ちなみにな、ポーンでクィーンを取れば、そなたの王手《チェックメイト》だ」

「ええっ？」青帽子は目を白黒させた。「てへっ、ほんとだよ。……まいったなぁ」

「こいつはかたじけない。助かりました」赤帽子は将棋板《チェスばん》を振り返って笑い、薬草を包み出した。

「それじゃあ、二十でさしあげやしょう。ついでと言っちゃあすいませんが、どうぞ、お茶でもあがっていきなされ」

ホビットの茶は不思議《ふしぎ》な香《かお》りがして、ぽかぽかからだが温まった。青帽子は鼻歌を歌いながら巧《たく》みに料理をして、振るまってくれた。よもやま話にくつろぐうちに、夕暮れてきた。

「ああ、金色だ」窓を見ながら、赤帽子は目を細めた。「むかしゃあ、あの山から流れてくる沢《さわ》で、金ぴかの砂《すな》がいっぱい取れてね。金そのものじゃあなかったらしいが、なんとかすれば金になるんじゃないかってんで、大勢の人が集まって、このあたりは錬金術《れんきんじゅつ》やら、黄金細工《おうごんざいく》やらで、たいそう鳴らしてたんですとさ。中でも、なんとか言う名人がこさえた、黄金の腕輪《うでわ》ってもんが、一番のお宝だった。だけんど、そのお宝には、なんかの呪《のろ》いがかかってたそうで、そいつがあるばっかりに争いが絶《た》えなくって、とうとう、偉いお坊さまが、南の洞窟《どうくつ》に封《ふう》じこめっちまった」

「以来、何百年」と、青帽子が引き取る。「金ぴかの砂も取れなくなり、町にも昔《むかし》のおもかげはなくなった。けんど、洞窟には、伝説を聞いた盗人《ぬすっと》が、何度も押しかけたそうです。誰ひとり戻ってこなかった。お宝にひかれて集まってきた、闇《やみ》の亡者《もうじゃ》たちに、取り殺されたんだって、もっぱらの噂でがんすよ」

「黄金の腕輪、とな」ブライは顔をしかめた。「不吉な響《ひび》きじゃ」

「そおお？　いにしえの宝の眠《ねむ》る洞窟、なんて、わくわくするじゃないか」とアリーナ。「行ってみたいなぁ」

「いけません」

「なんで」

「いや……その、呪いかどうかはわかりませんが、……なにやらこう、そのことばを聞いた途端《とたん》に、背筋がゾクッとしましたわい」

「わたくしも同じ感触《かんしょく》を持ちました」クリフトがうなずく。「奇妙《きみょう》なことです。あるいは、それこそ、あの偽者《にせもの》たちと、何か関係が……？」

「にせものってなぁ、なんのことでがす？」青帽子が尋《たず》ねた。

「いやいや、こちらの話」クリフトの足を踏んでおいて、ブライが立ち上がる。「すっかり長居《ながい》をして、お邪魔《じゃま》してしまった。そろそろ、おいとまつかまつりまする」


引き止めるホビットたちから薬草の包みを受け取って、三人は広場に戻った。

姫ぎみたちが顔を見せなくなったためか、さすがの人だかりもどこかに消え失《う》せ、行き交うものたちが通りすがりに二階を見上げては、興味深そうにささやき交わすばかり。

「出立《しゅったつ》してしまったのでしょうか」とクリフト。

「いや、それならば、それらしい騒ぎが、あの店までも聞こえてきたろう」ブライは考え深げに首を振る。「それ、灯りが見える。おそらく、あのあたりの部屋におるのじゃな」

「忍《しの》びこもう」アリーナは拳《こぶし》を固めた。「あいつらは、嘘《うそ》つきだ。ボクや父上に忠誠《ちゅうせい》を誓《ちか》うひとびとを笑《わら》いものにした。許せない。ぎゅうぎゅうに締《し》め上げて、正体を白状させてやるっ！」

「姫さま、姫さま、あまり、手荒な真似《まね》は」クリフトははらはらと止めだてをした。「なにせ、ほんものが、ナマジこういうかただとバレてしまっては、のちのち余計に厄介《やっかい》に」

「どういう意味だ」

「これこれ。内輪揉《うちわも》めしておる場合ではありませぬぞ。少なくとも、何のためにかのごとき虚偽《きょぎ》を申し立てておるかは、確かめたほうがよさそうじゃ」

「よし」アリーナは強く光る瞳でクリフトを振り返った。「止めるなよ、クリフト。せめて一発は殴《なぐ》らせろ」

「どうぞ、お手やわらかに」クリフトは肩をすくめた。

宿屋の戸口は、幸い、鍵をかけてはいなかった。細目に開けた扉の隙間から、三人は、そおっと顔を出してみた。背の高さのために、上から順に、クリフト、アリーナ、ブライ。

「っ！！」

三人は驚いた。いきなり目の前に、巨大な熊《くま》が現れたのだ。

「がっ!!」

「ていっ」

「むぎゅむぎゅっ」

クリフトはよろけてブライにつまずき、ブライはバランスを崩した拍子《ひょうし》に、うっかりアリーナのお尻《しり》に触ってしまって、すかさず膝蹴《ひざげ》りを喰らい……気がつくと、三人雪崩《なだれ》をうって、ずっこけてしまっていたのであった。

「……しっ！」

「しーっ！」

あわてるまでもなかった。この騒ぎにも、熊はまばたきひとつしない。熊の目玉はガラス球《だま》、そいつは剝製《はくせい》だったのだ。

よく見れば、スキーを履《は》き、毛糸の帽子を被り、手袋を塡《は》め、『おいでやす♡　フレノール』などと書かれた看板を持たされているではないか。

「悪趣味《あくしゅみ》」アリーナは膨れた。「こんなセンスだから、この町のやつら、ほんものとにせものの区別もつかないんだよっ」

「しっ。行きましょう」

三人はしゃがみこんだまま、熊の向こうの植木鉢《うえきばち》まで走った。

「はい、並んで並んで。順番にね。この線から出ちゃいけないよ。はいはい、プレゼントはこちら。お手紙も預かりますよ」

しおから声で言っているのが、おそらく宿屋の主人だろう。堂々たる体軀《たいく》に、気取った正装。銅《どう》色の髪を、てかてかと撫でつけているが、あまり似合《にあ》っていない。よく陽《ひ》に灼《や》けた赤ら顔をしているところをみると、ふだんは、宿の管理よりも畑しごとに精《せい》を出しているのかと思われる。

彼は、正面階段の前に陣取《じんど》り、両手を広げて通せんぼをしている。部屋いっぱいにひしめいた老《ろう》若男女《にゃくなんにょ》種々さまざまな町のひとびとを、必死でなだめているのだった。

「お願い、この花束《はなたば》をさしあげて」

「おらっちの焼いたケーキをお渡ししてくんろ」

どうやら、みんな、にせものとも知らず、お姫さま目当てに集まって来たらしい。

「あのう、うちの坊やに、祝福《しゅくふく》を賜《たまわ》れませんかしら」

「遠くの孫に、是非《ぜひ》、サインをもらいたいんだけんど」

「ひと目だけ。ひと目だけでも、ご本人におあいしたい」

おずおず尋ねる若いお母さんやら、ひとに押されて、いまにも倒れそうなご老人もいたが。

「すみませんがね」通せんぼ男は、チッチッと指を振った。「あいにくながら、本日は、もうどなたもお通しできませんよ。お姫さまだって、長旅でくったくたでらっしゃるんですからね。あたしもね、もう、ほら、聞いてくださいよ。♪あ〜〜、あ〜〜。ね。声が嗄《か》れっちまいましたでしょ？　さぁさ、みなさん、プレゼントを置いたら、とっとと帰ってくださいよっ」

失望の声があがり、ざわざわと人が動く。なかには、通せんぼ男の隙《すき》を見計《みはか》らって、ダッと駆け上がろうとするものもいるが。

「ちょっとちょっと」たちまち服の端をふんづかまえられる。「上はだめ。なにしろ年頃のお姫さまがお泊《と》まりなのですからね。どなたさんも、これより上はご遠慮《えんりょ》くださいよっ。無茶をして、おつきの騎士さんに切られたって知りませんからね。いいですねっ」

叱《しか》りつけられては、すごすご戻って行くしかない。

「いやはや、ほんとにすごい人気ですねぇ」クリフトはまんざらでもなさそうだったが、

「当たり前だ、感心するなっ」アリーナは耳まで真っ赤になっている。「それにしても、ひとの名を騙《かた》って、ぷ、ぷ、プレゼントなんてもらってやがるとは。ふとどきな！　許せんっ！」

「やはり、旅は隠密《おんみつ》に限りますのう」ひとりうなずくブライ。「どこに行ってもこの調子じゃあ、面倒《めんどう》でしょうがないわいな。……しかし……この様子では、ご亭主《ていしゅ》に正面きって頼んでも、どう言いくるめても、とても二階にはあげてもらえそうにありませぬな」

「よし。窓でも破って押しこもう」

「姫さま。ずいぶん嬉《うれ》しそうですね」

「それ、今のうち。あのひとびとにくっついて、ここを抜け出してしまうがよさそうじゃ」

プレゼントを託《たく》し終えて、がっかり顔に出てゆくひとびとの後について、いったん宿屋を出た三人は、素早《すばや》く裏庭《うらにわ》に回った。

うまい具合に、生《い》け垣《がき》でおもて通りから目隠しされているところを見つけた。ただし、二階の窓は、ずいぶん高い。

「よしっ。クリフト、台になれ」

アリーナは壁に両手をついたクリフトの肩を蹴って跳《と》びあがり、身軽に庇《ひさし》に取りついた。

「だいじょうぶですかぁ？」

「うん。なんとかなりそうだ……ちょっと待てよ」

懸垂《けんすい》の要領《ようりょう》でからだを引きあげ、どうやってクリフトらを引き揚《あ》げてやろうかと振り向いた、その途端。階段のあたりでけたたましい騒ぎがあがった。

サッと窓辺《まどべ》に隠れたアリーナのからだのすぐ脇《わき》を、見るも怪《あや》しげな黒装束《くろしょうぞく》の男たちが四五人《しごにん》、細剣《レイピア》で追いすがった町人を切り払いながら、駆け抜けてゆくではないか！

「誰かーっ。くせものっ、くせものだ——っ!!」

宿屋の主人が階段をまろびあがりながら叫んでいる。腕を切られたらしく、赤く染まったところを片手で押さえている。

「姫さまっ、どうしましたっ、なにごとですっ!!」

下でクリフトがあわてているが、

「賊《ぞく》だ。出口を固めろ！」

小声に言い返す間もあらばこそ、懐《ふところ》のいばらの鞭《むち》をつかみながら、アリーナは窓枠《まどわく》を越えて、ひらりと中に飛びこんだ。廊下《ろうか》の突きあたりの部屋から、娘の悲鳴、剣戟《けんげき》の響き。低い怒号《どごう》。

「くそっ、なんだってんだ？」

アリーナが駆けつけた途端、部屋の扉が乱暴に蹴り開けられた。

ぬっと立ちはだかった相手に、アリーナは思わずあっけに取られ、息を呑《の》んだ。

それは、またしても悪趣味な剝製《はくせい》かと、錯覚《さっかく》したくなるような大男だった。

腰をかがめているのに、頭が天井《てんじょう》にくっつきそうだ。肩も首も、腕も、鎧《よろい》のような筋肉で覆われている。毛深い胸に、何かの獣《けもの》の牙《きば》をひとつ、革紐《かわひも》に通してぶら下げている。とっさには鮫《さめ》の歯かと思ったが、この男の大きさからすると、ベンガルの牙かもしれない。

ごく短く刈《か》られた髪、落ちくぼんだ眼窩《がんか》、無骨《ぶこつ》な鼻や顎《あご》の線は、どこかしらこどもっぽかったが、その瞳の光は剝《む》き出しの刃物のよう。

「いやっ、いやっ、離してっ」か細い声をたてているのは、水色の服の娘、例のにせの姫。巨木ほどもある腕で、脇に抱《かか》えこまれながら、必死にもがいている。「ああっ、……誰か。助けて、助けてっ」

その声に、アリーナは我《われ》に返った。

「動くな！　その子を離せ！」

低く腰を落とし、鞭を構える。雲つく相手を、果敢《かかん》にも睨《にら》みあげる。

だが、大男ひとりでも強敵に違いないのに、さらにその後ろから、さっきの黒装束の男たちが現れた。黒覆面《くろふくめん》の下で、くすくすといやな感じの笑い声を洩《も》らしながら、音もなくアリーナの周囲を取り囲む。

「メイっ！　……いや、姫さま、姫さま！」

部屋の中から年寄りらしい声がする。バタバタと床を蹴っているのは、椅子にでもいましめられているのだろうか。

「どけ、小僧《こぞう》」大男が笑った。乱《らん》ぐい歯が見えて、ますます童顔《どうがん》になるのが不気味である。「おまえには用はない」

しゃっ！　細剣《レイピア》がすべて、きっ先をアリーナに向けて静止する気配。

アリーナは大男から眼を離さなかった。掌《てのひら》に汗《あせ》を感じる。

無理だ。ひとりでは。とても無理だ。

だが、やつだって人間だ。なんとかすれば……うまく隙をつけば……。

「よせ」大男は顔をしかめた。アリーナの殺気を感じたのだろうか。「鞭を離せ。手を下ろすんだ。すぐに！」

それでもアリーナが動かずにいるのを見ると、男は拳を振り上げた。

「逆《さか》らえば、姫の生命はないぞ！」

ビュッ。風切る音。男の拳が、抱えた娘の眉間《みけん》を砕《くだ》いた……！　……と見えたが、寸前《すんぜん》で止められている。にせものの姫のからだが、ぐったりと弛緩《しかん》した。気絶してしまったのだ。

拳は、娘の顔ほども大きい。あんな拳骨《げんこつ》で殴られれば、確かに、彼女は即死《そくし》するだろう。

このボクの身代わりになって……！

アリーナは奥歯を噛《か》んだ。

「わかった」肩の力を抜き、鞭を投げ捨てた。「だが、頼む、その子を放してやれ。なんなら、代わりにボクを……」

言い終わらぬうちに、後頭部に衝撃《しょうげき》が走った。

……ちくしょう……やりやがったな！

膝《ひざ》が折れ、床に顔がぶつかった。その顔のすぐ横を、いくつもの靴が走り抜けた。意識を取り戻した娘の泣き叫ぶ声が、何重もの谺《こだま》を引きながら、アリーナの耳に届くが、次第次第に遠くなる……。

昏《くら》い眠《ねむ》りから目覚めた時、アリーナは、クリフトが青白くこわばった顔つきで、自分の上にかがみこんでいるのを知った。その瞬間、起こったことがらを思い出した。死なななかったのだ。だが、あの、水色の服の娘は……。

「どうな……！　……っつ……！」

声を出し、上体を起こした途端、脳が爆発《ばくはつ》した。アリーナは両手で頭を抱え、呻きながらうずくまった。

「まだ起きてはなりません」クリフトが手を貸して、もう一度横たえてくれた。「ああ、良かった。意識《いしき》が戻ったのですね。痛みますか。……吐《は》き気《け》は？」

「……あの子はどう、した……あ、あれから、どれくらい、たったんだ……？」少しでも楽になれる姿勢を探そうともがきながら、アリーナは尋《たず》ねた。

「まだ三刻《さんこく》ばかりです。賊《ぞく》どもは、隣《となり》の家の庭に馬を隠していました。我《われ》らも、町のかたがたも、手分けして追いかけましたが……」

「逃げられたのかっ！　ばか！　ぐぐっ……なぜ、おまえらはっ……あたたた……」

「興奮しないでください」

もがくアリーナの脈《みゃく》を確かめ、まぶたをめくってみながら、クリフトは淡々《たんたん》と答えた。そして、どこからともなく、グラスを取り出し、アリーナの唇《くちびる》にあてがう。

「飲んでください。噎《む》せないように、ゆっくりですよ」

アリーナは唸《うな》ったが、おとなしく口をつけた。それは冷たく、甘く、喉《のど》に優しかった。

美味《うま》いじゃないか。

目で言うと、クリフトはにっこりと笑い、注意深くグラスを傾《かたむ》けた。

アリーナは片手でクリフトの手を押さえながら、静かに飲み続けた。

「だいじょうぶであんすか」どこかで聞いたような声がした。

「ええ」クリフトは、よそゆきの、医者らしい声で答える。「おそらく、柄《つか》のほうで撲《う》たれたのです。外傷はありませんし、吐かないようですから、たぶん、だいじょうぶでしょう」

「ああ……そいつあ良かった……」

近くに、よそのやつらもいるんだ。にせものがどうのこうのって、話はまずいな。

アリーナは飲み物を啜《すす》り続けながら、眉をあげてあたりを見回してみた。

クリフトの脇で心配そうにしているのは、昼間のホビットのひとりだった。両手で胸に握《にぎ》りしめている帽子は赤い色だ。アリーナと眼があうと、泣き笑いのような顔をした。アリーナは胸の中が、うねるのを感じ、微笑《ほほえ》み返した。

彼は、ボクが姫でなくとも、心配してくれてる。

寝台《しんだい》のそばには、青帽子のホビットと、宿屋の主人もいた。みなアリーナを見ると、励《はげ》ますようにうなずいてくれる。

アリーナがグラスを空《から》にするころには、部屋の隅《すみ》で相談をしていた、ブライと、別の老人と騎士……あのにせものの姫のおつきをしていた男たち……も、呼ばれてやって来た。

「とんだ迷惑《めいわく》をかけてしまった」老人は泣き腫《は》らしたような眼《め》をしょぼつかせながら、頭を下げた。

「聞けば、我が姫と同じほどの年頃の娘さんであられるとか。あなたは、なんと勇気のあるおかただろう」

「かたじけない」騎士も片膝を突き、頭《こうべ》を垂《た》れる。「我らが、油断したばっかりに……我らの姫のために」

「いやいや。国民として、当然のことをしたまでですよ」と、クリフト。

アリーナは笑おうとしたが、うまくいかない。痛みが遠退《とおの》いたかわりに、脳がぼうっと痺《しび》れたようで、眼の焦点《しょうてん》もさだまらない。飲まされたもののせいらしい。

「何か、お礼をさしあげられればよいのだが」と、老人。「今、ブライどのと話しておったのだが、あの賊ども、どうも姫のお生命を狙《ねら》ったわけではないらしい。いずれ身代金《みのしろきん》を要求されるのではないかと思う。よって……そのう」

「そんな気遣《きづか》いは無用じゃと申したではありませんか」と、ブライ。「困っているひとを見れば、助けるのが人情。うちの孫娘には、日頃から、そう教育してあります。のう、そうじゃな?」

不器用に片目をつぶるブライに、アリーナはなんとかうなずいた。

ブライたちは、まだ、にせものたちをとっちめてないらしい。

それでいい、とアリーナは思った。

「……助け……よう」まわらない舌で、アリーナは言った。「あの子を……きっと……助け……てやろうな」

それから、絶対、一発殴ってやるんだ。もちろん、絶対に、気絶なんかしないくらいに、ちょびっと、だけど。ちゃっかりひとの名前を騙《かた》ったりするから、ひとの身代わりに、ひどい目にあったりするんだぞ。思い知れ。莫迦野郎《ばかやろう》。

ああ、ちきしょう。まぶたが重い。

「おやすみなさいませ」クリフトがそっと毛布を直す。「今はゆっくり、休まれることです」

「……ん……寝る」

アリーナは素直に眼を閉じ、たちまち、すやすやと寝息《ねいき》をたてだした。

男たちはホッとして、寝台を離れた。

アリーナが横たわっているのは、宿屋でいちばん立派な部屋、さらわれた姫のために整えられた寝床であった。続き部屋は、従者たちの居室《きょしつ》にあてられている。みなはそちらに移った。そこには、簡単《かんたん》な食事の用意があった。

「それにしても……あれらはいったい、何ものなのでしょうね」

ぐったりと椅子にかけながら、クリフトは両手でこめかみを押さえた。ずっと神経を張り詰めていたので、アリーナの無事《ぶじ》を見届けた途端に、疲《つか》れが出てきたのだった。

「そもそも、いったいぜんたい、何だってまた、お姫さんをさらったりしたんでがしょうねぇ？」

と、赤帽子のホビット。

「そりゃおめぇ。お姫さんともなると、悪いやつに狙われっちまうもんなんだよ」と、青帽子。

「昔《むかし》っから、そういうもんだろ」

「へー、そうかね」

「この町のものじゃなかった」宿屋の主人はきっぱりと胸を張った。「あんな大男、今まで、見たことありませんよ。フレノールには、王さまにたてつくような、けしからんものは、ただのひとりだって、おりませんよ！　ほんとですよ！」

「しかし、ご亭主」ブライは髭《ひげ》をひねりながら、じろりと睨む。「町ぐるみ、心尽《こころづ》くしの歓待《かんたい》は結構だが、くせものを侵入《しんにゅう》させ、姫をさらわれた罪《つみ》は、それで軽くなるものでもないのではないかな？」

「とほほほほほ」宿屋の主人は、しおしおとからだをちぢこませた。「やっぱり？　ああ。あっしゃあ、縛《しば》り首にでもなるんでしょうか？」

「やもしれぬ。覚悟なされよ」

「なに意地悪《いぢわる》を言ってるんですか」クリフトは苦笑した。「けして、そんなことにはなりませんよ。あなたは、なにしろ、姫ぎみを守ろうとして、怪我《けが》までなさったんですからね」

その治療《ちりょう》をも、クリフトがしてやったのだが。

「忠義者《ちゅうぎもの》じゃ」にせもの老人は、あくまでもっともらしくうなずく。「案ずるな。いずれ、城に連絡して、褒美《ほうび》をとらす」

「そ、そう言っていただけますか？　ああ、感謝いたします」

宿の主人は、老人の手をおしいただいて、さかんに接吻《せっぷん》をする。

「…………」

「…………」

ブライとクリフトが、複雑な表情を見交わしあった、その時である。

「すみません、旦那《だんな》さま」

宿屋の手伝いをしている娘が、戸口に立って、声をかけた。

「このこどもが、なにやら知らせがあると申すのですが」

「なにっ」

「知らせ？」

気色《けしき》ばむ男たちにドギマギしながら、町の少年が、肩を押されて、入ってきた。

「さっき、犬のコロが、こんな手紙を咥《くわ》えてきたんだ。読んでみるね。『ハタゴの主人たちへ。ヒメをかえして欲しくば、三日後の夜、この村の宝、オーゴンノウデワを、村のハカバまで持ってこい』……何だろ、これ？」

「黄金の腕輪だって……！」赤帽子のホビットが叫ぶ。「驚いたな。ねぇ、旅のかた。ついさっき話題にしたばかりのあれですよ！」

「むう。どうやら」ブライはコキコキと首を鳴らした。「いやな予感が当たったらしいのう……」

クリフトは焦《じ》れた。

くさりかたびらの纏《まと》いかたぐらいは知っているつもりだったが、ひとりで身につけるのは、思いのほか難儀《なんぎ》だった。絹糸《きぬいと》のように細くした金属で鱗状《うろこじょう》に編まれたかたびらは、非常に軽いが、やはり布とは違う。からだに合わぬのか、慣れないためにそう感じるだけか、どうもうまくなじまないようで、あっちこっちひっぱってみるたびに、ぞっとするほど冷たい。

城では、誰かが武装するような時には、従者らが何人もで手伝ってくれる。だから、あんなにたくさんの武具《ぶぐ》を短時間のうちに装着することができたのだろうと、この時はじめて、彼は思い知った。ひとりきりでは、たかが、くさりかたびらひとつでも、ひどい手間である。

ようやく、あまり納得《なっとく》のいかぬままに、背中の紐《ひも》をしめ終えた時には、うっすらと汗をかいてしまっていた。

王家の紋章《もんしょう》の刺繍《ししゅう》のある薬草入れを腰に結《ゆ》わえ、買い求めたばかりの鉄《てつ》の槍《やり》を肩にもたせかけて……クリフトはそっとため息をついた。恐怖《きょうふ》なのか。嫌悪《けんお》なのか。灰《はい》色の雲が、胸に、わだかまっている。

だが、廊下《ろうか》の端の豪華《ごうか》な部屋で、夢のない眠りの中にあるだろう主君の姫のことを考えれば、やはり、行かぬわけにはいかないという気がした。撲たれて床に昏倒《こんとう》しているアリーナの姿を見つけた時の、あの、心臓《しんぞう》の凍《こお》る絶望《ぜつぼう》からすれば、この不安など、ずっと小さい。ぐずぐずして機会を逃《のが》し、拭《ぬぐ》えぬ悔《く》いを残すよりも、するべきことがあるほうが、よほど幸福ではないか。

神官帽子の曲がりを直し、歩き出そうとした、その時。

「ブライさま!」

「勇《いさ》ましいいでたちじゃな」衝立《ついたて》の陰から、小柄《こがら》な姿が歩み出て来た。「なかなか似合うぞ」

「じゃが、そんなたいそうな装《よそお》いを凝《こ》らして、いったいどこに行こうというのだね。こそこそと、人目をはばかりおって、盗人《ぬすっと》みたいに」

「そうです。わたくしは、盗人になりに行くのです」クリフトは顔を赤くした。「南の洞窟に入って、きっと黄金の腕輪を手に入れて参ります。……しからば、ごめん。姫さまをお頼みしますぞ」

「待て」ブライはクリフトの槍の尻《しり》をつかんで引き止めた。

「お離しください」振り解《ほど》きながら、睨みつけようとして、クリフトは目を見張った。

ブライが、胸元から、なにやら面妖《めんよう》な道具を出してみせたからだ。刺繍《ししゅう》の袋をはずすと、それは象牙《ぞうげ》色に輝く異国の武器ではないか。

「ブーメランと言うのじゃと」ブライは笑った。「年寄りには、あんまり重たい武器は向かんと抜かしおっての。あの我利《がり》我利《がり》亡者《もうじゃ》、三百五十ゴールドもぼりおった」

「あっ、噴水脇の武器屋でしょう！　わたくしもさんざん嫌味《いやみ》を言われましたよ。いかにも切れあじの良さそうな広刃《ひろは》の剣があったので、欲しいと言ったのですが、相当の腕の者にしか使いこなせぬ、素人《しろうと》はこのへんが妥当《だとう》だとか……」

言いかけて、クリフトは黙《だま》りこんだ。ブライの憎《にく》めぬ笑顔に、ついつられてしまった自分が口惜《くちお》しい。

「素人、と言われたか」ブライは頭を振り振り、不器用に武器を袋に収めた。「ま、しょうがないのう。お互い、泥棒《どろぼう》が本職というわけではないし。いくさをするために生まれついたごとき我が姫さまと比べても、圧倒的に頭脳派《ずのうは》じゃしの」

憮然《ぶぜん》としているクリフトの背をぽんと叩き、ブライは先に立って行って、扉を開け、振り返った。

「しかしクリフト、けったいじゃと思わんか」

「けったい、とは？」

「頭脳派にしては、じゃよ。怪力《かいりき》のひとさらいどもが、自分らで行くのも恐れる洞窟になんぞ、のこのこ出かけて行くなど。まったく！　大莫迦、大たわけもいいところじゃろうが。ふたり力を合わせて、やっとなんとか、なるかしらん、なったらいいなぁ、なって欲しいなぁ……と、まぁ、そういった謙虚《けんきょ》な姿勢で出かけて行くぐらいの気持ちでいたほうがいいんじゃあないかな、ああん？」

かくして、勇猛《ゆうかん》なれど真実サントハイムの姫であるアリーナを宿に残し、痩《や》せた若者と枯《か》れた老人のふたりは、少々自暴自棄《じぼうじき》ぎみの荒々しい足取りで、一路、南の洞窟へと急いだのだった。湖畔《こはん》を抜け、平原を渡り、森を越えるまでに一日が費《つい》やされた。とうとうたどりついたなだらかな荒れ地の真ん中に、土砂崩《どしゃくず》れの跡らしい草の根づかぬ断層《だんそう》があり、回りこんでゆくと、洞窟の入り口が見つかった。

それはまるで、地中深く隠れうずくまった巨大な獣《けもの》の、ぽっかりと開いた顎《あぎと》のように見えた。おそるおそる近づいて、のぞきこんで見ると、中は掛値《かけね》なしの真っ暗闇。かねて用意の松明《たいまつ》をさし入れてみると、下方向に折れ曲がって、すぐに先が見えなくなっている。小柄なブライはともかく、クリフトはまともに立っては歩けないだろう。足場は瓦礫《がれき》、壁はいまにも崩れ落ちてきそうな岩である。人の手が加わっているようには見えない。ただの自然の洞窟のようだ。

ほんとうにこんなところに黄金の腕輪があるのだろうか。

ふたりは、顔を見合わせた。

「姫さまなら」クリフトは無理に微笑んだ。「喜んで、どんどん入って行かれたでしょうね」

「わぁい、冒険《ぼうけん》だ冒険だとおっしゃって、止める間もなく、な」

「ブライさま、どうぞお先に」

「いやいや、そなたこそ」

しばらく揉みあったが、結局、松明《たいまつ》を持ったクリフトが先に行くのが順当だろうということになった。

鉄の槍と松明《たいまつ》に両手を塞《ふさ》がれ、苦労しながら、クリフトは、そろそろと、岩階段を降りていった。時には、肘《ひじ》や膝を突き、這《は》うようにして進むほかない部分もあった。松明《たいまつ》が岩壁にゆがんだ影を投げかけ、歩くにつれて、ゆらゆらと不気味に揺れた。

やがて、床が平らになると、道幅《みちはば》も少しばかり広くなった。

「やれやれ。これなら首が伸《の》ばせますよ」

クリフトは、振り返り、鉄の槍を壁にもたせかけて、階段の最後の狭《せま》い部分を潜《くぐ》りぬけようとするブライに手を貸そうとした。その時、影が動いた。ひょろながい自分の影が、ブライの顔の上に落ちかかった瞬間……松明《たいまつ》は右手にある、影は左側に投げかけられていなければならないはず……、
クリフトは、鉄の槍を構え直し、振り向きざま、音もなく背後に忍び寄っていた敵を突いた。

ぎゃん！

手ごたえに、クリフトは思わず笑みを洩《も》らしかけたが、敵はきらめく火の粉《こ》を散らしながら、ふたつに分裂するばかり。

メラゴーストだ。人魂《ひとだま》のようなものだが、まばゆすぎてよく見えない曖昧《あいまい》な輪郭《りんかく》の中に、何かもっと不気味な、この世ならぬ生命体が蠢《うごめ》いている。

メラゴーストは絶えず、ゆらめき、動く。クリフトとブライの影は、今ではすっかりおぼろげに、四方八方に放射状に散りながら、けして止まらぬ踊《おど》りを踊りはじめている。

クリフトは松明《たいまつ》を床に投げ捨て、両手に構えた鉄の槍に気合いを込めて、また別の炎を見定めて、突き切った。ぎゃん！ 今度の敵は、怒《おこ》ったように身もだえして消えた。だが、すぐまた次のものが、よりいっそう盛んに燃え上がり、にじり寄る。

「いやぁ、明るいのう。暖《あたた》かいのう」ブライはまぶたをしばたたいた。「こりゃ天然サウナじゃ。ええ汗出るわ、ほんまに」

「呑気《のんき》なことを言わんでください！」

敵の一匹に炎の息吹《いぶき》を吹《ふ》きかけられたクリフトは、腕でふせぎながら、じりじりと後退する。何匹かを貫き通した鉄の槍の穂先《ほさき》が、すっかり焼けてしまって、真っ赤に輝いている。持ち手のほうまで熱くなってくる。このままでは、持っていられなくなってしまう。

「ぼうっと座ってないで、なんとかしてくださいよ」

「ふむ。儂《わし》を頼りにするのだな。ひとりで、こそこそ出かけてこようとしたことを、後悔《こうかい》しておるか」

「してます、してます」

「しからば」

ブライはいきなり立ち上がると、まるで降参《こうさん》でもするかのように両手を掲《かか》げた。クリフトはがっかりした。だが、次の瞬間、

「ヒャド！」

その手の間に生じた氷の矢を、ブライは投げた。炎の怪物を三匹ほど蹴散《けち》らしながら、冷気の

嵐《あらし》が吹き抜けた。矢をもろに受けた一匹は、嵐に巻きこまれたために、瞬間的に蒸発《じょうはつ》する。周囲には、焦《こ》げたような、凍《こお》ったような、奇妙《きみょう》な匂《にお》いが漂《ただよ》った。

「凄《すご》い」クリフトが呟くと、ブライはにたりと微笑んだ。老人とも思えぬ、精悍《せいかん》な感じに。

残ったメラゴーストたちは、劣勢《れっせい》を悟《さと》り、大あわてで退散しはじめた。

「それ。追うのじゃ！」

クリフトをひと声叱咤《しった》すると、ブライは衣の裾《すそ》をはためかせ、年に似合わぬ軽やかな足取りで走り出した。クリフトは松明《たいまつ》を拾って、あわてて後を追いかけた。


洞窟は、内部に進めば進むほど、ひとの手を感じさせるものになってきた。土が盛られ、あるいは削《けず》られて、複雑な階層《かいそう》になっているのだ。

おかげで地面を行く他ないふたりは、ほどなく、宙《ちゅう》を飛ぶメラゴーストたちを見失ってしまった。周囲はまた鼻をつままれてもわからないほどの闇になった。

「ちっ。よい提燈《ちょうちん》だったのにのう……おっと」ブライが、不意に、転びかけた。「やれやれ、よう滑《すべ》るわい、この床は」

「気をつけてくださいよぉ、こんなとこでギックリ腰《ごし》でも起こされたら、かないませんからね」

ブツブツと呟きながら、クリフトは松明《たいまつ》をなにげなく下に向け、喉の奥で叫び声を発した。

床一面、毒々《どくどく》しい紅《べに》色の丸いものが並び、ざわざわとうねりながら、蠢《うごめ》いているのだ。

「いかん」ブライが叫んだ。「お化けキノコだ」

「うへぇ」クリフトは鉄の槍を振りかぶった。

「莫迦もの、刺激するな。毒《どく》にやられるぞ!」

遅《おそ》かった。お化けキノコたちは、まるで花が咲《さ》くように、真紅《しんく》のかさをいっせいにひるがえらせた。はためくかさの間から、吐き出され飛び出した胞子《ほうし》に、あたりの空気がたちまちのうちに、真っ赤に曇《くも》る。

「……う……息がっ……」

「吸うな! 目にも入れるな」

「し、しかし、ごほっごほっ、これでは前が見えません!」

咳《せき》こみながら、ふたりはあわてて駆け出した。外套《マント》の襟《えり》に顎《あご》を埋《うず》め、せいいっぱい息を殺して。それでも侵入してくる毒の胞子に、喉が焼け、鼻の奥が痛み、肺《はい》が軋《きし》んだ。まぶたも熱痒《あつがゆ》くなって、とめどなく涙があふれる。

キノコたちは、かさを翼《つばさ》のようにはためかせながら、ぴょんぴょんと飛ぶように追ってくる。幸いそれほど速くはない。松明《たいまつ》の火で追い払い、鉄の槍で蹴散《けち》らし、ブーメランを飛ばし、ヒャドの呪文《じゅもん》で凍りつかせながら、なんとか逃げのびた。

しかしそこで、壁に突き当たってしまった。

「ああ。やれやれ。行き止まりか」ブライは、ぜいぜいと息を切らしながら、壁にもたれた。「おお。よい具合にでっぱりがあるぞ。……っこらしょ。……はぁはぁ。すまぬが、ちと、しんどい。少し休ませてくれ」

「そうですね。今のうちに、毒消しを飲んでおきましょうか」

ふたりは、毒消しを飲んだ。喉や胸のいがらっぽさは消えたが、まぶたはまだ腫れぼったい。

「ええと……この機会に、どこをどう歩いてきたか復習してみましょう……確か、こんな感じになっていたでしょう」

クリフトは、片手で目のあたりを擦りながら、ふたりの座った間のでっぱりの埃《はこり》の上に、指先で、簡単《かんたん》な地図を書いた。

「入り口から、こっちに曲がって、こう下《くだ》って。このあたりが、ふたまたに分かれていたのですが、キノコらに邪魔されて、ついこっちに曲がったと思うんですよ。でも、ちらっと見えたんです。こっちの先に、何か、祭壇《さいだん》のようなものがあったのが」

「むう。では、行ってみなければな」

ブライはうなずいたが、ふと、怪訝《けげん》そうな顔をした。

「何か？」

「いや。……今、この、岩、動かなかったか？」

「は？」クリフトは首をかしげ、じっと待った。「いやだなぁ、ブライさま、ご自分が震えてらっしゃるんでしょう。別に、動いたりしてませんよ」

「おかしいな」ブライは指を伸ばして、さっきの地図の上を、こしょこしょとくすぐってみた。

「……ほぉら、動くではないか！」

得意そうに笑ったブライの顔がひどくぶれた。その膝の上に、呼《よ》び鈴《りん》の紐《ひも》のようなものが降ってきてぱたぱたと動いた。

「な……なんだっ？」

「ふむ。これは、おそらく、何ものかの尻尾《しっぽ》……ひぇぇい！」

ふたりはあわてて飛び退《すさ》った。ぐっすりと寝込んでいた怪物の上に座ってしまっていたことに気がついたのだ。くすぐったがりの暴《あば》れ牛鳥《うしどり》は、熟睡《じゅくすい》しながらも、うるさそうに寝返《ねがえ》りを打った。どぉん！　床が波打ち、天井がばらばらと崩れて降ってきた。

「うおっとっ」瓦礫に足を取られて、ブライが転びかけた。鋭くとがった岩に頭を打ちつけそうだ。クリフトはとっさに地を蹴って、横からブライを突き飛ばした。放り出した松明《たいまつ》が、飛んで、怪物の背に落ちた。

「……ブモモッ!!」

暴れ牛鳥は目を覚《さ》ました。不機嫌《ふきげん》そうに黄色く濁《にご》った瞳が、気持ちのいい眠りを邪魔した憎い相手を探してさまよった。抱きあうようにしてようやく起き上がった人間たちを見つけると、怪物は、太い喉から凄《すさ》まじい咆哮《ほうこう》をあげた。暴れ牛鳥は突進してきた。頭を下げ、ひとの太腿《ふともも》ほどもある角《つの》を前に向けて。どすどすと、凄まじい地響《じひび》きをたてながら。

ブライはヒャドの呪文をぶつけた。氷の矢が敵の眉間《みけん》に突き刺さった。冷気が走って、その嘴《くちばし》から角までを凍りつかせた。暴れ牛鳥は当惑したように、たたらを踏んだ。だが、ぷるんと頭を振ると、矢は抜け、氷の仮面はぱきぱきとひび割れて落ちた。怪物はくしゃみをした。

「ありゃりゃ」ブライは肩を落とした。「手強《てごわ》いのう」

「のう、じゃありませんよっ！　逃げましょう！」

クリフトはブーメランを振り出そうとしたブライを横からさらうように抱きあげて、脱兎《だっと》のごとく走り出した。角《かど》をひとつ曲がったところで、壁のくぼみに身をひそめる。追っ手はまだ、盛《さか》んにくしゃみをしている。そのたびに、洞窟じゅうが、いまにも壊《こわ》れそうなほど震動《しんどう》した。

鉄の槍を握りしめ、後方を警戒《けいかい》しながら、クリフトは言った。

「灯りを落としてきてしまった。どうしましょう」

「そうさのう。リレミトをかけるか」

「なんです？」

「脱出《だっしゅつ》の呪文じゃ。一瞬にして、地上に戻る」

「そんなのダメですよ！」くしゃみが止まった。クリフトは槍を構え直した。「せっかくここまで来たのに、またやり直すなんて！　三日後までに黄金の腕輪を見つけて戻らないと、アリーナさまのお生命《いのち》が……じゃなかった、姫のふりをしてた、あのふとどきものの生命《いのち》が、なくなるんですよ！」

「まぁ、なんだ」ブライは肩をすくめた。「姫本人ならともかくだ。しょせん、にせものの身の上ではないか。だいたい、急《せ》いてはことを仕損《しそん》ずる、ゆっくり準備を整えて、顔を洗って出直したほうが」

「いやですっ！　そんな……そんな情けない。あなたには男の意地ってものがないのですか？　ブライさまは少しのんびり過ぎますよ」

「そなたは、なにごとにも、少々せっかち過ぎるぞ。そなたはまだ若い、老《お》い先短い儂《わし》ならばともかく、残された時間がいーっぱいあるではないか。なにもそうあわてなくったって、青春は逃げやせん。特にの、この際ナイショで教えてやるが、女ごころというやつは……いや待てよ。今ばかりは、いささか、あわてたほうがよいかな」

「ほらっ！」

いつの間にやら、暴れ牛鳥の息づかいが近づいている。冷静になったらしく、周囲を隈《くま》なく探してくる様子だ。よほど頭に来たのだろう。諦《あきら》める気はないらしい。

クリフトは掌の汗を腿《もも》で拭《ぬぐ》った。

「ブライさま、わたくしはマヌーサを試《こころ》みてみようと思います」

「おお。かの眩惑《げんわく》の術《じゅつ》を、そなた体得しておったのか。なんで早くやってみなかったのじゃ」

「書物で読んだだけですから、いまいち、うまくいくかどうかわからなくて」クリフトは、薄く笑い、それから唇をゆがめた。「ああっ、わたくしは悔《くや》しいです。自分が歯痒《はがゆ》いですっ！　男に生まれてきたくせに、今日この日まで十七年、いったい何をしていたのか。どうしてこう、臆病者《おくびょうもの》なのか。机《つくえ》にしがみついて、知識ばかり蓄《たくわ》えて、得意になっていたなんて……ブライさま、ブライさまは、どうかきっと無事にお戻りくださいね。そして、役たたずのクリフトは、それでもせいいっぱい、アリーナさまの勇気を見習って……うう、いや、なんでもありません。では、まいります。……ごめん！」

一瞬、ブライの手を握りしめたかと思うと、クリフトはやけくそのような鬨《とき》の声をあげ、飛び出していった。

ブライは闇の中で薄い白髪頭を撫《な》でながら、そっとため息をついた。「ほんにまったく、青いやつじゃのう」

マヌーサ！　裂帛《れっぱく》の気合いを込めて叫ぶ声がした。巨大な怪物が、当惑《とうわく》してじたばたと走り回る音がした。クリフトが何かまた喚《わめ》くのが聞こえた。ブライは頬杖《ほおつえ》をついて指をいらいらと動かしながらも、じっと待った。何か固いもの同士がぶち当たる、キィンという音がした。地響きがまた轟《とどろ》いた。瓦礫の崩れる音。牛鳥の吠《ほ》える声。……そして、あたりはやがて、恐ろしいほど静かになった。ブライは重苦しく息をつき、大儀《たいぎ》そうに立ち上がった。

足音を忍ばせ、角まで戻ってみると、クリフトが燻《くすぶ》る松明《たいまつ》を取り上げて、床に倒れた獲物《えもの》を足先でつついてみているのが見えた。怪物は動かない。死んでいるらしい。クリフトは額《ひたい》の汗を拭っている。

ブライは胸を押さえた。ホッとするあまり倒れそうになったが、すぐに力を込めて顔つきをひきしめ、また、いつもの、飄々《ひょうひょう》とひとを莫迦にしたような表情になって、近づいていった。

「なんだ。やればできるじゃないか、ああん?」怒っているような声で、ブライは言った。「そなたも、思ったよりは、役にたつの」

「はい」クリフトは白い歯を見せて笑った。「ちょっと、自分を見直しました。ねぇ、ブライさま、自分でも意外なんですけど、わたくしって、こう見えても、けっこう魔法の才能あるんじゃないでしょうか。ああ、このようにして実用の役にたってこそ、こつこつと勉学を重ねた日々も、報《むく》われるというものです」

「単純なやつじゃ」ブライは苦笑した。「じゃが、まぁ、世間ではそなたのようなのを、純情というのじゃろうて。それ、急ぐぞ。まだ、先は長い」


注意深く戻った祭壇には、いかにも重要そうな宝箱があった。ふたりは胸を高鳴らせたが、中には、すばやさの種があるばかり。しかし祭壇の上に立ったおかげで、その陰のほうに、これまで気づかなかった下り階段があるのがわかった。ふたりは進んだ。

洞窟は折れ曲がって、下へ下へと伸びる。そこここで吸血《きゅうけつ》コウモリやとさか蛇《へび》に襲《おそ》われたが、次第に戦闘《せんとう》に慣れ、互いに互いを庇《かば》う術《すべ》も身についてきたふたりは、苦もなく敵を蹴散らした。

道はひどくわかりにくかった。足許《あしもと》も定かでない暗がりをさまよい歩くのは、ひどく神経のまいることだ。クリフトは次第に喚《わめ》きだしたいような気持ちになった。時の感覚が狂《くる》い、まるで醒《さ》めたいのに抜け出すことのできぬ夢の中にでもいるかのようだ。敵が出てくれたほうがましだった。鉄の槍を振り回していられるほうが楽だった。もう探せる限り、すべての場所を探してしまったように思える。ただ、あてもなく、永遠に抜け出すことのできぬ迷路《めいろ》の中を歩いているようだ。

彼らは、松明《たいまつ》で壁にすすをつけて歩いた。そうでもしなければ、堂々巡《どうどうめぐ》りを避《さ》けることはできなかっただろう。だが、いくら丹念《たんねん》に探しても、黄金の腕輪は見つからない。

なぜ、ないのか。

あるいは、もう誰かがどこかに持ち去ってしまったのではないか。

恐ろしい思いが胸の中を周囲の闇におとらぬほどに真っ暗にしたが、クリフトはそれを口にしなかった。ブライに、また、辛抱《しんぼう》が足りないと説教をされるのは不本意だったし、口に出すと、ただのいやな予感が現実になってしまいそうで、恐ろしかったのだ。

だが、ブライのほうも、それほど落ち着いていたわけではないのかもしれない。無限にも思える空白の時の果てに、とうとう、さらに下層に続く狭《せま》い空洞《くうどう》を発見した時、クリフトが思わず、手を伸ばすと、その手をしっかりと握り返して喜んだのだから。

そう、ふたりは喜んだ。そこが、地獄《じごく》に向かってぽっかりと裂けた穴のようなものであったにもかかわらず。

クリフトが先に、鉄の槍を支えにして、穴に飛びこんだ。上からブライが松明《たいまつ》を渡す。

「……こりゃあ……」

「どうした?」

続いて鉄の槍を滑り降りてきたブライに、クリフトは無言で床を照らしてみせた。一面に、白骨が散らばっている。

「盗賊《とうぞく》どもの、なれの果てでしょうか」

「いや……見ろ。その長い骨。人間のものではないな」ブライが足先でつつくと、奇妙に弓《ゆみ》なりになった骨は、乾《かわ》いた音をたてて崩れ散った。「魔物たちの、仲間割れかの」

「いやだな」クリフトは顔をしかめた。「こんな大きな骨の魔物をやっつけたやつには、願わくば、お目にかかりたくありませんね」

その途端、まるで、クリフトの恐れに応《こた》えるかのように、低くくぐもった唸《うな》り声が聞こえてきた。背筋がゾッと凍るような声が。振り向いて、ふたりは見た。洞窟の奥の闇の中、禍々《まがまが》しく輝く四つの眼を。

クリフトは松明《たいまつ》を床に下ろし、両手で鉄の槍を構えた。ブライはブーメランを取り出した。

怪物たちはずしりと重たい足音をたて、ゆっくりと進み出て来た。松明《たいまつ》の灯りの中に、金色にきらめく硬《かた》そうな鱗が浮かび上がった。

「……なんと……コドラじゃ!」ブライが呟いた。「しかも、二匹も」

「マヌーサ!」クリフトは叫んだ。

あたり一面に紫《むらさき》がかった霧《きり》がたちこめ、クリフトの姿を何重にも転写する。何人ものクリフトが振りかざした鉄の槍の穂先が、キラキラと光り、コドラに迫《せま》る。まるで味方が何倍にも増えたかのように、頼もしく。

だが、コドラの一匹が腹立《はらだ》たしげに頭を振り、鼻息を吐くと、霧は薄れ、幻《まぼろし》の味方もゆがんで散ってしまった。あわてて退《しりぞ》くクリフトの鼻先を、鋭い鉤爪《かぎづめ》のある前肢《まえあし》がかすめた。凄《すさ》まじい風が起こり、あおられて、松明《たいまつ》がいまにも消えそうになった。

「ヒャド！」ブライが氷の矢を放った。だが、コドラが太い尾をひと振りすると、矢は跳ね返された。

その隙を狙《ねら》って「やぁっ！」クリフトが鉄の槍で突っこんだ。槍はみごとに尾を貫いた。だが、そのまま抜けなくなった。コドラは苦悶《くもん》の声をあげ、ジタバタと尾を振るった。

「うわぁっ！」クリフトは必死で槍にしがみついたが、振り回され、壁やら天井やらにからだを打ちつけられて、めまいを起こした。コドラは短い首をねじまげて、なんとかクリフトに噛みつこうとしている。ぱっかりと開いたばかでかい顎《あぎと》、したたる唾《つば》がふりかかり、扉一枚ほどもある牙が、青い舌の表面のざらざらと濡《ぬ》れたような突起《とっき》が、すぐそこに迫る。

ブライがなんとかしてくれないかと目を走らせるが、ブライもまた、もう一匹のコドラに壁際に追い詰められている。ひのきの杖をふりたてて、なにかの呪文を叫び、せいいっぱいに威嚇しているが、いまにもぱっくりと齧《かじ》りつかれそうだ。

どうにも自分の尾には口が届かないのだと悟《さと》ったらしく、コドラは作戦を変えた。尾を壁に擦《こす》りつけ、クリフトごと、槍を抜くつもりだ。

岩と尾にぎりぎりとはさまれて、肋骨《ろっこつ》は撓《たわ》み、内臓が沸騰《ふっとう》した。くさりかたびらが擦られてぶつぶつと切れはじめる。槍を握っている手に力を込めようとするが、もう痺《しび》れて感触がない。

ああ……もう、だめなのか……？

こんなところで犬死にか。無様《ぶざま》なことだ。せめて、こいつに食い殺される前に、自分で自分の生《い》命《のち》を断つ術《すべ》はないものか。

薄れゆく意識の中で、クリフトはかすかに、皮肉な微笑みを浮かべた。

だが、悔《く》みはすまい。少なくとも、この恐ろしい場所に、姫さまがいないことを喜ぼう。姫さまに、このみっともない格好を見せずにすんだことを幸福と思おう……。

「なぁんだい、ふたりとも、だらしのない」

なんてことだ。アリーナさまの声が聞こえたような気がする。こんな時にも、てんから陽気で、無鉄砲《むてっぽう》そうな声が。

「こら、化け物。その間抜けを離せ！　このボクが相手になってやるっ」

おお。なんと自惚《うぬぼ》れた幻だろう。姫さまが、御《おん》みずから、こんな闇の果てまで、このわたくしを助けに来てくれるとは。

アリーナはいばらの鞭《むち》を振るった。鋼鉄《はがね》の棘《とげ》をきらめかせながら、鞭はクリフトの鼻先を飛んで、コドラの眼球を打擲《ちょうちゃく》した。コドラは絶叫《ぜっきょう》をあげ、前肢で眼球を押さえながら、ぶんぶんと尾を振る。とうとう槍が手からすっぽ抜け、おかげで宙に放り出される。なんと鮮《あざ》やかでしかも具体的な幻だろうとまばたきをした。その途端、クリフトは背中からしたたかに壁にぶつかった。衝撃《しょうげき》のあまり、急激に我に返る。

「ひ……姫さまっ!?」

幻ではない。アリーナは苦悶《くもん》するコドラの鼻先に駆け上がり、その脳天を殴りつけた。いばらの鞭の革紐《かわひも》をその巨大な頸《くび》に回し、ぎりぎりと締め上げる。コドラは引き攣《つ》り、もがき、弱々しい泣き声をたてはじめた。

「だいじょうぶでがすか」赤帽子のホビットが駆け寄ってきて、クリフトを助け起こした。「黄金の腕輪は、ありゃあしたかね?」

向こうでは青帽子の相棒《あいぼう》が、斧《おの》を振るって、ブライと共に、もう一匹のコドラを血祭りにあげている。

「い、いや、まだだ」クリフトは顔を赤くした。「そなたら……なぜ、ここに?」

「あのひとが眼ぇ覚まして、事情を聞いてね、どうしても連れてけって言ったんでがすよ」赤帽子は片目をつぶった。「あの、ほんものの、お姫さんがね」

どう、と地響きがして、コドラが倒れた。アリーナは怪物の頭のてっぺんで、両手を腰にあて、大声で笑った。

「どんなもんだ!」アリーナは叫んだ。「莫迦なやつらだ。ボクを出し抜こうとなんかするから、ひどい目にあうんだぞ」

「まさに、おおせの通りでございます」ブライがよろめきながら近づいていって、うやうやしく会《え》釈《しゃく》をした。「おかげで助かりました。姫さまは、生命《いのち》の恩人《おんじん》です」

……そのとおりだ。でも、そんなのって、あんまりじゃないか……。

クリフトはがっくりと肩を落としたが、アリーナの物言いたげな視線にうながされて、すごすごと進み出、ブライの隣にひざまずいた。

「どうぞ、ご命令を」

「黄金の腕輪は、どこだ」アリーナは腕組みをした。

「たぶん、この奥かと存じますが」ブライが答えた。

「なんだ。もうすぐじゃないか。なにをぐずぐずしてたんだ。よしっ！ 松明《たいまつ》を持て。みんなボクについて来いっ！」

ホビットたちがくすくす笑いながら、真っ先に走っていった。

ブライはクリフトの肩に手を置き、そう落ちこむなよ、と微笑んでみせた。

「忠告する。姫さまに勝とうとは思うな。……無駄《むだ》じゃ」

「思い知りました」クリフトは弱々しく笑い返し、立ち上がった。「同じことを同じようにしようと思うのが間違いでした。わたくしは、わたくしなりの道を行きましょう」

アリーナたちを得てからは、向かうところ敵なしだった。彼らは床の上の白骨を音高く踏みしだきながら、一丸《いちがん》となって突撃《とつげき》し、血路《けつろ》を切り開き、さらにまた新しい白骨になるだろうものたちを、ずいぶんと増やした。

アリーナは行く手を阻《はば》もうとするものたちを全く容赦《ようしゃ》しなかった。賊《ぞく》にやられて弱々しく横たわっていなければならなかった時間がそんなにも悔しいのか、クリフトの治療がよほど効《こう》を奏《そう》し、前にも増して力強くなってしまったのか。その瞳は殺戮《さつりく》への暗い情熱を燃やして冷たく青い星と輝き、弾《はず》む息のためにうっすらと開いたままの唇は知らず知らずのうちに舌なめずりをするために、いつも甘《あま》やかに濡れていた。あどけない顔に血飛沫《ちしぶき》を浴び、荒々しい叫びをあげながら、埃《ほこり》っぽい洞窟の風の中を、アリーナは、炎となって駆け抜けた。亜麻《あま》色の髪が妖精《ようせい》の裳裾《もすそ》のようにはためいて通った後には、まともに息をしている敵はほとんど皆無《かいむ》であった。その動きは、的確で無駄がなく、その四肢《しし》は肉食獣《にくしょくじゅう》のしなやかさで生き生きと脈動した。戦っているというよりは、まるで優雅《ゆうが》な舞《ま》いを披露《ひろう》するかのように、彼女は動き、敵を屠《ほふ》った。いばらの鞭を振るい、手刀を叩きつけ、肘打ちを、膝蹴りを、体落としをぶちかますごと、いかにも気持ちよさそうな笑い声をあげて。

クリフトは、ついつい攻撃の手を休めては、その勇姿《ゆうし》を眺めてしまった。賞賛《しょうさん》と羨望《せんぼう》と、そして、少しの嫉妬《しっと》を込めた視線で。

彼らは奥へ奥へと進んだ。累々《るいるい》と横たわる屍《しかばね》を乗り越え、血の海を渡り、耐《た》えがたい死臭《ししゅう》の空気を掻《か》き分けて、ついに最後の部屋にたどりついた。

うず高く積まれた白骨の小山の上に、角《つの》と羽根のある魔物がいて、彼らを迎え入れた。鬼小僧《おにこぞう》だ。

鬼小僧は、逃げ場を目で探そうとしたが、瞬時のうちに半円を描いて散開した人間たちを見て、もはや後のないことを悟《さと》ったか、大事そうにその胸に抱《かか》えていた包みを、震えながら差しあげてみせた。

「これが黄金の腕輪だ」鬼小僧はキィキィと喚《わめ》き、あわただしく包みを解《と》いた。それは、鈍《にぶ》く輝く、重そうな代物《しろもの》だった。「おまえらのめあてはこれなんだろう。俺《おれ》じゃあないんだろう?」

その瞳に湛《たた》えられた必死の色に、その膝をかたかたと震わせている恐怖に、クリフトは共感を覚えた。ただ一匹残された、この小さな魔物が、今どんな気持ちでいるのか、わかるような気がした。

「俺たちは洞窟からは出なかった」魔物は続けた。「ここで、何百年もの間、これを守り続けた。殺したのは、盗みに入ったものたちだけだ。里の人間を襲ったことはない」

「信じられない」アリーナは低く、だが、厳《きび》しく言った。

「ほんとうだ!」魔物は口が渇《かわ》くのか、ふたまたに分かれた舌を出して、盛んに唇を湿《しめ》した。「実は、最近になって、ある偉いおかた、たいへんに力あるおかたが、これを探してなさるという噂《うわさ》を聞いた。持っていけば、たんと褒美《ほうび》をもらえただろう。それでも、俺は出かけなかったんだ!いにしえの昔、これは、けして、陽のもとに持ち出してはならぬと定められたから。万一、外の世界に出してしまったら、必ずや恐ろしいことが起こると予言されていたからだ!」

アリーナはブライを見つめた。ブライはひとり、何か考えこんでいる様子だ。アリーナは鬼小僧に向き直った。

「それでも、もらって行かなくてはならない」彼女は言った。「それがないと、娘がひとり、ボク

の身代わりになって、死ななくてはならないことになる。放ってはおけない」

「わかっている」魔物はうなずいた。「もはや俺は知らぬ。世界に何が起ころうと、俺のせいではない。おまえのせいなのだからな！　こんなものは、おまえたちにくれてやる。だから、頼む。俺を放っておいてくれ。これを取って、そのまま、黙って行っちまってくれ！」

鬼小僧はおどおどと腕を伸ばし、黄金の腕輪を白骨の山の前面に置くと、急いで後退《あとじさ》った。

「いいだろう。おまえを殺しはしない」アリーナは進み出て、黄金の腕輪を取り、魔物から目を離さずに、もとの位置まで戻った。

「ほんものかどうか、わかるか？」ブライのほうに、差しだす。

「そのようです」受け取って、ブライが肩をすくめた。「確かに、このものは何か、古い呪《のろ》いを纏《まと》っておりますな。ぷんぷん匂《にお》いますわい」

ホビットたちもうなずいた。

アリーナはにっこりと微笑むと、無言のまま、魔物に背を向け歩き出した。ホビットたちが、ブライが、おごそかに後に従った。クリフトは列の最後に連なろうとして待っていたが、ふと、視界の端に、鬼小僧が唇をゆがめて狂気のように笑うのを見たような気がして、ハッと振り向いた。

その途端、鬼小僧のからだがゆらりと浮き上がり、白骨の山が爆発するように膨れあがった。鬼小僧は、足許《あしもと》に巨大なとさか蛇を潜《ひそ》ませていたのだ。鱗のある長い胴体《どうたい》が、ばねの伸びるように隠れ場所から飛び出し、鬼小僧はとさかのあるその頭に跨《またが》って、どこに隠していたか幅広の蛮刀《ばんとう》を振りかぶり、無防備にさらされたアリーナの背中に襲いかかろうとするのが見えた。

　クリフトの胸を、冷気が満たした。その全身を、激しい痛みを伴《ともな》った光が貫いた。無我夢中《むがむちゅう》のうちに、彼は槍を掲げ、突進した。

「やぁっ!!」

　鉄の槍に胸板《むないた》を貫き通された鬼小僧は、凄まじい絶叫をあげ、刀を取り落とした。ハッとしたアリーナが振り向き、鞭を振るって目の前の宙を薙《な》ぐ。ブライがヒャドの呪文をかける。ホビットたちが斧を、鉈《なた》を振るう。たちまち切りつけられた蛇は、びくんびくんとのたうちまわり、やがて、痙攣《けいれん》しながら弱まっていった。

「……クリフト……」アリーナは、茫然《ぼうぜん》と宙を見つめているクリフトの手に、そっと手を重ねた。

「生命拾いをした。ありがとう」

　クリフトはのろのろと目をあげてアリーナを見、己《おの》が手を見、手の先から伸びている折れて半分になった槍の柄を見……血を吐いて絶命している鬼小僧を見て、「わぉ」仰天《ぎょうてん》したように叫ぶと、槍の残りを取り落とした。その手は、止めようもなく震えている。槍の柄は、カラカラと床を転がった。

　アリーナは笑った。みんなも笑った。

　クリフトもつられて半端《はんぱ》でうつろな微笑みを浮かべ、それから、自分で自分を抱きしめて、また、ぶるっと震えた。

「さ、戻ろう。こんなところから、さっさとおさらばしよう」ブライは言い、みなを集めて、リレミトを唱《とな》えた。

びょうびょうと風が渡り、木々の枝を落ち着きなく揺すぶり、墓場の周囲に湛《たた》えられた池に複雑な波を立てた。月のおもてにかかった横長の雲が凄まじい勢いで吹き散らされるので、並んだ石碑《せきひ》は不規則な明滅《めいめつ》を繰り返し、まるで生きて動いているもののように、音もたてずに笑いさざめく観客たちのように見えた。

同じその激《はげ》しい風に、亜麻《あま》色の髪を掻き乱されながら、アリーナは墓場の中心に進み出て、そこで静かに立ち止まった。無言のまま、黄金の腕輪をつかんだ腕を高々と掲げた。ひと時完全に雲が切れ、腕輪は月光を反射してぎらぎらと輝いて、静かにたたずむアリーナの頬を山吹《やまぶき》色に染めあげた。

「どうやら、約束のものを持ってきたらしいな」墓石の陰から、あの大男が現れた。腕に、猿轡《さるぐつわ》をした娘を抱きかかえている。

娘はアリーナを見て、すまなそうに瞳を伏《ふ》せた。

生きていたんだな。アリーナは安堵《あんど》した。

「はやくこっちへよこしな！」

「渡してもいいが、これは、大変な災《わざわ》いのもとだそうだぞ」アリーナは低く言った。「そなた、これを、どうするつもりだ？」

「おめえの知ったこっちゃねぇ」男は狼《おおかみ》のように笑った。「ま、悪いようにはしねぇさ。信用しろ。こっちゃあ、こうしてちゃんと、姫も無事《ぶじ》に連れてきたろう？　この期《ご》におよんで妙《みょう》な難癖《なんくせ》はつけねぇで欲しいな」

「取り引きは取り引きだからな」アリーナはうなずいた。「だが、覚えていろ。いずれ、おまえを探し出して、決着をつけてやる」

「ははは。懲《こ》りない小僧だ」

「おまえの名を聞かせろ」

「ハン。ミスターハンだ」

「受け取れ、ミスターハン！」

アリーナは、黄金の腕輪を投げた。

男は娘を地面に下ろし、背中を突き飛ばしておいて、腕輪をつかんだ。娘はまろびながらも、必死に走ってきた。

「確かに受け取った。そして、おまえの名は？」

「アリーナだ」娘を抱きとめ、猿轡を解いてやりながら、アリーナはにやりとした。「我こそが、サントハイム王の跡継ぎ、王女アリーナだ。覚えておけ！」

男は瞬間あっけに取られたが、次に、爆発するように笑いだした。「そうだったのか。なるほど。それでいろいろと合点《がてん》がいったぞ。この娘の、品のなさだの、張り子細工の王冠《おうかん》の理由などがな！……さらばだ、世にも勇ましい王女。次にあうまで、御身《おんみ》にご武運を」

「おまえこそ、その腕輪の呪いとやらに、じゅうじゅう気をつけるがいい」

アリーナは肩をすくめ、男にくるりと背を向けると、自失した様子の娘に腕を貸して歩き出した。

男の豪快《ごうかい》な笑い声が、風に掻き消えた。

「無事で良かったな」アリーナは、まだぼうっとしている娘の額《ひたい》をコツンと小突《こづ》いて、その耳に優しくささやいた。「怖《こわ》かったろう」

「ご……ごめんなさい、ごめんなさい！」娘はハッとした途端、泣きじゃくりだし、アリーナの腕をぎゅうっと抱きしめた。「助けてくれて、ありがとう……ありがとうございます！」

「気に病《や》むな」アリーナは鼻の横を掻いた。

「あたしの名前はメイ。ただの旅芸人なんです。悪気はなかったの。ちょっと冗談《じょうだん》で、お姫さまのふりをしたら、みんなよくしてくれるから、つい調子に乗っちゃって……」

墓場の周囲の池をまたぐ橋にかかると、対岸に、ブライ、クリフト、それににせの王女の付添《つきそ》いの男たちが待っているのが見えた。老人も騎士も、また、仲間の旅芸人なのだろう。彼らもとうとう真相を知らされたらしく、なまずでも飲んだような顔つきでおどおどと肩を丸めていたが、メイが元気よく手を振ると、ホッとしたように前に進み出た。

「アリーナさま」メイは立ち止まった。「お別れです。お迎えも来たようだし、あたし、もう行きます」

メイは、アリーナの腕を未練《みれん》たっぷりに離すと、被《かぶ》っていた紙細工の王冠をその頭に載せ、きらきらと光る瞳で見つめた。

「アリーナさま。あたし……あたし……世界じゅう芸をして歩いて、いろんな男を見たわ！　わりと、モテるほうだから、けっこういい男、知ってるつもりだったけど……強いのも、おっかないのもいたけど。これまであったことのある誰より、あなたが一番凛々《りり》しかった。たったひとりで……こんなあたしのために、あんな大男たちと戦ってくださったこと、あたし、けして忘れません。あなたのこと、けしてけして忘れないわ！　あたし、あんまり信心深いほうじゃないけど、これからはどっかの町に行くたんびに、教会に寄って、あなたのために、うんとうんと祈ります。きっと。きっと……！」

あっけに取られたアリーナの顔をじっと見つめ、メイは泣き笑いのような顔をした。

「……ああ……あなたが王子さまだったら……」

言いかけて、メイは止めた。それから、急に爪先《つまさき》立って、アリーナの首に腕をかけ、唇に唇を押しつけた。ほんの、一瞬だったが。

「さよなら。ほんものの王女さま」

手を振って、メイは橋の向こう側に走っていった。

彼女が老人と騎士のもとに駆け寄り、ブライやクリフトに何か言い、三人してぺこぺことお辞儀《じぎ》をしながら、町の城壁に向かって歩き去るのを、アリーナは茫然《ぼうぜん》と立ち尽くしたまま、見送った。

ブライとクリフトがこちらを見た。こちらに歩いてくる。

アリーナはギクッとして、我に返った。
そろそろと手をあげ、唇を押さえ、あわてて下ろす。その頬がぽうっと赤くなった。

4 祠《ほこら》

大陸の南部に入ると、事物はアリーナがこれまで見知っていたものとは、大きく違ってきた。

空気は乾燥《かんそう》し、朝夕にもけして激《はげ》しくは冷《ひ》えこまず、滅多《めった》に霧《きり》が生じない。見慣れぬ木々は、枝《えだ》を低く広く伸ばして、丸みを帯びた葉をびっしりと茂《しげ》らせる。おまけに、太陽は、海にではなく、連なった山のかなたに沈《しず》んでゆくのだ。

生国《しょうごく》の城では、いつも朝焼けに染《そ》まっていたあのキャストミントの山々が、このあたりから見れば北から西にかけて広がっており、つまり、夕陽の舞台《ぶたい》となるのである。稜線《りょうせん》はなだらかで、頂上《ちょうじょう》付近こそ雲に覆《おお》われているが、中腹《ちゅうふく》から下は深い森、晴れた日には、豊かな緑が目に滲《し》みた。これがあの、険《けわ》しく、岩がちの、真っ黒い峡谷《きょうこく》と純白に輝《かがや》く雪冠《ゆきかんむり》の鋭《するど》い頂上《ピーク》とを際立《きわだ》たしく対比させた山々と全く同じもの、ただそれを、裏《うら》から眺《なが》めているだけなのだとは。

頭では納得《なっとく》がいったが、アリーナには、どうもしっくりこなかった。この地方の人間から見れば、彼女の見知っているほうが、なんとも意外な、裏の姿《すがた》だと言われるのかもしれないのだが。

山だけではない。

鳥や獣《けもの》たちは警戒心《けいかいしん》が強く、けして人間たちのそばに寄りつこうとしなかった。そばにいる気《け》配《はい》はする、足跡《あしあと》や糞《ふん》を見かけることもあり、時には一瞬《いっしゅん》、姿が垣間《かいま》見えることもあったが、みんな、目が合うやいなや、大急ぎで逃げてしまう。食事の匂《にお》いをさせれば近づいてくるかと思ったが、山猫《やまねこ》も狐犬《きつねいぬ》も知らんぷり、パンを千切《ちぎ》ってやっても、肉の脂肪《あぶら》を投げてやっても、何ものも取りに来ないのだ。

「いじめやしないのに」アリーナは頬《ほお》を膨《ふく》らませた。「全然馴《な》れてないんだな」

「北方とは違って」と、ブライは説明した。「このあたりは、餌《えさ》が豊富《ほうふ》なのでございますな。まぁ、いずれ、ひとの姿が見えなくなれば、置いていったものは、喜んで平《たい》らげるでしょうよ」

「ちぇ。可愛《かわい》げのない」アリーナは投げようかどうしようか迷《まよ》っていた手の中の堅《かた》パンを、自分の口に放りこみ、むしゃむしゃと嚙《か》んだ。「見てないとこでありがたく食べてもらったって、別に嬉《うれ》しくないいや」

山々が背後《はいご》に遠ざかり、地平線と区別がつかなくなると、道らしい道がどこにも見当たらなくなった。ブライの持つ古い地図にも、ただ一面の平原として記載《きさい》されている部分に到達したのだ。歩き続けるにも目標がないし、野営《やえい》場所を探すにも、用足しをするにも、あまりにも漠《ばく》としていて落ち着かない。ただ、そのぶん、不意打ちをされる危険《きけん》が少ないのはありがたくないこともなかった。

藪《やぶ》や灌木《かんぼく》を横切れば、とさか蛇《へび》や人喰《ひとく》い草《そう》に出合うこともある。乾《かわ》いた砂地にはラリホービートルやさそりアーマーが潜《ひそ》んでいる。夜になれば、魔物たちは力を増すように思える。三人は交替で番をしながら陽《ひ》のあるうちに眠り、夜はできる限り歩き続けた。松明《たいまつ》を掲《かか》げ、槍《やり》や杖《つえ》の先で下草や枯《か》れ芝《しば》を薙《な》ぎ払《はら》い、わざと足音高く、大声で軽快な歌を歌いながらゆけば、臆病《おくびょう》な魔物たちはあえて近づいては来ない。

そして、あまり退屈《たいくつ》すると、アリーナはわざと魔物たちを駆り立てては鬱憤《うっぷん》を晴らした。

星と太陽で方角を割《わ》りだし、修正しながら、彼らは、南へ南へ、歩き続けた。

月が欠け、月が消え、そしてまた少しずつ大きくなった。湧《わ》き水を見つけることが難《むずか》しくなってきたため、彼らはみな、清潔《せいけつ》とは言いがたい状態になりつつあった。

そんなある明け方、ついに海岸線が見えた。大地は緩《ゆる》やかに下降し、黒々と濡《ぬ》れた岩場となり、大小いくつもの干潟《ひがた》を成す磯《いそ》になった。彼らは穏《おだ》やかな波が打ち寄せる際《きわ》まで降りてみた。すべすべに磨《みが》かれたテーブル状の黒岩が、いくつもいくつも続いている。それは全体として、なかば水に没《ぼっ》した巨大《きょだい》な亀《かめ》の甲羅《こうら》のように見えた。潮《しお》はいっぱいに引いているところらしい。

アリーナは長靴《ブーツ》を脱《ぬ》ぎ、革の脛《すね》あてをはずし、衣を高くめくった。歓声《かんせい》をあげながら、浅い水に踏《ふ》みこんだ。水ははじめ身を切るほどに冷たく感じられたが、しばらくすると肌《はだ》が慣れ、陽も昇《のぼ》りはじめたので、心地《ここち》好い温度になった。

ブライとクリフトもやって来て、塩からい水で手と顔の埃《ほこり》を洗い流し、久々にさっぱりした気分になった。それから彼らは、夢中《むちゅう》になって、潮溜《しおた》まりに囚《とら》われた小魚や蟹《かに》などを漁《と》った。一刻《いっこく》ばかりすると、踝《くるぶし》までしかなかった潮が膝《ひざ》を濡らすほどまで満ちてきたので、急いで陸《おか》に戻った。

焚《た》き火《び》を燃やし、漁《と》ったものを食べながら見守るうちに、干潟はみるみる水に没《ぼっ》し、やがて、ひたひたと静かにたゆたう小波《さざなみ》の底に隠《かく》されてしまった。

一定の調子で揺《ゆ》れるきらめきを見つめ、寄せてはかえす波の音を聞いているうちに、アリーナは眠りに落ちた。太陽は空の低いところでじりじりと燃え、濡れた髪に塩の結晶を生じさせ、その頬《ほお》を焦《こ》がした。目覚《めざ》めると、鼻の頭とまぶたがヒリヒリした。だが彼女は自然な小麦色に灼《や》けただけマシだっただろう。同じように無防備に眠ってしまったクリフトの顔は、痛そうな薔薇《ばら》色に火照《ほて》り、びっしりとソバカスを浮《う》かせてしまったのだから。

「南って、あんまり好きじゃないかと思ったけど」アリーナは言った。「けっこう面白《おもしろ》いこともあるじゃないか」

ブライの地図を注意深く検討《けんとう》して、彼らは、今度は東に進路を取った。

夜が来て、朝になった。

そして、その真昼ごろ、彼らは、祠《ほこら》に到着した。

どんな高波も届かぬ丘の中腹に、祠はあった。

青白い御影石《グラニット》の壁が、陽光を受けてまばゆく輝《かがや》いているのは、まるで野原に置き忘《わす》れた貴石《きせき》のブローチのようで、遠くからもよく目立った。だが、近づいてみると、それは、いかにも長い風雨に耐《た》えてきたらしく、あちこち欠け落ち、摩《す》り減った、飾《かざ》り気《け》のない小屋なのだった。

緑濃い生《い》け垣《がき》の導くままに回りこむと、入り口の石扉《いしとびら》の脇《わき》に、看板《かんばん》が下がっている。そこには、鉛枠《なまりわく》の色硝子《ステンドグラス》で見慣れぬ図章が描《えが》き出されていた。

「遠い昔《むかし》に滅《ほろ》びてしまった種族の意匠《いしょう》ですじゃ」ブライは感慨《かんがい》深げに言った。「この祠を建て、かの神秘《しんぴ》の旅の扉を発明した者のしるし、あるいは、かつてこのあたり一帯を統治《とうち》していた王の紋《もん》なのではないかと、言われておりまするな」

「旅の扉の理論というのは」クリフトが引き取る。「われわれには理解できないんですよ。今の世の中の賢者《けんじゃ》や天才が何人かかっても、どうしても解《と》けない不思議なんですねぇ」

「変なの。昔のひとは知ってたんだろ」アリーナは首をひねった。「なんで、もう一回、同じものが発見できないのさ?」

「わたくしがかつて読んだ書物によれば」と、クリフト。「かのひとびとは、われわれとは比べものにならぬほど知能が発達していたか、あるいは、われわれには既《すで》に失われてしまった神秘力を持っていた可能性が高いようです。つまり、人類というものは……生物はすべてそうですが……いつも進歩するとは限らないのですよ、アリーナさま。過去が今よりも価値がないとか、未来が今より進んでいるはずだというのは、一種の偏見《へんけん》なんです」

「じゃあ、人間は、また、今よりももっと、悪くなっちゃうかもしれないのか?」

「悪くというか。ダメにというか。充分《じゅうぶん》ありえますね、理論上は」

「ふうん。なんだか、怖《こわ》い話だな」

ブライが杖の先で二度、扉を叩《たた》くと、扉は内側から開けられた。

「ようこそ、アリーナ王女さま。それに、おつきのみなさま。そろそろおいでのころだと思っておりました」

愛想《あいそ》のいい笑顔で、彼らを出迎《でむか》えてくれたのは、骨貝《ほねがい》の兜《かぶと》を被《かぶ》った小柄《こがら》な兵士である。

その胸あても、肩あても、籠手《こて》も、みなきらきらと真珠《しんじゅ》色の光沢《こうたく》を放っている。貝殻《かいがら》で作られた防具らしい。美しいが、あまり頑丈《がんじょう》ではなさそうだ。左右の腰《こし》に吊《つ》るした細身の剣と奇妙《きみょう》な形の戦斧《せんぷ》も、モザイク状の石で飾られていて、なんだか実用的には見えない。あるいは、彼は、いにしえの文明に対する敬意のために武装した、儀杖兵《ぎじょうへい》のようなものなのか。

歓迎《かんげい》の茶を飲みながら、アリーナが思わずそう問いかけると、兵士は笑って首を振った。

「確かに多分に装飾的《そうしょくてき》ですが、これらは見かけより、ずっと役にたつのです。たとえばこの鎧《よろい》は、軽く、しなやかで、衝撃《しょうげき》にも強く、太陽光線を利用すれば敵の目をくらますこともできます。実は、それ以上の力を持っているともいわれています。旅の扉を作ったのと同じ、いにしえの謎《なぞ》の文明の遺産《いさん》のひとつなのです」

「それもか」アリーナはため息をついた。

「はい。このあたり一帯からエンドールにかけては、太古の文明の名残《なごり》が、まだ少々保存されております。われわれ祠の番兵《ばんぺい》は、みな、これらの力を最大限に引き出すような、特殊《とくしゅ》な戦いかたの訓練を受けます。いにしえの昔から、伝わった戦術です。旅の扉はあまりにも貴重《きちょう》であり、ひとつの国に属するは危険です。万一にも破壊《はかい》されるようなことがあってはなりませぬから……我々は、中立であり、しかも最強であるべく努《つと》めているのです」

男の静かなことばの底に、弛《たゆ》まぬ自信がのぞいた。たったひとりで、このような辺地に住み、貴重な遺跡の守《も》りに立っているのだから、さぞかし腕の立つ者なのだろう。

「それは是非《ぜひ》見たいな」アリーナはきらきらと瞳を輝かせた。「どんな戦法だ？　ちょっとやって見せてくれないか」

「おことばながら、姫さま。戦法のすべてを秘密にすることが、既に戦法のひとつなのでございます」

「けちぃ」

「これこれ。番兵どのを困らせるものではありませんぞ」

「いやはや」貝殻の兵は笑った。「なるほど、姫さまはほんとうに、勇《いさ》ましいおかただ。女性でありながら、いくさごとに多大な関心をお持ちなのですね」

「なるほど、だって？」

アリーナが眉《まゆ》をひそめた時を見計《みはか》らったように、祠の奥から、もうひとり、こちらは見慣れたサントハイムの近衛兵《このえへい》の恰好《かっこう》をした丈高《たけだか》い男が現れ、赤い羽根飾《はねかざ》りのついた騎馬隊《きばたい》の兜を胸に抱いて畏《かしこ》まった。

「クルレの騎馬隊第五分隊の小隊長、シロンめにございます。父王陛下《へいか》より御命を受け、早馬《はやうま》を飛ばして先回りをさせていただきました」

「うむ。ご苦労」ブライがうなずくと、シロンと名乗った小隊長は、ちぢれた赤髭《あかひげ》の口許《くちもと》をにやりとさせたが。

「先回りだって！」アリーナは椅子《いす》を蹴《け》って立ち上がり、じりじりと戸口に向かった。「ちくしょう……待伏《まちぶ》せか!! ブライ、おまえ、やっぱり、ボクらにわざと遠回りをさせたな！ そうか。はじめから、父上としめしあわせて、ここでボクを捕《つか》まえるつもりだったんだろうっ！」

「まぁ、多少、そういう含《ふく》みもありましたが」ブライは鼻の横を掻《か》いた。

「お怒《いか》りになられる前に、姫さま。ここに、陛下の書状がございます。ご覧《らん》くださいませ」

シロンは懐《ふところ》から、巻き物を取り出し、アリーナに渡した。

絹《きぬ》のとじ紐《ひも》の結び目、縞瑪瑙《しまめのう》色の蠟《ろう》に、王の封印が押してある。アリーナはいやいや受け取ったが、鼻を鳴らして、巻き物をクリフトに放り投げた。

「読め。ボクは字は苦手だ」

「しからば」クリフトはみなに会釈《えしゃく》をして、封印を解き、読み出した。

「拝読《はいどく》させていただきます。『いと猛《たけ》き我が娘《こ》アリーナよ。どうじゃ。旅は面白《おもしろ》いか。達者であるか。怪我《けが》はしておらんか。腹はこわしていないか。寝る前には、歯をみがいて、ちゃんと亡《な》き母上に祈《いの》りを捧《ささ》げておるか。連れの老人を、ひどく困らせているのではないか？』」

「……こっ、こども扱《あつか》いしやがって……」

アリーナはみるみる真っ赤になった。

「『怒るでない』」と、まるでこの場が見えてでもいるかのように、王の手紙は続いた。「『ブライは、あくまで、おまえの味方だ。憎《にく》らしいことにな。わしは、なんとしてもおまえを城から出さぬつもりだったが、魔法使いどのは、可愛い子には足袋《たび》を履《は》かせろ、と言う』」

「ちよっと違う」ブライは呟《つぶや》いた。

「『天気と年寄りには逆《さか》らわんのがわしの信条じゃ。よって、わしはおまえに言う。この祠まで、五体無事にたどりついたとするならば、おまえもまんざら捨てたものではない。かのエンドール国の武術《ぶじゅつ》大会に出場しても、祖国《そこく》の恥《はじ》さらしにはならぬかもしれぬ』」

「……え……じゃ、じゃあ……?」

アリーナは吃驚《びっくり》したようにブライを見た。ブライは知らん顔で髭《ひげ》を捻《ひね》った。

「『アリーナよ。我がいとし子よ。父が許す。行け。そして、行くからには、勝て！　この先、弱音《よわね》を吐いたり、そんじょそこらのへなちょこにやられたりしたならば、家には入れんぞ。わかったか、このじゃじゃ馬むすめっ！』」

クリフトは息をつき、アリーナを見た。アリーナは眉をしかめ、唇《くちびる》をキッと結んで、足許《あしもと》の床を見つめている。

「『実はな、アリーナ。わしはこのごろ、とてつもなく恐《おそ》ろしい夢《ゆめ》を見るのだ。巨大な怪物が地獄《じごく》から蘇《よみがえ》り、すべてを破壊《はかい》する夢だ。はじめはわしの胸にだけ、しまっておくつもりだったが、あまりにも同じ夢を何度も見る。知ってのとおり、わしにはいささか、予知の能力がある。この夢は、我が国に、いや、世界に、何かただならぬことがらが起ころうとしている証拠《しょうこ》ではないかと思うのじゃ。いよいよ長き平和が破られ、戦乱の世が来るのかもしれぬ。……だとすれば……だからこそ、おまえのような娘を、神が、この世に、つかわされたのであろうか。そう思い至《いた》って、父は決心した。

アリーナよ。そなたにはわし譲《ゆず》りの、勇気と正義がある。そなたには城は、サントハイムは狭《せま》すぎるのじゃろう。行くがよい。そして、目を見張り、耳をすまし、真実を探せ。悪をくじき、弱気を助け、信じた道を進むのだ。他《ほか》の大陸には、おまえの思いもよらぬ困難《こんなん》が待ち受けておるだろう。だが、自分の力で切《き》り拓《ひら》いてこそ、人生ではないか!

アリーナよ。強くなれ。誰《だれ》よりも強く、雄々《おお》しく、たくましくなれ。世界が必要とするような人間になってくれ。そのために邪魔《じゃま》になるなら、国など……父など、これを限りに捨ててくれてもよいのだ』」

足許の床に、ぽつんとひとつ、水滴《すいてき》が落ちた。アリーナは急いで、靴先《くつさき》でそれを踏《ふ》み消した。

クリフトも、震《ふる》えそうな声を励《はげ》まして、懸命《けんめい》に読み続けた。

「『おまえならば、きっと、できる。そんなおまえの父であることを、わしは、誇りに思うぞ。かあさんも、きっと、空の上で、応援《おうえん》していてくれることだろう。だから、安心して行くがよい。遠くから、いつも、おまえの幸福を祈っておるよ。がんばれ』……以上です。王の御署名《ごしょめい》があります」

「……王は」ブライがゆっくりと、言った。「兵を寄越《よこ》して、姫さまを無理やり連れ戻すこともできた。あるいは、こちらの祠番のかたに言いつけて、旅の扉をお通ししないことも、できたのですぞ？」

「わかっている」アリーナは光る目をあげ、微笑《ほほえ》んでみせた。「シロンとやら、そなたは城に戻るのか？」

「はい。それをお渡《わた》しするのがわたくしの使命でございました。後は、早急に戻ります」

「では、父上に伝えてくれ。心配いらないと。必ず、必ず、ボクは……」アリーナは喉《のど》を詰《つ》まらせ、頭を振った。「いや。……だめだ。うまく言えない」

「お伝えします」シロンは言った。「姫さまは、行いを見ていて欲しいとおっしゃったと。……姫さまのなさること、なさらなかったことは、必ずや海を越えて、サントハイムの、陛下の耳にも届くでしょう」

「うん。そうだな」

アリーナは両拳を握《にぎ》りしめ、深々と息をついた。それから、顔をあげ、にっこりと微笑《ほほえ》んで、言った。

「風月《かぜつき》の晦日《みそか》は、もう五日後だ。ボクは行く。さぁ、旅の扉を、開けてくれ！」

磨《みが》き上げられた石の床《ゆか》に、アリーナは立った。ブライとクリフトも従《したが》った。

たちまち、くらくらと気が遠くなるような感じがした。目の前の景色《けしき》がぼんやりとかすみ、光の粒《つぶ》がいくつもいくつも、周囲のそこかしこから降り注《そそ》ぐ。やがて光は渦《うず》を巻き、我慢《がまん》できないほどまぶしくなった。アリーナは思わずギュッとまぶたを閉じた。下が上になり、右が左になる。浮き上がり、落下する。からだが小山ほどにも膨《ふく》れあがったり、蟻《あり》ほどに小さくなったり、さかんに脈《みゃく》動《どう》を繰《く》り返す。

永遠のようでもあり、刹那《せつな》のようでもある時が過ぎ、気がつくと、アリーナはまた、すべらかな石の上に立っているのだった。その部屋の床や壁も、青味を帯びた御影石《グラニット》でできている。だが、石の胡麻斑《ごまふ》の様子がわずかに違うかもしれない。部屋の大きさが、少し違うかもしれない。

「ついた……のか？」

口をきくと、わずかに胸がむかつき、脚《あし》がよろけた。見合わす顔が、みな青かった。

三人はおそるおそる戸口に歩いて行った。通り抜けた途端、見知らぬ金属の鎧戸《よろいど》ががしゃんと音高く閉まった。

祠に隣《とな》り合って、宿があった。

幽鬼《ゆうき》のように現れた三人を見ると、宿の主人はびくりと飛び上がった。

「驚《おどろ》きましたね。お客さんがた、ひょっとして、西の大陸からいらっしゃったのですか？」

「そうだが。なぜ、驚く？」ブライが尋《たず》ねると、主人は唇に指をあて、小声で、

「そこの旅の扉は、最近、どうにかなっちゃって、こちら側からはどうしても入ることができないらしいんですよ。それでもなんとかならないかって、大勢集まってくれるから、あっしゃあ商売に

なるんですが……」ここで普通の声に戻り「お泊《と》まりですか？　それとも、ご休憩《きゅうけい》で？」

「いや、いい。すぐ出発する。また、機会があったらな」

振り向いて元気よく歩き出した途端、アリーナは通りがかった背の高い武人にぶつかりそうになった。

「失敬《しっけい》」素早《すばや》く身をひるがえし、声をかけた。

「こちらこそ」兜に手をかけて、わずかに会釈《えしゃく》をした相手が、ふと、からだを止めて、目びさしの間から、まじまじとアリーナを見つめる。

「何か？」アリーナは警戒《けいかい》しながら、睨《にら》み返した。

「いや……」男は薄《うす》く笑った。「探しびとかと思ったのだ」

「誰《だれ》を探している？」

男はささやいた。「さだめの勇者を」

「ゆうしゃ？」アリーナも力を抜いて、微笑んだ。「そりゃ、生憎《あいにく》だが、ひと違いだな。ボクはサントハイムのアリーナ姫。だが、今は、一介《いっかい》の武闘家《ぶとうか》だ。エンドールの武術《ぶじゅつ》大会に出場するつもりなんだ」

「姫ぎみであられたか」男は片膝《かたひざ》をついて頭《こうべ》を垂《た》れた。「知らぬこととはいえ、それは無礼《ぶれい》つかまつりました。それがしは東方のバトランド国の王宮に仕えるもの、山国生まれとて名乗るほどの氏《うじ》はございませぬ、どうぞ、戦士ライアン、とお見知りおきくださいませ」

「そんな、かたくるしい」アリーナはあわててライアンを立たせた。「貴公《きこう》も戦士、ボクも戦士。同等じゃありませんか。さぁ、ライアンどの、顔をあげてくださ……」

呼びかけた瞬間、アリーナは、奇妙な感触を覚えた。痛いほどの懐《なつ》かしさ、このうえなく幸福な温《あたた》かみ、変わることのない友情……遥《はる》か未来のできごとを既《すで》にさだまったこととしてひとつひとつ思い出すような不思議な錯覚《さっかく》……に、彼女は思わず瞳を凝《こ》らした。相手も、怪訝《けげん》そうに鼻をぴくつかせている。間違いなく、彼女の声に、同じ種類の思いに囚《とら》われたらしい。

「姫ぎみ……アリーナさま」低くしゃがれた、思いつめたような声で、ライアンは言った。「重ねがさねの不調法《ふちょうほう》、まことに申《もう》し訳《わけ》ありませぬが、どうにも言わずにいられませぬ。ひとつお願いの儀《ぎ》がございます。もしも、御旅路の途中で、勇者について何か耳にしたら、どんな些細《ささい》なことでも構いませぬ、是非《ぜひ》、我が故国《ここく》の城に知らせていただきたいのです。とても重要なことです」

「勇者のことを耳にしたら」アリーナは復唱《ふくしょう》し、まだなかば朦朧《もうろう》としながら、うなずいた。「わかった。必ず、即刻《そっこく》、バトランド王に知らせましょう。安心してください」

「ありがとうございます。貴女《あなた》さまのご武運《ぶうん》をお祈りいたします」

「ライアンどのも。早く御使命が達せられるように」

ふたりは別れた。

「なんだか、ひょろひょろしたひとでしたねぇ」クリフトがちらちら振り返る。

「すごい男だ」アリーナは低く言った。「敵でなくて良かった」

相手の全身の発していた輝かしい気配、いつでも必殺の一撃を繰《く》り出すことのできる準備を整えてうずくまっている獣《けもの》のような隙《すき》のなさに、アリーナの掌《てのひら》は、知らず知らずのうちに、じっとりと汗ばんでいるのだった。

「なんです、お気の弱い。こちらの大陸には、あのくらいの男は、大勢おるのやもしれませんぞぉ。ことに、武術大会にはの」

「莫迦《ばか》を言え。あんなのがゴロゴロいてたまるもんか」だが、アリーナは笑った。掌を腿《もも》に擦《こす》りつけながら。「そういじめるなよ、ブライ。覚悟《かくご》はできてる」

外は気持ちよく晴れ渡っていた。こちら側の祠は、細い岬《みさき》の突端《とったん》近くにあったのだ。波飛沫《なみしぶき》まじりの潮風に吹かれながら、三人は、一路エンドールをめざして歩き出した。

5 エンドール

海鳴りが遠ざかると、風向きが変わった。

振り返っても岬《みさき》が見えなくなるころ、道の左右は鬱蒼《うっそう》と茂《しげ》った樹海《じゅかい》となった。いや、そうではない。太古の昔《むかし》からひとの手の入ったことがないのだろう森の真ん中に、二頭立ての馬車が充分《じゅうぶん》に通れるほどの幅《はば》で、丁寧《ていねい》に道が切り拓《ひら》いてあるのだった。よく踏《ふ》み固められた土の道は、かすかに中央が高くなっている。たぶん、大雨が降った時にひどくぬかるまないようにという用心なのだろう。路肩《ろかた》は丸い石を並《なら》べて補強しつつ、排水《はいすい》をよくしてある。ところどころには、いかにもさりげなく季節《きせつ》の草花も植えてあった。

「すごいな」アリーナは唸《うな》った。「城下町の外にまで、これほどの手間や金をかけることができるなんて……よほど豊かな国なんだな」

「あるいは」ブライが呟《つぶや》いた。「よほど危機感《ききかん》に取りつかれておるか、ですな」

道はやがて、切り立った岩山を抜《ぬ》け、エンドールの都を見晴《みは》るかす丘にさしかかった。町のぐるりを取り囲んだ煉瓦《れんが》の市壁《しへき》の内側には、数多くの尖塔《せんとう》が、煙突《えんとつ》が、ひるがえる旗が、まばゆい陽光に賑《にぎ》やかにきらめいている。なかでもひときわ高く、他を圧《あっ》するごとくにそびえ立っているのは、贅《ぜい》を凝《こ》らした二つの円塔《えんとう》だ。王宮《おうきゅう》であろう。

エンドールは、土木《どぼく》・建築《けんちく》事業でつとに名高かった。王は、広く職人を募《つの》り、高額で雇《やと》いいれた。そのために、城下町は、世界じゅうから集まった技術者とその家族、弟子《でし》や手伝い、さらには自国で食い詰めて逃げ出し、エンドールでならばなんとか生活できるのではないかと流れついてきた者たちなどで、いつもあふれかえらんばかりだったのだ。

三人が壁に近づいていくと、あたりにうずくまっていた物乞《ものご》いや、汚《よご》れた顔の娼婦《しょうふ》らが、わらわらと寄ってきた。アリーナが小銭《こぜに》を投げ、ひと睨《にら》みすると、こそこそとまた道端《みちばた》に戻っていった。

市門《しもん》は、アーチ型で、馬車一台がやっと通れるだろうかというほどの大きさだ。壁のこちら側には門番小屋があり、おっかない顔つきの男が立っている。

「通行税を取られるかもしれませんな」ブライは顔をしかめた。

だが、名を名乗り、武術《ぶじゅつ》大会に参加する予定なのだと言うと、門番は相好《そうごう》を崩《くず》し、市街《しがい》の概略《がいりゃく》を説明し、城門前の宿屋に泊まるがいいと忠告《ちゅうこく》までしてくれた。

三人は門を潜《くぐ》り、エンドールの町に入った。

町は、おのずから寄り集まった種々の住人によって、さまざまな雰囲気《ふんいき》を持つ地区に分かれているのだった。

市壁の際《きわ》のあまり日当たりのよくない一角には、日銭《ひぜに》で雇《やと》われる下級職人らのための簡素《かんそ》な寮《りょう》や木賃宿《きちんやど》が固まっている。細い運河《うんが》を隔《へだ》てて、職人街《しょくにんがい》に入ると、採石工《さいせきこう》、漆喰工《しっくいこう》、屋根葺《やねふ》き職人に煉瓦《れんが》大工、硝子《ガラス》細工師《ざいくし》などの工房《こうぼう》がぎっしりと軒《のき》を並べている。たいがい、一階は店を兼《か》ねた作業場で、大勢の職人がさまざまな分業に汗《あせ》を流しているのが通りからも見える。二階は親方の住居になっているようだ。

さらに内側に進むと、屋根などの材料にする鉛《なまり》を扱《あつか》う一角があり、刀剣屋《とうけんや》、蹄鉄屋《ていてつや》、鋤《すき》や鍋釜《なべかま》を扱うもの、匙《さじ》や釘《くぎ》などの小物の専門店など、さまざまな鍛冶屋《かじや》が密集している。お次は、パン屋、肉屋、香料《こうりょう》や乾物《かんぶつ》を行商して歩く者たちの問屋《とんや》など、食料品を商《あきな》う者の通り。どこも、空腹《くうふく》に訴《うった》えかけるような良い香《かお》りを漂《ただよ》わせ、軒先《のきさき》に、洒落《しゃれ》た紋様《もんよう》の看板《かんばん》を出して、商いの種類を明示しているのだった。

取っ手のある大型の水飲みの看板は酒場《さかば》だろう。荒くれた男たちが昼間から大声で騒《さわ》いでいる。露天《ろてん》の市場《いちば》には、つまみ喰《ぐ》いに向いたようなさまざまな食べ物が売られている。

散策路《さんさくろ》は大きな教会の前に続く。そこには広場があり、花が咲《さ》き、泉《いずみ》が水をほとばしらせている。こちらは、赤《あか》ん坊《ぼう》をつれた母親たちや、老人たちのひなたぼっこの場所らしい。菓子《かし》売りや土産物《みやげもの》売りの屋台《やたい》の間を、木馬の玩具《おもちゃ》に跨《また》がったこどもたちが駆《か》け抜け、その手にした袋菓子を狙《ねら》って、鳩《はと》や雀《すずめ》が飛び回る。

「にっぎやかな都だなぁ」アリーナは目を見張った。

塔を頼《たよ》りに、さらに城に向かうと、通りはだんだん、上品に静まりかえってきた。染物屋《そめものや》、織《お》物屋、仕立て屋、そして、毛皮商人や帽子屋《ぼうしや》、革《かわ》職人、手袋屋など、高級品店の界隈《かいわい》にさしかかったのだ。

「けど、面倒臭《めんどくさ》くないかなぁ。サントハイムじゃあ、服なら服屋一軒で、全部用が足りるだろう。いちいち、こんなに細かく分かれてるなんて……おや、あの店の看板、王冠《おうかん》のしるしがあるぞ。王さまの、副業かな」

「何をおっしゃる。金銀細工の店ですぞ。あれは王宮御用達《ごようたし》のしるし、それだけの高級店であるということでございまする。あるいは、貨幣《ゴールド》も鋳造《ちゅうぞう》しておるやもしれませぬな」

「うへぇ。だから、貧乏人《びんぼうにん》は来るなっていうのかい？　ちぇっ、偉《えら》そうにさぁ……う、うわっ、見ろ、クリフト！　生首《なまくび》が並んでるっ!!」

「ははは。かつら屋ですよ。あれは作りものの首、売り物なのは、髪《かみ》のほうでしょう。儀式《ぎしき》の際《さい》に、着用するんですよ」

「でぇーっ、気味わりぃなぁ」

見とれたり驚《おどろ》いたりしながら、三人は、ようよう城のすぐ近くまで来た。

川をはさんで、城は町と向かいあうように建っている。簡単《かんたん》な跳《は》ね橋《ばし》はかかっていたが、ざわざわと人が出入りし続けている。城そのものには、外壁《がいへき》もなければ、矢窓《やまど》の開いた見張り塔もない。

いったん、町に入ったものは、もはや出入り自由、まるで教会のように開かれた宮殿《きゅうでん》であるらしい。

ちょうど城の正面に、職人が昇《のぼ》って垂《た》れ幕《まく》をさげているところだった。

『武術大会開催中《かいさいちゅう》！　なお、選手はひき続き募集《ぼしゅう》しています』

赤《あか》天鵞絨《ビロード》に黄金《おうごん》の文字。

「はじまっちまったか！」アリーナは駆け出しそうになったがクリフトに止められた。

「とりあえず、部屋を取って、荷物を置きましょうよ。旅の埃《ほこり》も払わねば、王さまには、お目通りできませんからね」

なるほど、背後に、門番に言われた宿屋らしい建物が見える。

「そうだな」アリーナはうなずいた。「そういえば、ボクはお腹《なか》がすいたよ。少し腹ごしらえしなきゃあ、戦えない。この町なら、何かきっとうまいものがあるだろう。食べたら、さっそく、お城に行ってみよう」


だが、アリーナはその日、城に入ることができなかった。

宿屋の地下には王家公認の立派《りっぱ》な賭博場《カジノ》があり、こともあろうに、ブライがつかまってしまったのだ。商売女の笑顔にほだされて、十ばかりのコインを買い、ほんのちょっとした遊び気分で試《ため》したからくり細工の絵あわせに、いきなり、7のしるしが三つ出た。ざくざくあふれ出す数えきれないほどのコインに、周囲からひとが集まってきて、羨《うらや》ましそうな声をあげる。魔法使いはすっかり目の色が変わってしまったのだ。

「もう少し！　もうあと、ほんのちょっとで7が九つそろうところだったのですよ。さすれば、そこな景品場《けいひんじょう》にて、姫さまには星降《ほしふ》る腕輪《うでわ》、クリフト、そなたには、祈《いの》りの指輪《ゆびわ》をもらってしんぜる！　あいや、お止めくださるな。内緒《ないしょ》じゃが、この台こそが幸運の台なのです。ようやく、それが発見できたのです。今しばらくのご猶予《ゆうよ》を。しばらく。しばぁらくぅぅぅ！」

　奇妙《きみょう》な見栄を切って頼みこみ、脇目《わきめ》も振らずに、台にしがみつき、山なすコインを放りこむ。ぐるぐる回るからくりに、すっかり夢中になってしまっているのだった。

「……しょうがないなぁ。じゃあ、ボクらはごはん食べてくるからね」

　アリーナとクリフトは上の酒場に行って、食事を注文した。簡単にすませるつもりだったのだが、スパイスを効《き》かせた料理はなんとも美味《びみ》。珍《めずら》しい魚や野菜《やさい》、見たこともない乳製品《にゅうせいひん》や氷菓子が、驚くほどの安価《あんか》で振るまわれる。酒がまた、喉《のど》ごし優《やさ》しく、酔《よ》い軽く、腹の底からキューッとあたたまるしろもの。

　ずっと野営《やえい》の焚《た》き火《び》であぶった簡単な食事しかしていなかったふたりは、思わず、腰を据《す》え、こっそり腰帯《こしおび》を緩《ゆる》めながら、盛《さか》んに食べ、飲みはじめた。すると、周囲の町のひとびとが、ジョッキを片手に集まってくる。

「いよう、若いの。いい飲みっぷりじゃねぇか。よぉし、俺《おれ》がおごる。ねぇちゃん、ドナンの極上《ごくじょう》を、瓶《びん》ごとくんな」

「それ。俺《おれ》っちの畑で、さっき、もいできたばかりの甘瓜《メロン》だ。うんめぇぞぉ。喰《く》ってみれ、喰ってみれ」

「こいつぁ、夕方の地引き網《あみ》にかかったコゴッチって魚だ。素揚《すあ》げにしたのが、この町の、いつものオカズってやつなんだぜ。やってみてくれ」

次から次へと、新しい料理や酒を差し入れ、アリーナやクリフトが感激《かんげき》しつつ、平《たい》らげたり飲み干《ほ》したりするたびに、やんやの喝采《かっさい》。おとくいさんがたとたちまち意気投合した旅人を見ると、宿屋の主人もなかば商売っ気抜きの上機嫌《じょうきげん》で席に交ざる。

あまりの賑やかさに、階下のカジノですっからかんになった手合いがなにごとかとのぞきこんではゲン直しにと仲間《なかま》に加わり、泊《と》まり客に呼ばれ稼《かせ》ぎを終えて涼《すず》みに降りてきた姉《ねえ》さんたちも商売を忘れて輪に入り、他《ほか》の地方から来たらしい旅人たちも、ここぞとばかりに寄ってくる。とうとう流しの手風琴《てふうきん》弾《ひ》きを引っ張りこんで、お国自慢《じまん》の民謡《みんよう》を歌いだすものが出た。喉《のど》自慢が順繰《じゅんぐ》りに進み出ると、やがて歌に合わせて踊《おど》るものが現れる。卓《たく》を片寄せ、床《ゆか》を這《は》うような目まぐるしい足さばきを披露《ひろう》するものがあるかと思えば、花を一輪横啣《よこぐわ》えにして椅子《いす》に飛び乗り、裾《すそ》を捲《まく》って色っぽくしなを作る娘もあり。手品のような短剣投げを見せびらかすもの、腕相撲《うでずもう》で争うもの、酒量で勝負だとばかりに盃《さかずき》を積み重ねながら見物に興《きょう》じるもの。

アリーナもクリフトも、すっかりいい気分になってしまい、かたやがいばらの鞭《むち》を振るって皿《さら》の上の料理をこぼさずに運んでみせれば、こなたは薬草を蠟燭《ろうそく》に投じ、さまざまに色変わりする炎《ほのお》を見せてひとびとの目を楽しませる。そのたびに、酔っ払いどもは歓声《かんせい》をあげ、手を打ち、足を踏みならして、店がぶっこわれそうになるほど大いに騒《さわ》いだ。

とっぷりと夜が更《ふ》けると、さすがの宴会《えんかい》もくたびれて、多くの町人は誘《さそ》いあい、肩を支えあい、なおも放歌高吟《ほうかこうぎん》しながら、家路についた。揺《ゆ》り起こされても立ち上がれなかった者、完全に酔いつぶれた者たちは、床やら椅子やらで、ぐうぐうと鼾《いびき》をかき、店の者たちは急に真顔《まがお》になってあたりを片づけだした。しこたま儲《もう》けたブライ先生が、景品の山と化粧《けしょう》の濃《こ》い女たちを両手に抱《だ》いて階段を昇《のぼ》ってきたのは、そんな刻限《こくげん》であった。

アリーナは汚《よご》れた皿のいっぱい載った隅《すみ》の卓にいて、うっすらと染まった頬《ほお》を片手で支えた恰好で、物思わしげに星の夜空を見上げている。卓の向かい側では、クリフトが、誰かにもらった花輪を頭に載せ、幸福そうに舟を漕《こ》いでいる。傍《かたわ》らでは、手風琴弾きがすっかり掠《かす》れて調子っぱずれになった声で、バラードを歌っているのだった。

「♪　あなたに勝利を　もたらすものは
　　聖なる守りと　父の愛
　　友の献身《けんしん》　老師《ろうし》のことば
　　右手に赤絹《あかぎぬ》　鉄の爪《つめ》　」

ブライは女たちに接吻《せっぷん》し、いくばくかの金を渡して去らせ、そっとアリーナに近づいた。

「そちらも、ずいぶんお愉《たの》しみだったようですな」肩に手を置くと、アリーナは顔をあげ、照れたように笑った。

「ああ。一日、出遅れちゃったよ。でも、おかげで、いろんな噂《うわさ》を聞くことができた。みんな、明日《あす》はボクを応援《おうえん》してくれるだろう」

「噂、とは？」

ブライは手近な椅子をずらしてきて、座りこんだ。

「うん。近頃、この町の周囲にも、ずいぶん魔物が出るようになったとか。エンドール王が武術大会を開くのも、強いものを集めるつもりだからなのじゃないかとかね。そして、デスピサロという男には、充分気をつけろとも言われた」

「デスピサロ……なんとも不吉な名でございますな」

「ああ」アリーナは拳《こぶし》を握《にぎ》った。「人間とは思えないほど強く、相手の息の根を止めるまで戦いをやめないそうだ。今日の試合では、そいつがただひとり五人勝ち抜いて、決勝に残っているらしい」

「まさか、それは」

「もう、遅い」

ブライが言いかけようとするのを片手で留《と》めて、アリーナは立ち上がり、手風琴弾きに小銭を渡し、クリフトの肩を揺すった。

「今夜は、もう休もう。明日は、早起きしてくれよ。お城に行かなければ」

翌朝《よくちょう》、アリーナたちは城に登《のぼ》った。跳《は》ね橋《はし》のたもとで番をしていた兵士らに来意を告《つ》げると、ひとりが進み出て、王の許《もと》に案内してくれると言う。武術大会の客は多く、その間にも、城の左右の回廊《かいろう》から、次々に奥のコロシアムに向かってゆく人々があるのだった。

番兵に続いて入った城の内部はがらんと広く、空気がひんやりとしていた。丹念《たんねん》に彫刻《ちょうこく》された壁の上方には、エンドールの栄光の歴史を絵物語風に綴《つづ》る巨大《きょだい》な織り物がかかっている。柱という柱は、みな打ち伸ばされた銀を張られて、ぴかぴかと輝いている。床の通路の部分には、異国調の絨緞《じゅうたん》が敷《し》き詰めてあった。

豪華《ごうか》だけど、とアリーナは考えた。これじゃあ、足音をたてずに歩くことができてしまうじゃないか。ここの王さまは、よほど見栄《みえ》っぱりなのか、それとも、城下に来るものはみな愛すべき領民《りょうみん》だと過信しているか、どちらかだな。

案内する兵がいることが、そのまま、客人の身分を示すのかもしれない。通りすがる家臣《かしん》、女官《じょかん》、召《め》し使いなどは、みな彼らを見ると、片隅《かたすみ》に並び、うやうやしく頭《こうべ》を垂《た》れ、あるいは膝《ひざ》をかがめて挨拶《あいさつ》をした。

彼らは広い石階段を昇り、二階の、王の謁見室《えっけんしつ》にたどりついた。王の脇《わき》には、かつてサントハイムにやってきた、あの長口上《ながこうじょう》の大臣が控《ひか》えている。

三人が王のいる階《きざはし》の下の床に畏《かしこ》まると、

「よう、参られた、アリーナ姫よ！」王は玉座《ぎょくざ》から立って来て、親しみを込めてアリーナの手を取り、階を昇らせた。「そなたのことは、既《すで》にサントハイム王より報《しら》せがあった。世界のゆくすえを案じ、力試しの旅とはまことにもって感心。そのような頼もしい娘御《むすめご》とは、どのような女丈夫《じょじょうぶ》かと待ちかねておったが……いやいや、驚いたな、モニカよ。そなたと年頃も変わらぬ、あどけない姫御前《ひめごぜん》であられる」

もうひとつの玉座からは、蒼白《そうはく》な顔色の娘が立ちあがり、よろめくように会釈《えしゃく》をする。

「娘のモニカじゃ」と王。「愛想《あいそ》がなくてすまぬ。今、ちと、加減《かげん》が悪いのだ」

モニカはこれを聞くと、きっと顔をあげて、父王のほうを向き、何か言いたげに唇《くちびる》を震《ふる》わせた。だが、結局は、顔をそむけ、倒《たお》れこむようにして玉座にかけ直してしまった。

なんだ。この子も儀式《ぎしき》ばったことが嫌《きら》いなのかな。アリーナはそっと苦笑した。

「あいすまぬ」王は顔を赤くした。「隣国《りんごく》の姫をお迎《むか》えしたのだから、本来ならば、式典《しきてん》を催《もよお》さねばならぬし……そなたのために部屋をしつらえねばならぬが……今は大会のさなかでもあり、当方はいささか取りこんでおって」

「ええ、結構です。特別扱いはいりません」アリーナははきはきと言った。「ボクは戦いに来たのですから。とりあえずご挨拶《あいさつ》のために参りましたが、さしつかえなければ、これにて、会場のほうにご案内いただければと思います」

「そうか」王はホッとしたようにうなずいた。「では、そうなされい。ご健闘《けんとう》を祈《いの》る」

「はい」

アリーナは会釈して下がろうとし、ふと思いつき、モニカの足許《あしもと》に膝をついた。

「よろしかったら、モニカどの、そのお髪《ぐし》のリボンをくださいませんか」

「リボンを……？」

「はい」アリーナは、悪戯《いたずら》っぽいまなざしで、じっとモニカを見つめた。「いにしえの騎士《きし》は、みな、生命《いのち》を捧《ささ》げる貴婦人《きふじん》を有したとか。戦いの際《さい》に、その貴婦人の持ち物を所有して、その身の守りとしたと聞いています。王家に生まれたもののよしみで、ボクに、特別のご厚情《こうじょう》を賜《たまわ》れますならば、光栄なのですが」

守りが欲しかったわけではない。それはあくまで口実であった。ただアリーナは、モニカ姫の妙《みょう》に拗《す》ねたような態度が気にかかり、なんとか微笑《ほほえ》ませてみたいものだと思ったのだった。

だが、モニカは雷《かみな》にでも打たれたかのように顔をあげた。

「……アリーナさま……」

泣きじゃくるような声をあげ、玉座から立ちあがる。王はあわてて、押し留《とど》めようとしたが、娘は、髪のリボンを解《ほど》こうと、激しくもがきながら、ますます声を嗄《か》らして叫《さけ》ぶのだ。

「わたくしは……わたくしは、おとうさまがみなに約束《やくそく》したため、武術大会の優勝者と結婚《けっこん》しなければならないのです！　でも、もしも、もしも、優勝者が女のひとだったら、無理な結婚をしないでもすむでしょう。アリーナさま、どうか、勝ってくださいまし。モニカを救ってくださいまし。どうか、お願いいたします！」

「すまぬ……モニカ、すまぬ」娘を抱《だ》きながら、王も声を震わせる。「ああ、わしはどうかしていたのじゃ。頼む、わしからも、頼む、アリーナどの。どうか、きっと優勝してくれい。わしも……わしも、今では後悔《こうかい》をしておるのだ」

「このままでは、デスピサロとかいう流れ者が優勝してしまいそうなんでございますよ」大臣が近づいてきて、茫然《ぼうぜん》とするアリーナの耳に早口でささやいた。「これがまた、悪魔のように強いのですが、黒い仮面をはずさぬ、それはそれは不気味《ぶきみ》な男なのでございます。これまで何人もの戦士が、瞬《まばた》きするほどの間に、デスピサロに殺されてしまいました。きゃつと手合わせをさせては、選手という選手がみな殺しにされてしまいますものですから、急遽《きゅうきょ》試合形式を改めまして、五人勝ち抜いたかたに決勝に進んでいただくようにしたのです。なにしろ、そうでもしなければ、まるで、強いものを集めて葬り去っているような具合になってしまいましたものですから……」

アリーナは胸騒《むなさわ》ぎを覚え、黙《だま》りこくっていた。

その顔のそばに、ようよう娘の手を離れた真紅《しんく》のリボンが、あるかなきかの風に乗って、ひらひらと飛んできた。

アリーナは、ハッとして顔をあげ、それを取り、高々と掲《かか》げた。

「……勝ちます」アリーナは微笑《ほほえ》んだ。「モニカどの、陛下《へいか》。わたくしがきっと、勝ってみせます。ご安心を」

「ああ、アリーナさま」モニカは両手を胸元で握りしめた。「どうか……どうか、気をつけて」

「そなただけが、頼みの綱《つな》じゃ」王が言った。「さぁ、娘や。我らも急ぎコロシアムに参ろう。露《ろ》台《だい》から、アリーナどのを応援するのじゃ！」

大臣の案内で、城内から、選手控《ひか》えの間への廊下《ろうか》を進んだ。

ファンファーレ、花火の音、ひとびとのざわめき。コロシアムが近づくと、おもての華《はな》やかな興《こう》奮《ふん》が伝わってきた。対して、選手らとその世話をやくものたちばかりの行き交う控え室の空気は、どこかしら、重苦しく、沈鬱《ちんうつ》であった。大臣はそうそうに立ち去った。

そこかしこに、出場前の選手が散らばって、あるいは拳を固め、壁を見つめ、あるいは頭を抱えて何か考えこんでいる。長椅子に横になって、連れの者にからだを揉《も》み解《ほぐ》させている者、故郷《こきょう》から持ってきたのか、大事そうに手紙を読んでいる者、銅像《どうぞう》のようなものを取り出して祈りを捧《ささ》げている者、もちろん、剣や槍《やり》をせっせと磨《みが》いている者もある。

「あの、デスピサロってひと、あたしはどうも好きになれないわ」

「あら、どうして？　強いじゃない。カッコいいじゃない」

選手らの食事を片づけながら、娘らが、ささやき交わしている。

「だって、情《なさ》け容赦《ようしゃ》がなさすぎるわよ。負けと決まった相手をわざわざ殺すなんて、残酷《ざんこく》だわ。あんなひとが、次の王さまになるなんてイヤだわ！　お姫さまも、お気の毒《どく》に」

「けど、やっぱり、戦う男のひとって素敵《すてき》よ。生命《いのち》賭《が》けでこそ、勝負よ。ああっ、あのシゲキが堪《たま》らない……早く交替《こうたい》の時間が来ないかなぁ。もう、あのデスピサロに挑戦《ちょうせん》するひとなんて出ないんじゃないかしら」

「だいじょうぶ。きっと、王さまは、すご腕《うで》の選手を隠してるのよ。最後の最後に盛《も》り上げるために。悪役デスピサロを倒し、モニカさまをその腕に抱《いだ》く栄光の騎士《きし》！　どんなひとかしらねぇ……

美形だといいんだけど」

娘のひとりがチラリとアリーナを見て、片目をつぶってみせた。

「期待の星ですな」ブライが肩をすくめた。

アリーナも微笑もうとしたが、顔がこわばってうまくいかない。さすがに緊張《きんちょう》してしまっているらしい。右手の手首に結《ゆ》わえたモニカのリボンも、細かく震えている。

「姫さま、いいですか、これが傷薬《きずぐすり》、これが精神安定の薬」クリフトはせっせと薬草を選《よ》り分けて、アリーナの手に載《の》せてゆく。「こっちは、肉体疲労時の栄養補給《えいようほきゅう》です。みんな、速効性《そっこうせい》がありますからね。まずいなと思ったら、すぐ飲んでくださいよ」

アリーナはうつろな目のまま、うるさそうに頭をうなずかせた。

「何か……飲み物でももらって来ましょうか?」クリフトはそっと尋ねた。

「ああ。そうだな。頼む」

クリフトが立ち上がると、アリーナは吐息《といき》を洩《も》らし、腕組みしたままのからだを、がっくりと前に落とした。

……これがまた、悪魔のように強いのですが……それはそれは不気味な男……何人もの戦士が、瞬きするほどの間に殺されてしまいました……。

大臣のことばが耳の奥に谺《こだま》する。

くそったれ、あのお喋《しゃべ》りめ! 余計なことをくどくどと言いやがって……!

　ふと、目の前が暗くなったような気がした。視線をずらすと、ばかでかい足が見えた。アリーナは顔をあげた。

「やはり、お姫さまか」乱《らん》ぐい歯を見せて、小山のような大男が笑っている。「あんたも、出場するのかね？」

「ハン」

「そこ、いいか」ミスターハンは、アリーナの隣にどすんと腰をおろした。反動で、アリーナのからだは飛び上がってしまった。

　だが、ハンはひどく顔色が悪かった。澱《よど》んだ目の下には濃《こ》い隈《くま》があり、あんなに生き生きと盛り上がっていた全身の筋肉《きんにく》にも、重い疲労が滲《にじ》んでいる。アリーナの怪訝《けげん》そうなまなざしを受けると、ハンは、唇をひくつかせた。

「あれから、ひでぇ目にあってさ」と、ハンは言った。「せっかくあんたに持ってきてもらった、そら、例の品」

「黄金《おうごん》の腕輪《うでわ》か」と、ブライ。

「ああ」その名を聞くのもごめんだとでも言うかのように、ハンは巨大な肩をぞくりと震わせた。

「あんたの言ったとおり、ありゃ、呪《のろ》いがかかってるんだな」

　クリフトも飲み物を持って戻ってきた。

　ハンの話はこうだった。彼は、南方の別の大陸の謎《なぞ》の人物に大金で頼まれてあれを手に入れたのだった。海に出て、船で南に向かう予定だったが、砂漠《さばく》を横断していたある日、目を覚ましたら、身ぐるみはがれ、ただひとり、砂漠に放り出されていたのだと。

「あの黒装束《くろしょうぞく》の男たちに、裏切られたのじゃな」

「そうらしい。水もない、どっちに町があるのかもわからない砂漠で一週間、さまよってさまよって、ぶっ倒れてるところを、偶然《ぐうぜん》通りかかった隊商《キャラバン》に助けられた」

隊商《キャラバン》は、黒装束の男たちの死骸《しがい》が、南の岸辺《きしべ》に打ち捨てられているのを見たと言う。手足のないもの、耳や鼻のないものなど、なんとも残忍《ざんにん》な殺しあいをしたらしいと言う。彼らを乗せてゆくはずだった船は、空荷《からに》で南に帰って行ったとか。

「その後、あれは、このエンドールに持ちこまれたらしい。俺《おれ》は……あんなおっかないもんとは、もう関わりあいになるのはよそうとは思ったが……やはり多少責任は感じるんでな。噂を確かめに来て、この武術大会ってやつを知ったわけだ。なにせ、今は、一文《いちもん》なし、しごともしくじっちまったから……なんとか名をあげて、ここの王さまにでも雇《やと》いいれてもらえないかと思ったんだが。あんたにあうとはな」

「エンドールに持ちこまれたと？」クリフトが聞きとがめた。「あれが、この町にあるのか」

「よくわかんねぇが、今はたぶん、ねぇな」ハンは両手を広げた。「聞いたところじゃあ、最初は、乞食《こじき》みたいな婆《ばあ》ぁが、旅の宝石商《ほうせきしょう》に金貨百枚で譲《ゆず》ったそうだ。モノのでどころを知られたくないと思い、金貨を惜《お》しんだ宝石商は、婆ぁを括《くび》り殺し、そこらの山に放り出した。だが、今度は、その宝石商が、あれの魅力《みりょく》に眼《め》のくらんだ女房《にょうぼう》に毒《どく》を盛《も》られて、くたばった。女房は一緒に逃げようとした若い愛人に刺《さ》し殺され、その愛人はものの言えないからだになって水路にプカプカ浮いてたそうだ。あれが、それからどこに行っちまったかは、わからない。ま、噂だから、どこまでほんとうのことか。ともかく、俺もあんたも、あれに触《さわ》ったのに死なずにすんだんだから、よほど運のいいほうだったと思ってよさそうだ」

「たぶん」アリーナは肩をすくめた。「ボクもあんたも、あれを自分のものにしようとしなかったところが、他《ほか》の者たちとは違ったのだろう」

「かもな」

「アリーナどの！　ハンどの！」係官が来て、呼ばわった。「まもなく第一試合じゃ。お出ましの準備を」

アリーナはハンは立ち上がり、顔を見合わせた。

「驚いたな。ボクらが、戦うのか」

「やっぱりあれの呪いかな」ハンは苦笑まじりにアリーナを見下ろした。「あんたが相手だからって、手加減はしないぜ。なにせ、職がかかってるんだ」

「望むところだ」アリーナは眉《まゆ》を逆立《さかだ》てた。「正々堂々戦おうっ！」

「ああ。……そうだ。ちょっと待て」ハンは荷物のところに戻ると、ゴソゴソと中を掻《か》き回し、何かを取り出して持ってきた。

「さっき、そこの武器屋で買ったんだが、俺の拳《こぶし》にゃ小さすぎた。おまえにやる」

それは三本の鋭い爪《つめ》を有した鋼鉄《はがね》の籠手《こて》だった。見るからに獰猛《どうもう》な、接近戦を有利に展開する武器である。嵌《は》めてみると、それはアリーナの手に、ぴたりと吸《す》いついた。モニカの真紅《しんく》のリボンを結んだ手首に、銀色の義手《ぎしゅ》が生《は》えたかのように。

「こりゃいい」アリーナは喜んだが、ハンの、おずおずと微笑んだ顔を見上げて、困《こま》った顔になった。「ありがたいが……これから戦う相手に贈《おく》り物《もの》をする奴《やつ》があるか。おまえは素手《すで》で戦う気なのか」

「気にするな。なにしろ、俺はこんなだ」ハンは拳に力を込めて、腕の筋肉を盛り上げてみせた。

「頼む。使ってくれよ。でなきゃ、おまえさんみたいにちっこい、娘っこ相手に、本気《マジ》にゃなれねぇ」

「……わかったよ」

その時、係官がまたやって来て、出場を促《うなが》した。

「じゃ、先に行くぜ」ハンはさっさと出て行った。

「姫さま、わたくしどもはここで待ちます」と、クリフト。

「ご武運を」と、ブライ。

軽くうなずいて、アリーナも、扉を潜《くぐ》った。

まぶしかった。よく晴れた空が広がっている。耳がおかしくなった。矩形《くけい》の闘技場《とうぎじょう》の四方の土《ど》間席《ませき》を、そして階段状になった花崗岩《かこうがん》のベンチを、立錐《りっすい》の余地もなく埋《う》めつくした観客たちが、みな声を嗄《か》らして叫《さけ》んでいるのだった。

ハンの名が、そして、アリーナの名が呼び上げられると、熱狂《ねっきょう》はますます高まった。会場正面の小高くなったところにしつらえられた箱型の貴賓席《きひんせき》で、エンドール王とモニカ姫、それに、どこその王子らしい若者が、懸命に拍手《はくしゅ》をしてくれているのをアリーナは見た。

気分が高揚《こうよう》し、それから、水の清《す》むように沈静《ちんせい》してゆく。

赤い旗が振り下ろされ、試合開始の銅鑼《どら》が鳴る。異国風の武闘《ぶとう》の構えに入るハンの姿が眼に入った時、アリーナはふと、昨夜《さくや》、聞くともなく聞いていた手風琴弾きのバラードの一節を思い出した。

……右手に赤絹、鉄の爪……。

ボクは勝つ。

アリーナは確信した。

その瞬間《しゅんかん》、凄《すさ》まじい絶叫《ぜっきょう》と共に、ハンが突進して来、振りかぶった手刀を振り下ろした。

アリーナは膝を折り、両手を頭の上で交差させて、なんなくその攻撃《こうげき》を受け止め、反動で相手を弾《はじ》き飛ばした。ハンは身軽な猿《さる》のように空中でからだを回転させて即座《そくざ》にこちらに向き直ると、さまざまな蹴《け》りを繰《く》り出しながらアリーナを壁際《かべきわ》に追い詰めた。アリーナはすべての攻撃を寸前《すんぜん》で、最も少ない動きでかわし、相手の姿勢がわずかに乱れた隙《すき》にその懐《ふところ》に飛びこむと、その心臓の上を肘《ひじ》で打った。無意識のうちに、流れるように右手が出て、鋼鉄《はがね》の爪がハンの衣を掻《か》き裂いた。三本の爪跡《つめあと》から、バッと血飛沫《ちしぶき》が飛んだ。

一瞬どきりとしたアリーナの頭に、ハンがすかさず、頭突《ずつ》きを喰らわせた。なんとか避《よ》けたが、激しい動きに、邪魔《じゃま》にならぬよう束《たば》ねていた紐《ひも》が解《ほど》け、アリーナの亜麻《あま》色の髪が陽光にきらめいた。

両者が間合いを取るために飛び退《すさ》って離れると、砂塵《さじん》が舞い上がった。

「莫迦《ばか》野郎、遠慮《えんりょ》は無用だと言ったはずだ！」ハンが怒鳴《どな》った。

「慣れぬ武器に戸惑《とまど》っただけだ！」アリーナが怒鳴り返した。

風が揺れ、髪のひと房《ふさ》が眼にかかった。アリーナが片手でそれを掻き上げた隙に、ハンは跳躍《ちょうやく》し、猛烈《もうれつ》な膝蹴りをアリーナの胃に叩《たた》きこもうとした。アリーナはぎりぎりの刹那《せつな》に転がって避《よ》けた。ハンは地べたに激突し、呻《うめ》き声を洩《も》らした。アリーナは背後に回って、大男の肩を踏みつけ、頸動脈《けいどうみゃく》の際《きわ》に、鉄の爪を突きつけた。

「……勝負あった！」

声がかかった。

「アリーナ姫さま、ひとり勝ち抜き！」

「……ちくしょう」ハンは笑った。「すばしっこい奴だぜ」だが、その瞳は、まんざらでもなさそうに輝いていた。

飛び道具《ブーメラン》を使う若者も、怪《あや》しげな術《じゅつ》を駆使《くし》する魔女も、屈強《くっきょう》な騎士とても、アリーナの敵ではなかった。モニカのリボンと鉄の爪があれば、どんな相手にも負けないかもしれない。アリーナの胸が喜びに高鳴った時、五人めの相手が現れた。

「ベロリンマン！」

さすがのアリーナもあっけに取られた。そいつは白い毛皮のようなものを纏《まと》い、赤い舌《した》を腰ほどの高さまでだらりと下げ、そこからだらだらとよだれを滴《したた》らせた、まったくふざけた奴だったから。そいつは、腐《くさ》りかけた魚のような眼をらんらんと輝かせて、アリーナを見て、にたりと笑った。少なくとも、笑ったように見えた。アリーナは思わず顔をしかめた。

敵は試合開始の銅鑼《どら》をも待たなかった。

鋭い爪を持つ腕が一閃《いっせん》したかと思うと。アリーナの利《き》き手を襲《おそ》った。モニカのリボンが中途からすぱりと切り落とされて、まるで飛び散った血のように、はらはらと風に舞った。

……手強《てごわ》い！

素早《すばや》く身構えながら、アリーナは唇を噛《か》みしめた。

敵は餌《えさ》を放られた犬のように、嬉《うれ》しそうにはっはっと荒い息をついた。いやな匂《にお》いが漂《ただよ》ってきて、アリーナはめまいを覚えた。見れば、なんと、敵は四五匹《しごひき》に分身しているではないか！

くそ。魔術だ……！

頭を振って、なんとか幻覚《げんかく》を追い払おうとしたが、どうしても焦点《しょうてん》が定まらない。しかたなしに、アリーナは適当に一匹を選び、鉄の爪で殴《なぐ》りかかった。手ごたえはなかった。思いもよらぬところから、殺気が迫《せま》った。避けようとしたが間に合わず、したたかに背中を打たれて、アリーナは地に転《ころ》がった。いやな匂いがますます強くなる。敵はまた、ぼやけながら増えてゆく。今度は三匹ほどに狙《ねら》いを定めて、横ざまに薙《な》いだ。だめだ。勢い余ってよろけたアリーナの腹を、鈍器《どんき》のような拳《こぶし》がつきあげた。胃液《いえき》が込み上げ、アリーナは嘔吐《えず》いた。その背にすかさず、やいばが切りかかった。衣が切られ、はためいて、剝《む》き出しになった素肌《すはだ》に風が当たるのを、アリーナは感じた。悪臭《あくしゅう》はもはや耐《た》えがたく、肺《はい》が焼けるようで、脳がぼんやりと痺《しび》れてゆく。手足もけだるく重たい。歓声《かんせい》も、空も、今はひどく遠い。自分とは関わりないところにあるもののように感じられる。ベロリンマンの白くけむくじゃらのからだが、今では、自分の周囲ぐるりをすべて取り巻いた壁のように見えるのだ。

いけない。このままでは、負ける……！

アリーナは両足を踏ん張って立ったまま、肩の力を抜いた。その一見無防備な姿に、観客席のあちこちから悲鳴があがった。モニカが王に泣きながら中止を訴《うった》える声もそこには交じっていたが、いずれにしても、アリーナの耳には届かなかった。

アリーナは、気合いの整うのを、待った。

ギュッとまぶたを閉じ、息を止める。はっはっはっはっ。ただ敵の息づかいにだけ、耳をすませる。

どこから来る。どこにいる。

……どれがほんものだ？

網膜《もうまく》の内側に蛍《ほたる》のように飛び交っていた残像《ざんぞう》が、ふいに寄り集まり、真っ白い光となって明滅《めいめつ》したかと思うと、弾《はじ》けるように爆発した。

「……そこだぁっ‼」

アリーナは身を躍《おど》らせ、鉄の爪を填《は》めた右腕を叩きつけた。

「ぎゃあっ‼」

目をあけたアリーナは、コロシアムの床に倒れて、ひくひくと痙攣《けいれん》している対戦相手を見た。その瞳《ひとみ》は今は恐怖《きょうふ》に彩《いろど》られ、アリーナが、ゆっくり一二歩《いちには》近づくと、舌のはみだした口をひしゃげさせて、わけのわからないことばをキィキィと喚《わめ》き散《ち》らした。

アリーナは、また一歩前に出た。

ベロリンマンは啜《すす》り泣き、這《は》いながら後退《あとじさ》りし、どうにかこうにか立ち上がると、まっしぐらに出口に向かって逃げ出した。

静まりかえっていた観客たちが、わぁっとどよめいた。

「しょ……勝負あった！　アリーナ姫さま、五人勝ち抜きぃっ‼」

係官が進み出て、ぼうっと突っ立っていたアリーナの片手をつかんで、高々と持ち上げさせた。

観客たちは、今は総立ちになり、やんやの拍手《はくしゅ》を浴びせかける。

王が立ち上がった。モニカも、隣の若者とともに、手すりから身を乗り出さんばかりにして、両腕を差しのべ、アリーナを祝福した。

「よくぞ勝ち抜いた」王は興奮のあまり上《うわ》っ調子《ちょうし》な声で言った。「これよりいよいよ決勝戦じゃ。

さぁ、デスピサロをこれへ！」

デスピサロか。どんな奴だろう。

アリーナは、かすむ目をあけ、控え室の扉を見た。誰も来ない。ここではないのか。アリーナは周囲を見回した。コロシアム全体が、妙《みょう》に白っぽく見える。景色が、遠ざかったり近づいたりする。現実感があやうくなっている。ベロリンマンの奇妙な術のせいなのか、それとも、戦いの興奮のために、神経がまだ少しおかしくなっているのかもしれない。

手合わせした相手は必ず殺してしまう、悪魔のように恐ろしいという相手が、いま、ここにやって来るというのに、少しも恐怖らしいものを覚えていないのが、自分で不思議だった。

アリーナは重苦しいものを感じた。

たて続けに、五人もの相手をして、それでなくてもひどく消耗《しょうもう》しているはずだ。戦えと言われれば、もちろん、戦うけれども、ただ、できれば、評判《ひょうばん》のつわものと対戦する前には、今少し休む時間が欲しい。

なにしろ相手は、今日は誰とも戦っていないはずだ。

そのくらい、我《わ》が儘《まま》ではないと思うのだが。

「どうしたのだ。早くデスピサロを呼んでまいれ」

王が、係官にさかんにせっついているのが、他人ごとのように耳に届く。

たぶん、とアリーナは考えた。一刻も早く、モニカどのに自由を返してあげたいのだろう。その気持ちは、わからないではないが。

隣国の娘は、どうなってもいいんだろうか。

目を落とすと、千切《ちぎ》れたリボンの残りが見えた。アリーナは微笑み、顔をあげて、モニカの視線を捉《とら》えようとした。モニカは父王にしがみついて、何か懸命《けんめい》に訴えている。いくらじっと見つめていても気づかない。

アリーナはため息をつき、肩の力を抜いた。

……もう、どうにでもなれ、だ！

ところが、デスピサロは現れない。会場がざわめきはじめる。

伝令が走ってきて、アリーナのすぐ隣ではらはらと成行《なりゆ》きを見守っていた係官の耳に何かをささやいた。

「なに？」係官は驚き、伝令がうなずくのを見ると、両手をあげて、王の、そして、みなの注目を集めた。

「おそれながら、王さま。あのものはおりません。どこを探しても、影《かげ》も形も」

「なに!?」

王は戸惑《とまど》い、周囲を見回した。

いまやコロシアムはしぃんと静まりかえり、王の決断を待った。

「うーむ。いないものはしかたあるまい……」

王は顎《あご》を撫《な》で、にこりとして、大声を張り上げた。

「ならば、武術大会は、アリーナ姫の優勝じゃ!!」

勝利者を讃《たた》えるファンファーレをも掻《か》き消すほどに、群衆のあげる喜びの声が、青い空をどよもした。花火があがり、玖珠玉《くすだま》が割れ、色とりどりの紙吹雪《かみふぶき》が、花が、アリーナに降り注《そそ》いだ。王とモニカが、ひと抱《かか》えもある黄金の盃《さかずき》を持って降りてくる。職人街の親方衆が、それぞれ自慢の品々を持ち寄って、殺到《さっとう》する。

「姫さま、やりましたな。儂《わし》は……儂は嬉しいっ!!」

「優勝おめでとうございます。ご無事でなによりでございました」

ブライが、クリフトが、まろびながら駆けてきて、涙《なみだ》ながらに手を握る。

ハンが陽気な笑いを浮かべてやってきて、アリーナのからだをひょいと担《かつ》ぎあげ、肩車に乗せて、ぐるりを練《ね》り歩いた。ひとびとは先を争って手すり際《ぎわ》に集まり、口々に祝いのことばを、感謝のことばを述《の》べるのだった。

手を振り、笑顔を作って、みなに答えながら、アリーナはだが、考えていた。

いったい、デスピサロとは、何ものだったのだろうと。何の目的があって、この武術大会にやって来ていたのだろうと。

ふと、アリーナは気づいた。熱狂的な騒ぎの片隅に、ふいに、そぐわない緊張が走っている。見る間に、人垣《ひとがき》が割れ、グラウンドに、ひとりの男を通す。

「シロンじゃないか！」アリーナは叫んだ。

故国の王宮兵士シロンは、酒にでも酔《よ》ったように真っ赤な顔をして、おぼつかない足取りで進み出たかと思うと、バッタリと膝《ひざ》をついた。

「姫さま」あわてて駆け寄るひとびとを手で掻き分け、シロンは懸命《けんめい》に顔をあげると、しゃがれた声で言った。「すぐに……すぐに、お戻り……ください……」

「どうしたシロン？　何かあったのか⁉」アリーナはハンの肩から飛び降り、駆け寄った。

「し……城が……」アリーナの腕の中で、シロンは、ふっと力を失い、それきり動かなくなった。

周囲のひとびとから悲鳴があがった。

クリフトが来て、シロンの脈《みゃく》を取り、眼球《がんきゅう》をのぞきこみ……首を振った。

「城が？」アリーナは顔をしかめた。


エンドール王に譲《ゆず》られたキメラの翼で、三人は一瞬のうちに故国サントハイムの城に戻った。

町は空《から》だった。城は空だった。

そこには、誰もいなかった。誰ひとり。

呼んでも叫んでも、返事はなかった。

三人は虚《むな》しく、城じゅうを駆け回った。二階の廊下を走って行くと、猫《ねこ》のミーちゃんが、死に物狂《ぐる》いで駆けよって来て、アリーナの胸に飛びついた。

「……ミーちゃん！ ああ。おまえは無事《ぶじ》だったのか」アリーナは猫を抱きしめ、その顔に頬《ほお》ずりした。いつもならば、邪慳《じゃけん》に逃げ出す猫が、黙《だま》ってされるままになっている。よほど心細い思いをしたらしい。

「いったい……何があったんだ……」クリフトが言った。「みんな、どこに行ってしまったんでしょう？」

「きっかいな」ブライが沈鬱《ちんうつ》な顔つきで、低くささやいた。「あるいは……こんなことは考えたくないが……陛下のご覧《らん》になったという夢が、現実になったのやも」

「そんな」アリーナは、うつろな声で呟いた。「嘘《うそ》だ……こんなの……こんなの嘘だぁっ！」

うそだぁっ。うそだぁっ。うそだぁっ……。

アリーナの叫び声は、がらんどうの廊下《ろうか》に長々と谺《こだま》して、妙に寂《さび》しく、不気味に響くのだった。

「にゃあ。にゃあ。にゃあ！」

ミーちゃんが火でもついたように騒ぎ、アリーナの衣に爪をたてた。

「よしよし、怒《おこ》るな。脅《おど》かしてすまなかった」アリーナは猫をなだめながら、しばらくじっと考えていたが、やがて、きっぱりと顔をあげた。

「ここにいてもしかたない」アリーナは言った。「きっと、この謎《なぞ》を解《と》くための鍵《かぎ》が、世界のどこかにあるはずだ。ボクは行く。もう一度。……おまえたちはどうする。ついて来るか？」

「も、もちろんですとも！」クリフトは拳を固めた。「姫さまのいらっしゃるところならば、このクリフト、地獄の果てまでも、お伴《とも》しますっ」

「大げさな奴だ」アリーナは、ようやく笑顔を取り戻した。「ブライは?」

「ほっほ。儂が行かないと、お困りじゃろう?」

「そうだな。来て欲しい」アリーナはうなずいた。「苦労をかけることになると思うが。来てくれるとありがたい。ボクひとりでは、何もできないのだから」

「姫さま」ブライは目を細めた。「おとなになられましたな」

「そおかぁ?」

アリーナは照れたように頭を掻きながら、今はもう落ち着いた猫を下ろした。

それから、立ち上がって、ゆっくりと周囲を見渡した。

生まれた時から暮らした城だ。懐《なつ》かしい、馴染《なじ》んだ、どんな隅々までも知りつくした城だ。だが、今、無人のそこはあまりにも辛《つら》く、寂《さび》しく、まるで見知らぬ場所のようによそよそしかった。

未練《みれん》はなかった。

アリーナは深呼吸し、可能な限り明るい声で、高らかに宣言した。

「それじゃ、かあさま、行ってきまーっす!!」

〔二巻に続く〕

〈この小説は一九九二年八月に発行された『小説ドラゴンクエストⅣ 導かれし者たち ①・②』を加筆訂正し、再構成したものです〉

久美《くみ》 沙織《さおり》

盛岡市生まれ。現在、長野県在住。集英社文庫コバルト・シリーズに『丘の家のミッキー』など少女小説を44冊発表後、『小説ドラゴンクエストⅣ』(同シリーズⅤ、Ⅵ)『ドラゴンファームはいつもにぎやか』(シリーズ計5冊)『電車』など、主としてファンタジー小説の分野に活動の場を移す。小説外の著作に『新人賞の獲り方おしえます』『小説を書きたがる人々』『ネコ的な遺伝子』『ヘイスタック(訳)』など。

小説 ドラゴンクエストⅣ 導かれし者たち1

2000年10月5日 初版第1刷発行
2008年4月15日 第2版10刷発行

著　　者　久美沙織
設定協力　横倉　廣
原　　作　ゲーム『ドラゴンクエストⅣ 導かれし者たち』
　　　　　シナリオ　堀井雄二
発 行 人　田口浩司
発 行 所　株式会社スクウェア・エニックス
　　　　　東京都渋谷区代々木3-22-7
　　　　　新宿文化クイントビル3階 〒151-8544
　　　　　営　　業　03(5333)0832
　　　　　書籍編集　03(5333)0879
印 刷 所　加藤製版印刷株式会社

乱丁・落丁はお取り替え致します。
定価はカバーに表示してあります。

ISBN4-7575-0304-0 C0293